COLLECTION
FOLIO/ESSAIS

D0048770

Jean Baudrillard

La société
de consommation
ses mythes
ses structures

Préface de J. P. Mayer

Denoël

© *Éditions Denoël, 1970.*

Jean Baudrillard (1929-2007) a été professeur de sociologie à la faculté de Nanterre. Il a écrit des chroniques littéraires pour *Les Temps modernes* et a traduit de l'allemand des poèmes de Bertolt Brecht, des pièces de théâtre de Peter Weiss ainsi que le livre de Wilhelm E. Mühlmann *Messianismes révolutionnaires du tiers monde.* Nombreux ouvrages publiés, parmi lesquels *Le système des objets, Pour une critique de l'économie politique du signe, Le miroir de la production, L'échange symbolique et la mort, Le P.C. ou les paradis artificiels du politique, Simulacres et simulation, De la séduction, Oublier Foucault, L'effet Beaubourg.*

Donnez-lui toutes les satisfactions économiques, de façon qu'il n'ait plus rien à faire qu'à dormir, avaler des brioches, et se mettre en peine de prolonger l'histoire universelle, comblez-le de tous les biens de la terre, et plongez-le dans le bonheur jusqu'à la racine des cheveux : de petites bulles crèveront à la surface de ce bonheur, comme sur de l'eau.

Dostoïevski, *Dans mon souterrain.*

AVANT-PROPOS

Le livre de Jean Baudrillard, La Société de consommation, *est une contribution magistrale à la sociologie contemporaine. Il a certainement sa place dans la lignée des livres comme :* De la division du travail social *de Durkheim,* La Théorie de la classe de loisir *de Veblen ou* La Foule solitaire *de David Riesman.*

M. Baudrillard analyse nos sociétés occidentales contemporaines, y compris celle des États-Unis. Cette analyse est concentrée sur le phénomène de la consommation des objets, que M. Baudrillard a déjà abordé dans Le Système des objets *(Gallimard, 1968). Dans sa conclusion à ce volume, il formule le plan du présent ouvrage : « Il faut poser clairement dès le début que la consommation est un mode actif de relation (non seulement aux objets, mais à la collectivité et au monde), un mode d'activité systématique et de réponse globale sur lequel se fonde tout notre système culturel. »*

Il montre avec beaucoup de perspicacité comment les grandes corporations technocratiques provoquent des désirs irrépressibles, créant des hiérarchies sociales nouvelles qui ont remplacé les anciennes différences de classes.

Une nouvelle mythologie s'établit ainsi : « La machine à laver », écrit M. Baudrillard, « sert comme ustensile et joue *comme élément de confort, de prestige, etc. C'est proprement ce dernier champ qui est celui de la consommation. Ici, toutes sortes d'autres objets peuvent se substituer à la machine à laver comme élément significatif. Dans la logique des signes comme dans celle des symboles, les objets ne sont plus du tout liés à une fonction ou à un besoin* défini. *Précisément parce qu'ils répondent à tout autre chose, qui est soit la logique sociale, soit la logique du désir, auxquelles ils servent de champ mouvant et inconscient de signification.* »

La consommation, comme nouveau mythe tribal, est devenue la morale de notre monde actuel. Elle est en train de détruire les bases de l'être humain, c'est-à-dire l'équilibre que la pensée européenne, depuis les Grecs, a maintenu entre les racines mythologiques et le monde du logos. M. Baudrillard se rend compte du danger que nous courons. Citons-le encore une fois : « *Comme la société du Moyen Age s'équilibrait sur Dieu* ET *sur le diable, ainsi la nôtre s'équilibre sur la consommation* ET *sur sa dénonciation. Encore autour du Diable pouvaient s'organiser des hérésies et des sectes de magie noire. Notre magie à nous est blanche, plus d'hérésie possible dans l'abondance. C'est la blancheur prophylactique d'une société saturée, d'une société sans vertige et sans histoire, sans autre mythe qu'elle-même.* »

La Société de consommation, *écrit dans un style serré, la jeune génération devrait l'étudier soigneusement. Elle se donnera peut-être pour tâche de briser ce monde monstrueux, sinon obscène, de l'abondance des objets, si formidablement soutenu par les* mass media *et surtout par la télévision, ce monde qui nous menace tous.*

J. P. Mayer
Université de Reading,
Centre de recherches (Tocqueville).

PREMIÈRE PARTIE

La liturgie formelle de l'objet

Il y a aujourd'hui tout autour de nous une espèce d'évidence fantastique de la consommation et de l'abondance, constituée par la multiplication des objets, des services, des biens matériels, et qui constitue une sorte de mutation fondamentale dans l'écologie de l'espèce humaine. A proprement parler, les hommes de l'opulence ne sont plus tellement environnés, comme ils le furent de tout temps, par d'autres hommes que par des OBJETS. Leur commerce quotidien n'est plus tellement celui de leurs semblables que, statistiquement selon une courbe croissante, la réception et la manipulation de biens et de messages, depuis l'organisation domestique très complexe et ses dizaines d'esclaves techniques jusqu'au « mobilier urbain » et toute la machinerie matérielle des communications et des activités professionnelles, jusqu'au spectacle permanent de la célébration de l'objet dans la publicité et les centaines de messages journaliers venus des mass media, du fourmillement mineur des gadgets vaguement obsessionnels jusqu'aux psychodrames symboliques qu'alimentent les objets nocturnes qui viennent nous hanter jusque dans nos rêves. Les concepts d' « environnement », d' « ambiance » n'ont sans doute une telle vogue que depuis

que nous vivons moins, au fond, à proximité d'autres
hommes, dans leur présence et dans leur discours, que
sous le regard muet d'objets obéissants et hallucinants
qui nous répètent toujours le même discours, celui de
notre puissance médusée, de notre abondance virtuelle,
de notre absence les uns aux autres. Comme l'enfant-
loup devient loup à force de vivre avec eux, ainsi nous
devenons lentement fonctionnels nous aussi. Nous vivons le temps des objets : je veux dire que nous vivons
à leur rythme et selon leur succession incessante. C'est
nous qui les regardons aujourd'hui naître, s'accomplir
et mourir alors que, dans toutes les civilisations antérieures, c'étaient les objets, instruments ou monuments
pérennes, qui survivaient aux générations d'hommes.

Les objets ne constituent ni une flore ni une faune.
Pourtant ils donnent bien l'impression d'une végétation
proliférante et d'une jungle, où le nouvel homme sauvage des temps modernes a du mal à retrouver les
réflexes de la civilisation. Cette faune et cette flore,
que l'homme a produites et qui reviennent l'encercler
et l'investir comme dans les mauvais romans de science-
fiction, il faut tenter de les décrire rapidement, telles
que nous les voyons et les vivons — en n'oubliant jamais,
dans leur faste et leur profusion, qu'elles sont le *produit d'une activité humaine*, et qu'elles sont dominées,
non par des lois écologiques naturelles, mais par la
loi de la valeur d'échange.

« Dans les rues les plus animées de Londres, les magasins se serrent les uns contre les autres, et derrière leurs
yeux de verre sans regard s'étalent toutes les richesses
de l'univers, châles indiens, revolvers américains, por-
celaines chinoises, corsets de Paris, fourrures de Russie
et épices des Tropiques ; mais tous ces articles qui ont
vu tant de pays portent au front de fatales étiquettes
blanchâtres où sont gravés des chiffres arabes suivis

de laconiques caractères — L, s, d (livre sterling, shilling, pence). Telle est l'image qu'offre la marchandise en apparaissant dans la circulation. » (Marx, *Contribution à la critique de l'économie politique*.)

La profusion et la panoplie.

L'*amoncellement*, la *profusion* est évidemment le trait descriptif le plus frappant. Les grands magasins, avec leur luxuriance de conserves, de vêtements, de biens alimentaires et de confection, sont comme le paysage primaire et le lieu géométrique de l'abondance. Mais toutes les rues, avec leurs vitrines encombrées, ruisselantes (le bien le moins rare étant la lumière, sans qui la marchandise ne serait que ce qu'elle est), leurs étalages de charcuterie, toute la fête alimentaire et vestimentaire qu'elles mettent en scène, toutes stimulent la salivation féerique. Il y a quelque chose de plus dans l'amoncellement que la somme des produits : l'évidence du surplus, la négation magique et définitive de la rareté, la présomption maternelle et luxueuse du pays de Cocagne. Nos marchés, nos artères commerciales, nos Superprisunic miment ainsi une nature retrouvée, prodigieusement féconde : ce sont nos vallées de Chanaan où coulent, en fait de lait et de miel, les flots de néon sur le ketchup et le plastique, mais qu'importe! L'espérance violente qu'il y en ait non pas assez, mais trop, et trop pour tout le monde, est là : vous emportez la pyramide croulante d'huîtres, de viandes, de poires ou d'asperges en boîte en en achetant une parcelle. Vous achetez la partie pour le tout. Et ce discours métonymique, répétitif, de la matière consommable, de la *marchandise*, redevient, par une grande métaphore collective, grâce à son excès même, l'image du *don*, de la prodigalité inépuisable et spectaculaire qui est celle de la *fête*.

Au-delà de l'entassement, qui est la forme la plus rudimentaire, mais la plus prégnante, de l'abondance, les objets s'organisent en *panoplie*, ou en *collection*. Presque tous les magasins d'habillement, d'électro-ménager, etc., offrent une *gamme* d'objets différenciés, qui s'appellent, se répondent et se déclinent les uns les autres. La vitrine de l'antiquaire est le modèle aristocratique, luxueux, de ces ensembles qui n'évoquent plus tellement une surabondance de substance qu'un *éventail* d'objets sélectionnés et complémentaires, livrés au choix, mais aussi à la réaction psychologique en chaîne du consommateur, qui les parcourt, les inventorie, les saisit comme catégorie totale. Peu d'objets sont aujourd'hui offerts *seuls*, sans un contexte d'objets qui les parlent. Et la relation du consommateur à l'objet en est changée : il ne se réfère plus à tel objet dans son utilité spécifique, mais à un ensemble d'objets dans sa signification totale. Machine à laver, réfrigérateur, machine à laver la vaisselle, etc., ont un autre sens à eux tous que chacun d'eux comme ustensile. La vitrine, l'annonce publicitaire, la firme productrice et la *marque*, qui joue ici un rôle essentiel, en imposent la vision cohérente, collective comme d'un tout presque indissociable, comme d'une chaîne, qui est alors non plus un enchaînement de simples objets, mais un enchaînement de *signifiants*, dans la mesure où ils se signifient l'un l'autre comme super-objet plus complexe et entraînant le consommateur dans une série de motivations plus complexes. On voit que les objets ne s'offrent jamais à la consommation dans un désordre absolu. Dans certains cas, ils peuvent *mimer* le désordre pour mieux séduire mais, toujours, ils s'arrangent pour frayer des voies directrices, pour orienter l'impulsion d'achat dans des *réseaux* d'objets, pour la séduire, et la porter, selon sa propre logique, jusqu'à l'investissement maximal et jus-

qu'aux limites de son potentiel économique. Les vêtements, les appareils, les produits de toilette constituent
ainsi des *filières* d'objets, qui suscitent chez le consommateur des contraintes d'inertie : il ira *logiquement* d'un
objet à l'autre. Il sera pris dans un *calcul* d'objets — ce
qui est tout différent du vertige d'achat et d'appropriation qui naît de la profusion même des marchandises.

Le drugstore.

La synthèse de la profusion et du calcul, c'est le drugstore. Le drugstore (ou les nouveaux centres commerciaux) réalise la synthèse des activités consommatrices,
dont la moindre n'est pas le shopping, le flirt avec les
objets, l'errance ludique et les possibilités combinatoires.
A ce titre, le drugstore est plus spécifique de la consommation moderne que les grands magasins, où la cen-
tralisation quantitative des produits laisse moins de
marge à l'exploration ludique, où la juxtaposition des
rayons, des produits, impose un cheminement plus utilitaire, et qui gardent quelque chose de l'époque où
ils sont nés, qui fut celle de l'accession de larges classes
aux biens de consommation *courante*. Le drugstore, lui,
a un tout autre sens : il ne juxtapose pas des catégories
de marchandises, il pratique l'*amalgame des signes*, de
toutes les catégories de biens considérés comme champs
partiels d'une totalité consommatrice de signes. Le
centre culturel y devient partie intégrante du centre
commercial. N'entendons pas que la culture y est « pros-
tituée » : c'est trop simple. Elle y est *culturalisée*. Simultanément, la marchandise (vêtement, épicerie, restau-
rant, etc.) y est culturalisée elle aussi, car transformée
en substance ludique et distinctive, en accessoire de
luxe, en élément parmi d'autres de la *panoplie* générale
des biens de consommation. « Un nouvel art de vivre,

une nouvelle manière de vivre, disent les publicités, la quotidienneté dans le vent : pouvoir faire du shopping agréable, en un même endroit climatisé, acheter en une seule fois les provisions alimentaires, les objets destinés à l'appartement et à la maison de campagne, les vêtements, les fleurs, le dernier roman ou le dernier gadget, tandis que maris et enfants regardent un film, dîner ensemble sur place, etc. » Café, cinéma, librairie, auditorium, colifichets, vêtements, et bien d'autres choses encore dans les centres commerciaux : le drugstore peut tout ressaisir sur le mode kaléidoscopique. Si le grand magasin donne le spectacle forain de la marchandise, le drugstore, lui, offre le récital subtil de la consommation, dont tout l' « art », précisément, consiste à jouer sur l'ambiguïté du signe dans les objets, et à sublimer leur statut d'utilité et de marchandise en un jeu d' « ambiance » : néo-culture généralisée, où il n'y a plus de différence entre une épicerie fine et une galerie de peinture, entre *Play-Boy* et un *Traité de Paléontologie*. Le drugstore va se moderniser jusqu'à offrir de la « matière grise » : « Vendre des produits ne nous intéresse pas en soi, nous voulons y mettre un peu de matière grise... Trois étages, un bar, une piste de danse et des points de vente. Colifichets, disques, livres de poche, livres de tête — un peu de tout. Mais on ne cherche pas à flatter la clientèle. On lui propose vraiment " quelque chose ". Un laboratoire de langues fonctionne au deuxième étage. Parmi les disques et les bouquins, on trouve les grands courants qui réveillent notre société. Musique de recherche, volumes qui expliquent l'époque. C'est la " matière grise " qui accompagne les produits. Un drugstore donc, mais nouveau style, avec quelque chose en plus, peut-être un peu d'intelligence et un peu de chaleur humaine. »

Le drugstore peut devenir une ville entière : c'est

Parly 2, avec son shopping-center géant, où « les arts
et les loisirs se mêlent à la vie quotidienne », où chaque
groupe de résidences rayonne autour de sa piscine-club
qui en devient le pôle d'attraction. Église en rond, courts
de tennis (« c'est la moindre des choses »), boutiques
élégantes, bibliothèque. La moindre station de sports
d'hiver reprend ce modèle « universaliste » du drugstore :
toutes les activités y sont résumées, systématiquement
combinées et centrées autour du concept fondamental
d' « ambiance ». Ainsi Flaine-la-Prodigue vous offre
tout en même temps une existence totale, polyvalente,
combinatoire : « ... Notre mont Blanc, nos forêts d'épi-
céas — nos pistes olympiques, notre " plateau " pour
enfants — notre architecture ciselée, taillée, polie comme
une œuvre d'art — la pureté de l'air que nous respirons
— l'ambiance raffinée de notre Forum (à l'instar des
cités méditerranéennes... C'est là que s'épanouit la vie
au retour des pistes de ski. Cafés, restaurants, boutiques,
patinoires, night-club, cinéma, centre de culture et de
distractions sont réunis sur le Forum pour vous offrir
une vie hors ski particulièrement riche et variée) — notre
circuit intérieur de télévision — notre avenir à l'échelle
humaine (bientôt, nous serons classés monument d'art
par le ministère des Affaires culturelles). »

Nous sommes au point où la « consommation » saisit
toute la vie, où toutes les activités s'enchaînent sur le
même mode combinatoire, où le chenal des satisfactions est tracé d'avance, heure par heure, où l' « environnement » est total, totalement climatisé, aménagé,
culturalisé. Dans la phénoménologie de la consommation, cette climatisation générale de la vie, des biens,
des objets, des services, des conduites et des relations
sociales représente le stade accompli, « consommé »,
dans une évolution qui va de l'abondance pure et
simple, à travers les réseaux articulés d'objets jusqu'au

conditionnement total des actes et du temps, jusqu'au
réseau d'ambiance systématique inscrit dans des cités
futures que sont les drugstores, les Parly 2 ou les aéroports modernes.

Parly 2.

« Le plus grand centre commercial d'Europe. »

« Le Printemps, le B. H. V., Dior, Prisunic, Lanvin,
Frank et Fils, Hédiard, deux cinémas, un drugstore,
un supermarché, Suma, cent autres boutiques, groupées
en un seul point! »

Pour le choix des commerces, de l'épicerie à la haute
couture, deux impératifs : le dynamisme commercial
et le sens de l'esthétique. Le fameux slogan « la laideur
se vend mal » est ici dépassé. Il pourrait être remplacé
par « la beauté du cadre est la première condition du
bonheur de vivre ».

Structure à deux étages... organisée autour du « Mail »
central, artère principale et voie triomphale à deux
niveaux. Réconciliation du petit et du grand commerce...
réconciliation du rythme moderne et de l'antique flâ-
nerie.

C'est le confort jamais connu de flâner à pied entre
des magasins offrant leurs tentations de plain-pied
sans même l'écran d'une vitrine, sur le Mail à la fois
rue de la Paix et Champs-Élysées, agrémenté de jeux
d'eaux, d'arbres minéraux, de kiosques et de bancs,
totalement libéré des saisons et des intempéries : un
système de climatisation exceptionnel, ayant nécessité
treize kilomètres de gaines de conditionnement d'air,
y fait régner un printemps perpétuel.

Non seulement on peut tout y acheter, d'une paire
de lacets à un billet d'avion, y trouver compagnies
d'assurances et cinémas, banques ou service médical,

club de bridge et exposition d'art, mais encore on n'y
est pas esclave de l'heure. Le Mail, comme toute rue,
est accessible sept jours sur sept, de jour comme de
nuit.

Naturellement, le centre a instauré pour qui veut
le mode le plus moderne de paiement : la « carte crédit ».
Elle libère des chèques, de l'argent liquide... et même
des fins de mois difficiles... Désormais, pour payer,
vous montrez votre carte et signez la facture. C'est
tout. Chaque mois vous recevez un relevé de compte
que vous pouvez payer en une seule fois ou par men-
sualités.

Dans ce mariage du confort, de la beauté et de l'efficacité, les Parlysiens découvrent les conditions matérielles du bonheur que nos villes anarchiques leur
refusaient...

Nous sommes là au foyer de la consommation comme
organisation totale de la quotidienneté, homogénéisation totale, où tout est ressaisi et dépassé dans la
facilité, la translucidité d'un « bonheur » abstrait, défini
par la seule résolution des tensions. Le drugstore élargi
aux dimensions du centre commercial et de la ville
future, c'est le *sublimé* de toute vie réelle, de toute vie
sociale objective, où viennent s'abolir non seulement
le travail et l'argent, mais les saisons — lointain vestige
d'un cycle enfin homogénéisé lui aussi! Travail, loisir,
nature, culture, tout cela, jadis dispersé et générateur
d'angoisse et de complexité dans la vie réelle, dans nos
villes « anarchiques et archaïques », toutes ces activités
déchirées et plus ou moins irréductibles les unes aux
autres — tout cela enfin mixé, malaxé, climatisé, homogénéisé dans le même travelling d'un shopping perpétuel, tout cela enfin asexué dans la même ambiance
hermaphrodite de la mode! Tout cela enfin *digéré* et

rendu à la même matière fécale homogène (bien sûr
sous le signe précisément de la disparition de l'*argent*
« *liquide* », symbole encore trop visible de la fécalité
réelle de la vie réelle, et des contradictions économiques
et sociales qui la hantaient jadis) — tout cela est fini :
la fécalité *contrôlée*, lubrifiée, *consommée*, est désormais
passée dans les choses, partout diffuse dans l'indistinc-
tion des choses et des rapports sociaux. Comme dans
le Panthéon romain venaient syncrétiquement coexister
les dieux de tous les pays, dans un immense « digest »,
ainsi dans notre Super-Shopping Center, qui est notre
Panthéon à nous, notre Pandémonium, viennent se
réunir tous les dieux, ou les démons, de la consommation, c'est-à-dire toutes les activités, tous les travaux,
tous les conflits et toutes les saisons abolis dans la même
abstraction. Dans la substance de la vie ainsi unifiée,
dans ce digest universel, il ne peut plus y avoir de *sens :*
ce qui faisait le travail du rêve, le travail poétique, le
travail du sens, c'est-à-dire les grands schèmes du dé-
placement et de la condensation, les grandes figures
de la métaphore et de la contradiction, qui reposent
sur l'articulation vivante d'éléments distincts, n'est
plus possible. Seule règne l'éternelle substitution d'éléments homogènes. Plus de fonction symbolique : une
éternelle combinatoire d' « ambiance », dans un printemps perpétuel.

LE STATUT MIRACULEUX
DE LA CONSOMMATION

Les indigènes mélanésiens étaient ravis par les avions
qui passaient dans le ciel. Mais jamais ces objets ne
descendaient vers eux. Les Blancs, eux, réussissaient

à les capter. Et cela parce qu'ils disposaient au sol, sur certains espaces, d'objets semblables qui attiraient les avions volants. Sur quoi les indigènes se mirent à construire un simulacre d'avion avec des branches et des lianes, délimitèrent un terrain qu'ils éclairaient soigneusement de nuit et se mirent à attendre patiemment que les vrais avions s'y posent.

Sans taxer de primitivisme (et pourquoi pas ?) les chasseurs-collecteurs anthropoïdes errant de nos jours dans la jungle des villes, on pourrait voir là un apologue sur la société de consommation. Le miraculé de la consommation lui aussi met en place tout un dispositif d'objets simulacres, de signes caractéristiques du bonheur, et attend ensuite (désespérément, dirait un moraliste) que le bonheur se pose.

Il n'est pas question de voir là un principe d'analyse. Il s'agit simplement de la *mentalité* consommatrice privée et collective. Mais à ce niveau assez superficiel on peut risquer cette comparaison : c'est une *pensée magique* qui régit la consommation, c'est une mentalité miraculeuse qui régit la vie quotidienne, c'est une mentalité de primitifs, au sens où on l'a définie comme fondée sur la croyance en la toute-puissance des pensées : ici, c'est la croyance en la toute-puissance des signes. L'opulence, l'« affluence » n'est en effet que l'accumulation des *signes* du bonheur. Les satisfactions que confèrent les objets eux-mêmes sont l'équivalent des avions simulacres, des modèles réduits des Mélanésiens, c'est-à-dire le reflet anticipé de la Grande Satisfaction virtuelle, de l'Opulence Totale, de la Jubilation dernière des miraculés définitifs, dont l'espoir fou alimente la banalité quotidienne. Ces moindres satisfactions ne sont encore que des pratiques d'exorcisme, des moyens de capter, de conjurer le Bien-Être total, la Béatitude.

Dans la pratique quotidienne, les bienfaits de la

consommation ne sont pas vécus comme résultant d'un travail ou d'un processus de production, ils sont vécus comme *miracle*. Il y a certes une différence entre l'indigène mélanésien et le téléspectateur qui s'assoit devant son récepteur, tourne le bouton et attend que les images du monde entier descendent vers lui : c'est que les images obéissent généralement, tandis que les avions ne condescendent jamais à se poser sur injonction magique. Mais ce succès technique ne suffit pas à démontrer que notre comportement soit d'ordre réel, et celui des indigènes d'ordre imaginaire. Car la même économie psychique fait que, d'une part, la confiance magique des indigènes n'est jamais détruite (si ça ne marche pas, c'est qu'on n'a pas fait ce qu'il fallait) et que, d'autre part, le miracle de la T. V. est perpétuellement réalisé *sans cesser d'être un miracle* — cela par la grâce de la technique, qui efface pour la conscience du consommateur le principe même de réalité sociale, le long processus social de production qui mène à la consommation des images. Si bien que le téléspectateur, comme l'indigène, vit l'appropriation comme une *captation* sur un mode d'efficacité miraculeuse.

Le mythe du Cargo.

Les biens de consommation se proposent ainsi comme de la *puissance captée*, non comme des produits travaillés. Et, plus généralement, la profusion des biens est ressentie, une fois coupée de ses déterminations objectives, comme *une grâce de nature*, comme une manne et un bienfait du ciel. Les Mélanésiens — encore eux — ont développé ainsi au contact des Blancs un culte messianique, celui du Cargo : les Blancs vivent dans la profusion, eux n'ont rien, c'est parce que les Blancs savent capter ou détourner les marchandises

qui leur sont destinées à eux, les Noirs, par leurs ancêtres retirés aux confins du monde. Un jour, une fois
mise en échec la magie des Blancs, leurs Ancêtres re-
viendront avec la cargaison miraculeuse, et ils ne
connaîtront plus jamais le besoin.

Ainsi les peuples « sous-développés » vivent-ils l' « aide »
occidentale comme quelque chose d'attendu, de naturel, et qui leur était dû depuis longtemps. Comme une
médecine magique — sans rapport avec l'histoire, la
technique, le progrès continu et le marché mondial.
Mais, si on y regarde d'un peu près, les miraculés occidentaux de la croissance ne se comportent-ils pas collectivement de la même façon ? La masse des consommateurs ne vit-elle pas la profusion comme *un effet de
nature*, environnée qu'elle est par les phantasmes du
pays de Cocagne et persuadée par la litanie publicitaire que tout lui sera donné d'avance, et qu'elle a sur
la profusion un droit légitime et inaliénable ? La bonne
foi dans la consommation est un élément nouveau ;
les nouvelles générations sont désormais des héritières :
elles héritent non plus seulement des biens, mais *du
droit naturel à l'abondance*. Ainsi revit en Occident le
mythe du Cargo tandis qu'il décline en Mélanésie. Car,
même si l'abondance se fait quotidienne et banale,
elle reste vécue comme miracle quotidien, dans la mesure où elle apparaît non comme produite et arrachée,
conquise, au terme d'un effort historique et social, mais
comme *dispensée* par une instance mythologique bénéfique dont nous sommes les héritiers légitimes : la Technique, le Progrès, la Croissance, etc.

Cela ne veut pas dire que notre société ne soit d'abord,
objectivement et de façon décisive, une société de production, *un ordre de production*, donc le lieu d'une stratégie économique et politique. Mais cela veut dire que
s'y enchevêtre *un ordre de la consommation*, qui est

un ordre de manipulation de signes. Dans cette mesure, un parallèle (aventureux sans doute) peut être
tracé avec la pensée magique, car l'un et l'autre *vivent
de signes et à l'abri des signes*. De plus en plus d'aspects
fondamentaux de nos sociétés contemporaines ressor-
tissent à une logique des significations, à une analyse
des codes et des systèmes symboliques — elles n'en
sont pas pour autant des sociétés primitives et le problème de la *production historique* de ces significations
et de ces codes reste entier —, cette analyse devant
s'articuler sur celle du procès de la production matérielle et technique comme son prolongement théorique.

Le vertige consommé de la catastrophe.

La pratique des signes est toujours ambivalente,
elle a toujours pour fonction de *conjurer* au double sens
du terme : de faire surgir pour capter par des signes
(les forces, le réel, le bonheur, etc.), et d'évoquer quelque
chose pour le nier et le refouler. On sait que la pensée
magique dans ses mythes vise à conjurer le changement
et l'histoire. D'une certaine façon, la consommation
généralisée d'images, de faits, d'informations, vise elle
aussi *à conjurer le réel dans les signes du réel*, à conjurer
l'histoire dans les signes du changement, etc.

Le réel, nous le consommons par anticipation ou
rétrospectivement, de toute façon à distance, distance
qui est celle du signe. Exemple : lorsque *Paris-Match*
nous a montré les barbouzes chargés de la protection
du Général s'entraînant à la mitraillette dans les caves
de la Préfecture, cette image n'est pas lue comme « information », c'est-à-dire renvoyant au contexte politique et à son élucidation : pour chacun de nous, elle
charriait la tentation d'un attentat superbe, d'un pro-
digieux événement de violence ; l'attentat aura lieu,

il *va* avoir lieu, l'image en est précursion et jouissance anticipée, toutes les perversités s'accomplissent. C'est là le même effet inverse que l'attente de la profusion miraculeuse dans le Cargo. Le Cargo ou la catastrophe, c'est toujours un effet de vertige consommé.

On peut dire, c'est vrai, que ce sont nos phantasmes alors qui viennent se signifier dans l'image et s'y consommer. Mais cet aspect psychologique nous intéresse moins que ce qui vient à l'image pour y être consommé et refoulé à la fois : le monde réel, l'événement, l'histoire.

Ce qui caractérise la société de consommation, c'est *l'universalité du fait divers* dans la communication de masse. Toute l'information politique, historique, culturelle est reçue sous la même forme, à la fois anodine et miraculeuse, du fait divers. Elle est tout entière *actualisée*, c'est-à-dire dramatisée sur le mode spectaculaire — et tout entière *inactualisée*, c'est-à-dire distancée par le medium de la communication et réduite à des signes. Le fait divers n'est donc pas une catégorie parmi d'autres, mais LA catégorie cardinale de notre pensée magique, de notre mythologie.

Cette mythologie s'arc-boute sur l'exigence d'autant plus vorace de réalité, de « vérité », d' « objectivité ». Partout c'est le cinéma-vérité, le reportage en direct, le flash, la photo-choc, le témoignage-document, etc. Partout, ce qui est cherché, c'est le « cœur de l'événement », le « cœur de la bagarre », le *in vivo*, le « face à face » — le vertige d'une présence totale à l'événement, le Grand Frisson du Vécu — c'est-à-dire encore une fois le MIRACLE, puisque la vérité de la chose vue, télévisée, magnétisée sur bande, c'est précisément que *je n'y étais pas*. Mais c'est le plus vrai que le vrai qui compte, autrement dit le fait d'y être sans y être, autrement dit encore le *phantasme*.

Ce que nous donnent les communications de masse, ce n'est pas la réalité, c'est le *vertige de la réalité*. Ou encore, sans jeu de mots, une réalité sans vertige, car le cœur de l'Amazonie, le cœur du réel, le cœur de la passion, le cœur de la guerre, ce « Cœur » qui est le lieu géométrique des communications de masse et qui en fait la sentimentalité vertigineuse, c'est précisément *là où il ne se passe rien*. C'est le signe allégorique de la passion et de l'événement, et les signes sont sécurisants.

Nous vivons ainsi à l'abri des signes et dans la dénégation du réel. Sécurité miraculeuse : quand nous regardons les images du monde, qui distinguera cette brève irruption de la réalité du plaisir profond de n'y être pas ? L'image, le signe, le message, tout ceci que nous « consommons », c'est notre quiétude scellée par la distance au monde et que berce, plus qu'elle ne la compromet, l'allusion même violente au réel.

Le contenu des messages, les signifiés des signes sont largement indifférents. Nous n'y sommes pas engagés, et les media ne nous renvoient pas au monde, ils nous donnent à consommer les signes en tant que signes, attestés cependant par la caution du réel. C'est ici qu'on peut définir *la praxis de consommation*. La relation du consommateur au monde réel, à la politique, à l'histoire, à la culture, n'est pas celle de l'intérêt, de l'investissement, de la responsabilité engagée — ce n'est pas non plus celle de l'indifférence totale : c'est celle de la CURIOSITÉ. Selon le même schéma, on peut dire que la dimension de la consommation telle que nous l'avons définie ici, ce n'est pas celle de la connaissance du monde, mais non plus celle de l'ignorance totale : c'est celle de la MÉCONNAISSANCE.

Curiosité et méconnaissance désignent un seul et même comportement d'ensemble vis-à-vis du réel, comportement généralisé et systématisé par la pratique des communications de masse et donc caractéristique de notre « société de consommation » : c'est la dénégation du réel sur la base d'une appréhension avide et multipliée de ses signes.

Par la même occasion, nous pouvons définir *le lieu de la consommation :* c'est la vie quotidienne. Cette dernière n'est pas seulement la somme des faits et gestes quotidiens, la dimension de la banalité et de la répétition, c'est *un système d'interprétation.* La quotidienneté, c'est la dissociation d'une praxis totale en une sphère transcendante, autonome et abstraite (du politique, du social, du culturel) et en la sphère immanente, close et abstraite, du « privé ». Travail, loisir, famille, relations : l'individu réorganise tout cela sur un mode involutif, en deçà du monde et de l'histoire, dans un système cohérent fondé sur la clôture du privé, la liberté formelle de l'individu, l'appropriation sécurisante de l'environnement et la méconnaissance. La quotidienneté est, au regard objectif de la totalité, pauvre et résiduelle, mais elle est par ailleurs triomphante et euphorique dans son effort d'autonomisation totale et de réinterprétation du monde « à usage interne ». C'est là que se situe la collusion profonde, organique, entre la sphère de la quotidienneté privée et les communications de masse.

La quotidienneté comme clôture, comme *Verborgenheit*, serait insupportable sans le simulacre du monde, sans l'*alibi* d'une participation au monde. Il lui faut s'alimenter des images et des signes multipliés de cette transcendance. Sa quiétude a besoin, nous l'avons vu, du vertige de la réalité et de l'histoire. Sa quiétude a besoin, pour s'exalter, de perpétuelle violence *consommée*. C'est son obscénité à elle. Elle est friande d'événements et de violence, pourvu que celle-ci lui soit servie cham-

brée. Caricaturalement, c'est le téléspectateur relaxé
devant les images de la guerre du Vietnam. L'image
de la T. V., comme une fenêtre inverse, donne d'abord
sur une chambre, et, dans cette chambre, l'extériorité
cruelle du monde se fait intime et chaleureuse, d'une
chaleur perverse.

A ce niveau « vécu », la consommation fait de l'ex-
clusion maximale du monde (réel, social, historique)
l'indice maximal de sécurité. Elle vise à ce bonheur par
défaut qu'est la résolution des tensions. Mais elle se
heurte à une contradiction : celle entre la passivité
qu'implique ce nouveau système de valeurs et les normes
d'une morale sociale qui, pour l'essentiel, reste celle
du volontarisme, de l'action, de l'efficacité et du sacrifice. D'où l'intense culpabilisation qui s'attache a
ce nouveau style de conduite hédoniste et l'urgence,
clairement définie par les « stratèges du désir », de déculpabiliser la passivité. Pour des millions de gens sans
histoire, et heureux de l'être, il faut déculpabiliser la
passivité. Et c'est ici qu'intervient la dramatisation
spectaculaire par les mass media (le fait divers/catas-
trophe comme catégorie généralisée de tous les messages) : pour que soit résolue cette contradiction entre
morale puritaine et morale hédoniste, il faut que cette
quiétude de la sphère privée apparaisse comme valeur
arrachée, constamment menacée, environnée par un
destin de catastrophe. Il faut la violence et l'inhuma-
nité du monde extérieur pour que non seulement la
sécurité s'éprouve plus profondément comme telle (cela
dans l'économie de la jouissance), mais aussi pour
qu'elle se sente à chaque instant *justifiée* de se choisir
comme telle (cela dans l'économie morale du salut).
Il faut que fleurissent autour de la zone préservée les
signes du destin, de la passion, de la fatalité, pour que
cette quotidienneté récupère la grandeur, le sublime

dont elle est justement le revers. La fatalité est ainsi partout suggérée, signifiée, pour que la banalité vienne s'y repaître et y trouver grâce. L'extraordinaire rentabilité des accidents automobiles sur les ondes, dans la presse, dans le discours individuel et national, est là pour le prouver : c'est le plus bel avatar de la « fatalité quotidienne » et, s'il est exploité avec une telle passion, c'est qu'il remplit une fonction collective essentielle. La litanie sur la mort automobile n'est d'ailleurs concurrencée que par la litanie des prévisions météorologiques : c'est que les deux sont un couple mythique — l'obsession du soleil et la litanie de la mort sont inséparables.

La quotidienneté offre ainsi ce curieux mélange de justification euphorique par le standing et la passivité, et de « délectation morose » de victimes possibles du destin. Le tout compose une mentalité, ou plutôt une « sentimentalité » spécifique. La société de consommation se veut comme une Jérusalem encerclée, riche et menacée, c'est là son idéologie [1].

LE CERCLE VICIEUX DE LA CROISSANCE

Dépenses collectives et redistribution.

La société de consommation ne se caractérise pas seulement par la croissance rapide des dépenses individuelles, elle s'accompagne aussi de la croissance des

1. Cette situation est presque idéalement réalisée par une ville comme Berlin. D'autre part, presque tous les romans de science-fiction thématisent cette situation d'une Grande Cité rationnelle et « affluente » *menacée* de destruction par quelque grande force hostile, de l'extérieur ou de l'intérieur.

dépenses assumées par des tiers (par l'administration surtout) au bénéfice des particuliers et dont certaines visent à réduire l'inégalité de la distribution des ressources.

Cette part des dépenses collectives satisfaisant des besoins individuels passe de 13 % de la consommation totale en 1959 à 17 % en 1965.

En 1965, la fraction des besoins couverte par des tiers est de :

— 1 % pour l'alimentation et le vêtement (« subsistance »),

— 13 % pour les dépenses de logement, réseaux d'équipements de transports et communications (« cadre de vie »);

— 67 % dans les domaines de l'enseignement, de la culture, des sports et de la santé (« protection et épanouissement de la personne »).

On observe donc que les dépenses collectives portent plus massivement sur l'homme que sur les biens et équipements matériels mis à sa disposition. De même, les dépenses publiques sont actuellement les plus importantes dans les postes appelés à croître le plus fortement. Mais il est intéressant de noter, avec E. Lisle, que c'est précisément dans ce secteur, où la collectivité assume la plus grosse part des dépenses et qu'elle a si fortement développé, que la crise de mai 1968 a éclaté.

En France, le « budget social de la nation » redistribue plus de 20 % de la production intérieure brute (l'Éducation nationale à elle seule absorbe la totalité de l'impôt sur le revenu des personnes physiques). La disparité violente, que dénonce Galbraith, entre la consommation privée et les dépenses collectives, apparaît ainsi bien plus spécifique des États-Unis que des pays européens.

Mais là n'est pas la question. Le véritable problème est de savoir *si ces crédits assurent une égalisation objective des chances sociales*. Or, il semble clair que cette « redistribution » n'a que peu d'effets sur la discrimination sociale à tous les niveaux. Quant à l'inégalité des niveaux de vie, la comparaison de deux enquêtes sur les budgets familiaux faites en 1956 et 1965 ne met en évidence aucune réduction des écarts. On sait les disparités héréditaires et irréductibles des classes sociales devant l'école : là où jouent d'autres mécanismes plus subtils que les mécanismes économiques, la seule redistribution économique équivaut très largement à renforcer les mécanismes d'inertie culturelle. Taux de scolarisation de 52 % à 17 ans : 90 % pour les enfants de cadres supérieurs, professions libérales et membres du corps enseignant, moins de 40 % pour les agriculteurs et ouvriers. Dans le supérieur, chances d'accès pour les garçons de la première catégorie : plus du tiers ; de 1 % à 2 % pour ceux de la seconde.

Dans le domaine de la santé, les effets redistributifs ne sont pas clairs : parmi la population active, il pourrait y avoir absence de redistribution, comme si chaque catégorie sociale s'efforçait au minimum de récupérer ses cotisations.

Fiscalité et Sécurité sociale : suivons l'argumentation d'E. Lisle sur ce point. « Les consommations collectives croissantes sont financées par le développement de la fiscalité et de la parafiscalité : au seul titre de la S. S., le rapport des cotisations sociales à la masse des charges salariales est passé de 23,9 % en 1959 à 25,9 % en 1967. La S. S. coûte ainsi aux salariés des entreprises un quart de leurs ressources, les cotisations sociales dites " des employeurs " pouvant légitimement être considérées comme un prélèvement à la source sur le salaire, tout omme l'imcpôt forfaitaire de 5 %. La masse de ces prélèvements dépasse largement celle qui est opérée au titre de l'impôt sur le revenu. Celui-ci étant progressif, alors que les cotisations sociales et le versement forfaitaire sont au total régressifs, *l'effet net de la fiscalité et de la parafiscalité directe est régressif*. Si on admet que la fiscalité indirecte, essentiellement la T. V. A., est proportionnelle à la consommation, on peut conclure que les impôts directs et indirects et les cotisations sociales acquittées par les ménages et très largement affectées au financement des consommations collectives *n'auraient pas, dans leur ensemble, d'effet réducteur d'inégalité ou redistributif.* »

« En ce qui concerne l'efficacité des équipements collectifs, les enquêtes disponibles montrent un fréquent " dérapage " des intentions des pouvoirs publics. Quand ces équipements sont conçus pour les plus défavorisés, on constate que peu à peu la " clientèle " se diversifie, cette ouverture provoquant le rejet affectif, pour des raisons psychologiques plus que financières, des pauvres. Quand les équipements veulent être ouverts à tous, l'élimination des plus faibles se fait dès le départ. L'effort pour l'accès de tous se traduit communément par une ségrégation qui reflète les hiérarchies sociales. Cela tendrait à montrer que dans une société fortement inégalitaire, les actions politiques visant à assurer une égalité formelle d'accès n'ont fait la plupart du temps que redoubler les inégalités. » (Commission du Plan : « Consommation et Mode de Vie ».)

L'inégalité devant la mort reste très grande.

Une fois de plus donc, les chiffres absolus n'ont pas de sens, et l'accroissement des ressources disponibles, feu vert donné sur l'abondance, doit être interprété dans sa logique sociale réelle. La redistribution sociale, l'efficacité des actions publiques en particulier doivent être remises en question. Doit-on voir, dans cette « dé-

viance » de la redistribution « sociale », dans cette restitution des inégalités sociales par cela même qui devrait
les éliminer, une anomalie provisoire due à l'inertie
de la structure sociale? Doit-on au contraire formu-
ler l'hypothèse radicale selon laquelle les mécanismes
de redistribution, qui réussissent si bien à préserver les
privilèges, sont en fait partie intégrante, élément tactique du système de pouvoir — complices en cela du
système scolaire et du système électoral? Il ne sert à
rien alors de déplorer l'échec renouvelé d'une politique
sociale : il faut constater au contraire qu'elle remplit
parfaitement sa fonction *réelle*.

INCIDENCE SUR L'ÉVENTAIL DES REVENUS
Rapports des *revenus moyens*
des catégories extrêmes

Revenus primaires	8,8	9,8	10,0
Revenus primaires			
— moins prélèvement fiscal direct.	8,7	10,2	10,1
— plus transferts	5,2	5,2	5,0
Revenus finals	4,9	5,0	4,6

Malgré certains résultats, l'appréciation de l'effet des
transferts, tant pour la redistribution que pour l'orientation des consommations, doit être très nuancée. Si
l'effet global des transferts a permis de réduire de moitié
l'éventail des revenus finals, en longue période, la relative stabilité de cette répartition des revenus finals n'a
été acquise qu'au prix d'un très fort accroissement des
sommes redistribuées.

CONSOMMATION ÉLARGIE DES MÉNAGES 1965 [1]

Fonctions de consommation regroupées	Consommations individuelles		Consommations collectives		Ensemble	
	Millions de F	Répartition par fonction en %	Millions de F	Répartition par fonction en %	Millions de F	Répartition par fonction en %
1. *Besoins élémentaires :*						
● Besoins d'alimentation, hôtels, cafés, restaurants	157 503	99,1	1 485	0,9	158 988	
Besoins d'habillement						
● Besoins de soins personnels, bien divers.	93 753	86,7	14 392	13,3	108 145	
2. *Besoins relatifs au cadre de vie*						
3. Dépenses d'habitation (équipement, logement)	50 225	89,1	6 138	10,9	56 363	
● Produits d'entretien, loyers, réparations, énergie et charges						
4. Autres (distractions, loisirs, transports individuels et collectifs, P & T, services divers, sécurité)	43 528	84,1	8 254	15,9	51 782	
5. *Besoins formation et sauvegarde de la personne*	21 298	32,7	43 735	67,3	65 033	
6. Enseignement, culture	12 160	36,3	21 318	63,7	33 478	
7. Sports, santé	9 138	29,0	22 417	71,0	31 555	
8. Consommation intermédiaire globale			3 210	100,0	3 210	
ENSEMBLE	272 554	81,3	62 822	18,7	335 376	

1. Source : CREDOC, Consommation individuelle et Consommation collective (Premier essai de mesure), mars 1969. Document établi pour le Groupe « Consommation et Mode de vie ».

MORTALITÉ PAR CATÉGORIE
SOCIO-PROFESSIONNELLE [1]
Nombre de survivants à 70 ans
pour 1 000 à 35 ans

Instituteurs de l'enseignement public............	732
Professions libérales, cadres supérieurs..........	719
Clergé catholique	692
Techniciens secteur privé	700
Cadres moyens secteur public	664
Cadres moyens secteur privé	661
Contremaîtres et ouvriers qualifiés secteur public .	653
Agriculteurs exploitants	653
Employés de bureau secteur public	633
Patrons de l'industrie et du commerce..........	631
Employés de bureau secteur privé ....–	623
Contremaîtres et ouvriers qualifiés secteur privé .	585
Ouvriers spécialisés secteur public	590
Ouvriers spécialisés secteur privé	576
Salariés agricoles	565
Manœuvres	498
ENSEMBLE de la France (y compris groupes non couverts par l'enquête)	586

Les nuisances.

Les progrès de l'abondance, c'est-à-dire de la disposition de biens et d'équipements individuels et collectifs toujours plus nombreux, ont pour contrepartie des « nuisances » toujours plus graves — conséquences du développement industriel et du progrès technique, d'une part, des structures mêmes de la consommation, d'autre part.

1. *Études et Conjoncture*, novembre 1965.

Dégradation du cadre collectif par les activités économiques : bruit, pollution de l'air et de l'eau, destruction des sites, perturbation des zones résidentielles par l'implantation de nouveaux équipements (aéroports, autoroutes, etc.). L'encombrement automobile a pour conséquence un déficit technique, psychologique, humain, colossal : qu'importe, puisque le suréquipement infrastructurel nécessaire, les dépenses supplémentaires en essence, les dépenses de soins aux accidentés, etc., tout cela sera quand même comptabilisé comme consommation, c'est-à-dire deviendra, sous le couvert du produit national brut et des statistiques, exposant de croissance et de richesse! L'industrie florissante des eaux minérales sanctionne-t-elle un surcroît réel d' « abondance », puisqu'elle ne fait largement que pallier la déficience de l'eau urbaine? Etc. : on n'en finirait pas de recenser toutes les activités productives et consommatrices qui ne sont que palliatifs aux nuisances internes du système de la croissance. Le surcroît de productivité, une fois atteint un certain seuil, est presque tout entier épongé, dévoré par cette *thérapie homéopathique de la croissance par la croissance*.

Bien entendu, les « nuisances culturelles », dues aux effets techniques et culturels de la rationalisation et de la production de masse, sont rigoureusement incalculables. D'ailleurs, les jugements de valeur interdisent ici de définir des critères communs. On ne saurait objectivement caractériser la « nuisance » d'un ensemble d'habitation sinistre ou d'un mauvais film de série Z comme on peut le faire de la pollution de l'eau. Seul un inspecteur de l'administration, comme ce fut le cas dans un récent congrès, a pu proposer, en même temps qu'un « ministère de l'air pur », la protection des populations contre les effets de la presse à sensation et la création d'un « délit d'atteinte à l'intelligence »! Mais on peut admettre que ces nuisances-là croissent au rythme même de l'abondance.

L'obsolescence accélérée des produits et des machines, la destruction de structures anciennes assurant certains besoins, la multiplication des fausses innovations, sans bénéfice sensible pour le mode de vie, tout cela peut être ajouté au bilan.

Plus grave peut-être encore que le déclassement des produits et de l'appareillage est le fait, signalé par E. Lisle, que « le coût du progrès rapide dans la production des richesses est la mobilité de la main-d'œuvre, et donc l'instabilité de l'emploi. Renouvellement, recyclage des hommes qui a pour résultat des frais sociaux très lourds, mais surtout une hantise générale de l'*insécurité*. Pour tous, la pression psychologique et sociale de la mobilité, du statut, de la concurrence à tous les niveaux (revenu, prestige, culture, etc.) se fait plus lourde. Il faut un temps plus long pour se recréer, se recycler, pour récupérer et compenser l'usure psychologique et nerveuse causée par les nuisances multiples : trajet domicile/travail, surpeuplement, agressions et stress continuels. « En définitive, le coût majeur de la société de consommation est le sentiment d'insécurité généralisée qu'elle engendre... »

Ce qui mène à une sorte d'autodévoration du système : « Dans cette croissance rapide... qui engendre inévitablement des tensions inflationnistes... une fraction non négligeable de la population ne parvient pas à soutenir le rythme. Ceux-là deviennent des " laissés-pour-compte ". Et ceux qui restent dans la course et parviennent au mode de vie proposé en modèle ne le font qu'au prix d'un effort qui les laisse diminués. Si bien que la société se voit contrainte d'amortir les coûts sociaux de la croissance en redistribuant une part grandissante de la production intérieure brute au profit

d'investissements sociaux (éducation, recherche, santé)
définis avant tout pour servir la croissance. » (E. Lisle.)
Or, ces dépenses privées ou collectives destinées à faire
face aux dysfonctions plutôt qu'à accroître les satisfactions positives, ces dépenses de compensation, sont
additionnées, dans toutes les comptabilités, *à l'élévation
du niveau de vie*. Sans parler des consommations
de drogue, d'alcool, et de toutes les dépenses ostentatoires ou compensatoires, sans parler des budgets militaires, etc. Tout cela, c'est la croissance, donc c'est
l'abondance.

Le nombre croissant de catégories « à charge » pour
la société, sans être une nuisance (la lutte contre la maladie et le recul de la mort constituant un des aspects
de l'« abondance », une des exigences de la consommation), hypothèque pourtant de plus en plus lourdement
le processus lui-même. A la limite, dit J. Bourgeois-
Pichat, « on pourrait imaginer que la population dont
l'activité est consacrée à maintenir le pays en bonne
santé devienne plus importante que la population effectivement engagée dans la production ».

Bref, partout on touche à un point où la dynamique
de la croissance et de l'abondance devient circulaire et
tourne sur elle-même. Où de plus en plus, le système
s'épuise dans sa reproduction. Un seuil de *patinage*,
où tout le surcroît de productivité passe à entretenir
les conditions de survie du système. Le seul résultat
objectif est alors la croissance cancéreuse des chiffres
et des bilans, mais, pour l'essentiel, on revient proprement au stade primitif, qui est celui de la pénurie absolue, de l'animal ou de l'indigène, dont toutes les forces
s'épuisent à survivre. Ou encore de ceux, selon Daumal,
qui « plantent des pommes de terre pour pouvoir manger des pommes de terre, pour pouvoir de nouveau plan-
ter des pommes de terre, etc. ». Or, un système est inef-

ficace quand son coût est égal ou supérieur à son
rendement. Nous n'en sommes pas là. Mais nous
voyons se profiler, à travers les nuisances et les correctifs
sociaux et techniques à ces nuisances, une tendance générale à un *fonctionnement interne tentaculaire du système*
— les consommations « dysfonctionnelles », individuelles
ou collectives, augmentant plus vite que les consommations « fonctionnelles », le système au fond se para-
site lui-même.

La comptabilisation de la croissance ou la mystique du P. N. B.

Nous parlons là du plus extraordinaire bluff collectif
des sociétés modernes. D'une opération de « magie blanche » sur les chiffres, qui cache en réalité une magie
noire d'envoûtement collectif. Nous parlons de la gymnastique absurde des *illusions comptables*, des comptabilités nationales. Rien n'entre là que les facteurs
visibles et mesurables selon les critères de la rationalité
économique — tel est le principe de cette magie. A ce
titre n'y entrent ni le travail domestique des femmes,
ni la recherche, ni la culture — par contre peuvent y
figurer certaines choses qui n'ont rien à y voir, *par le
seul fait qu'elles sont mesurables*. De plus, ces comptabilités ont ceci de commun avec le rêve qu'elles ne connaissent pas le signe négatif et qu'elles additionnent
tout, nuisances et éléments positifs, dans l'illogisme le
plus total (mais pas du tout innocent).

Les économistes additionnent la valeur de tous les
produits et services de tous les genres — aucune distinction entre services publics et services privés. Les
nuisances et leur palliatif y figurent au même titre que
la production de biens objectivement utiles. « La production d'alcool, de comics, de dentifrice... et de fusées

nucléaires y éponge l'absence d'écoles, de routes, de piscines. » (Galbraith.)

Les aspects déficitaires, la dégradation, l'obsolescence n'y figurent pas — s'ils y figurent, c'est *positivement!* Ainsi les prix de transport au travail sont comptabilisés comme dépense de consommation! C'est l'aboutissement chiffré logique de la finalité magique de la production pour elle-même : *toute chose produite est sacralisée par le fait même de l'être.* Toute chose produite est *positive*, toute chose mesurable est positive. La baisse de la luminosité de l'air à Paris de 30 % en cinquante ans est résiduelle et inexistante aux yeux des comptables. Mais si elle résulte en une plus grande dépense d'énergie électrique, d'ampoules, de lunettes, etc., alors elle existe, et du même coup elle existe comme surcroît de production et de richesse sociale! Toute atteinte restrictive ou sélective au principe sacré de la production et de la croissance provoquerait l'horreur du sacrilège (« Nous ne toucherons pas à une vis de Concorde! »). Obsession collective consignée dans les livres de comptes, la productivité a d'abord la fonction sociale d'un *mythe*, et pour alimenter ce mythe, tout est bon, même l'inversion de réalités objectives qui y contredisent en chiffres qui le sanctionnent.

Mais il y a peut-être là, dans cette algèbre mythique des comptabilités, une vérité profonde, LA vérité du système économico-politique des sociétés de croissance. Que le positif et le négatif soient additionnés pêle-mêle nous semble paradoxal. Mais c'est peut-être tout simplement *logique*. Car la vérité, c'est peut-être que ce sont les biens « négatifs », les nuisances compensées, les coûts internes de fonctionnement, les frais sociaux d'endorégulation « dysfonctionnelle », les secteurs annexes de prodigalité inutile *qui jouent dans cet ensemble le rôle dynamique de locomotive économique.* Cette vérité latente du système est, bien sûr, cachée par les chiffres, dont l'addition magique voile cette circularité admirable du positif et du négatif (vente d'alcool et construction d'hôpitaux, etc.). Ce qui expliquerait l'impossibilité, malgré tous les efforts et à tous les niveaux, d'extirper ces aspects négatifs : le système en vit et ne saurait s'en défaire. Nous retrouverons ce problème à propos de la pauvreté, ce « volant » de pauvreté que les sociétés de croissance « traînent derrière elle » comme leur tare, et qui est de fait une de leurs « nuisances » les plus graves. Il faut admettre l'hypothèse que toutes ces nuisances entrent quelque part comme facteurs positifs, comme facteurs continuels de la croissance, comme relance de la production et de la consommation. Au XVIIIᵉ siècle, Mandeville, dans la *Fable des Abeilles*, soutenait la théorie (sacrilège et libertine à son époque déjà) que c'est par ses vices, et non par ses vertus, qu'une société s'équilibre, que la paix sociale, le progrès et le bonheur des hommes s'obtiennent par l'immoralité instinctive qui leur fait enfreindre continuellement les règles. Il parlait bien sûr de morale, mais nous pouvons l'entendre au sens social et économique. C'est de ses tares cachées, de ses équilibres, de ses nuisances, de ses vices au regard d'un système rationnel que le système réel précisément prospère. On a taxé Mandeville de cynisme : c'est l'ordre social, l'ordre de production qui est objectivement cynique [1].

---

1. Il y a, dans ce sens, une différence absolue entre le gaspillage de nos « sociétés d'abondance », gaspillage qui est une *nuisance intégrée au système* économique, qui est un gaspillage « fonctionnel », non producteur de valeur collective, et la prodigalité destructive qu'ont pratiquée toutes les sociétés dites de « pénurie », dans leurs fêtes et leurs sacrifices, gaspillage « par excès », où la destruction des biens était source de valeurs symboliques collectives. Jeter les automobiles démodées à la casse ou brûler le café dans les locomotives n'a rien d'une

Le gaspillage.

On sait combien l'abondance des sociétés riches est liée au gaspillage, puisqu'on a pu parler de « civilisation de la poubelle », et même envisager de faire une « sociologie de la poubelle » : *Dis-moi ce que tu jettes, je te dirai qui tu es!* Mais la statistique du gâchis et du détritus n'est pas intéressante en soi : elle n'est qu'un signe redondant du volume des biens offerts, et de leur profusion. On ne comprend ni le gaspillage ni ses fonctions si on n'y voit que le déchet résiduel de ce qui est fait pour être consommé et qui ne l'est pas. Encore une fois, nous avons là une définition simpliste de la consommation — définition morale fondée sur l'utilité impérative des biens. Et tous nos moralistes de partir en guerre contre la dilapidation des richesses, depuis l'individu privé qui ne respecte plus cette sorte de *loi morale interne à l'objet qui serait sa valeur d'usage* et sa durée, qui jette ses biens ou en change selon les caprices du standing ou de la mode, etc., jusqu'au gaspillage à l'échelon national et international, et même jusqu'à un gaspillage en quelque sorte planétaire, qui serait le fait de l'espèce humaine dans son économie générale et son exploitation des richesses naturelles. Bref, le gaspillage es toujours considéré comme une sorte de folie, de démence, de dysfonction de l'instinct, qui fait brûler à l'homme ses réserves et compromettre par une pratique irrationnelle ses conditions de survie.

Cette vision trahit du moins le fait que nous ne som-

fête : c'est une destruction systématique, délibérée, à des fins stratégiques. Ainsi des dépenses militaires (seule peut-être la publicité...). Le système économique ne peut se dépasser dans un gaspillage festif, pris qu'il est à sa propre prétendue « rationalité ». Il ne peut que dévorer en quelque sorte honteusement son surcroît de richesse, en pratiquant une destructivité calculée complémentaire de calcul de productivité.

mes pas dans une ère d'abondance *réelle*, que chaque individu, groupe ou société actuels, et même l'espèce en tant que telle est placée sous le signe de la rareté. Or, ce sont en général les mêmes qui soutiennent le mythe de l'irrésistible avènement de l'abondance et qui déplorent le gaspillage, lié au spectre menaçant de la rareté. De toute façon, toute cette vision *morale* du gaspillage comme dysfonction est à reprendre selon une analyse *sociologique* qui ferait apparaître ses véritables fonctions.

Toutes les sociétés ont toujours gaspillé, dilapidé, dépensé et consommé au-delà du strict nécessaire, pour la simple raison que c'est dans la consommation d'un excédent, d'un superflu que l'individu comme la société se sentent non seulement exister mais vivre. Cette consommation peut aller jusqu'à la « *consumation* », la destruction pure et simple, qui prend alors une fonction sociale spécifique. Ainsi, dans le potlatch, c'est la destruction compétitive de biens précieux qui scelle l'organisation sociale. Les Kwakiutl sacrifient des couvertures, des canoës, des cuivres blasonnés, qu'ils brûlent ou jettent à la mer, pour « soutenir leur rang », pour affirmer leur valeur. C'est encore par la *wasteful expenditure* (prodigalité inutile) qu'à travers toutes les époques, les classes aristocratiques ont affirmé leur prééminence. La notion d'utilité, d'origine rationaliste et économiste, est donc à revoir selon une logique sociale beaucoup plus générale où le gaspillage, loin d'être un résidu irrationnel, prend une fonction positive, relayant l'utilité rationnelle dans une fonctionnalité sociale supérieure, et même à la limite apparaît comme la fonction essentielle — le surcroît de dépense, le superflu, l'inutilité rituelle de la « dépense pour rien » devenant le lieu de production des valeurs, des différences et du sens —, tant sur le plan individuel que sur le plan social. Dans

cette perspective se profile une définition de la « consommation » comme *consumation*, c'est-à-dire comme gaspillage productif — perspective inverse de celle de
l'« économique », fondé sur la nécessité, l'accumulation
et le calcul, où au contraire le superflu précède le nécessaire, où la dépense précède en valeur (sinon dans le
temps) l'accumulation et l'appropriation.

« Ah, ne discutez pas " besoin " ! Le dernier des men-
diants a encore un rien de superflu dans la plus misé-
rable chose. Réduisez la nature aux besoins de nature,
et l'homme est une bête : sa vie ne vaut pas plus. Com-
prends-tu qu'il nous faut un rien de trop pour être ? »,
dit Shakespeare dans *Le Roi Lear*.

Autrement dit, un des problèmes fondamentaux posés
par la consommation est celui-ci : les êtres s'organisent-
ils en fonction de leur survie, ou en fonction du sens,
individuel ou collectif, qu'ils donnent à leur vie ? Or,
cette valeur d' « être », cette valeur structurelle peut
impliquer le sacrifice des valeurs économiques. Et ce
problème n'est pas métaphysique. Il est au centre de
la consommation, et peut se traduire ainsi : *l'abondance
n'a-t-elle au fond de sens que dans le gaspillage ?*

Doit-on définir l'abondance sous le signe de la prévi-
sion et de la provision, comme le fait Valéry ? « Contem-
pler des monceaux de nourriture durable, n'est-ce point
voir du temps de reste et des actes épargnés ? Une caisse
de biscuits, c'est tout un mois de paresse et de vie. Des
pots de viande confite et des couffes de fibre bourrées
de graines et de noix sont un trésor de quiétude ; tout
un hiver tranquille est en puissance dans leur parfum...
Robinson humait la présence de l'avenir dans la senteur
des caissons et des coffres de sa cambuse. Son trésor
dégageait de l'oisiveté. Il en émanait de la durée, comme
il émane de certains métaux une chaleur absolue... L'hu-
manité ne s'est lentement élevée que sur le tas de ce qui

dure. Prévisions, provisions, peu à peu nous ont détachés de la rigueur de nos nécessités animales et du *mot à mot* de nos besoins... La nature le suggérait : elle a fait que nous portions avec nous de quoi résister quelque peu à l'inconstance des événements ; la graisse qui est sur nos membres, la mémoire qui se tient toute prête dans l'épaisseur de nos âmes, ce sont des modèles de ressources réservées que notre industrie a imités. »

Tel est le principe *économique*, auquel s'oppose la vision nietzschéenne (et celle de Bataille), du vivant qui veut avant tout « dépenser sa force » : « Les physiologistes devraient réfléchir avant de poser l' "instinct de conservation" comme l'instinct cardinal de tout être organique. Le vivant veut avant tout dépenser sa force : la " conservation " n'en est qu'une des conséquences entre autres. Gare aux principes téléologiques *superflus !* Et tout le concept de l' " instinct de conservation " est un de ces principes... La " lutte pour l'existence " — cette formule désigne un état d'exception, la règle est bien plutôt la lutte pour la puissance, l'ambition d'avoir " plus " et " mieux " et " plus vite " et " plus souvent ". » (Nietzsche : *La Volonté de Puissance.*)

Ce « quelque chose en plus », par où s'affirme la valeur, peut devenir le « quelque chose en propre ». Cette loi de la valeur symbolique, qui fait que l'essentiel est toujours au-delà de l'indispensable, s'illustre au mieux dans la dépense, dans la perte, mais elle peut aussi se vérifier dans l'appropriation, pourvu que celle-ci ait la fonction différentielle du surcroît, du « quelque chose en plus ». Témoin l'exemple soviétique : ouvrier, cadre, ingénieur, membre du parti ont un appartement qui ne leur appartient pas : loué ou en viager, logement de fonction attaché au statut social de travailleur, de citoyen actif, non à la personne privée. Ce bien est un service social, non un patrimoine, encore moins un « bien

de consommation ». Au contraire, l'habitat secondaire,
la datcha à la campagne, avec le jardin, ceci leur appartient. Ce bien n'est pas viager ni révocable, il peut leur
survivre et devenir héréditaire. D'où l'engouement « individualiste » qui s'y attache : tous les efforts s'orientent
vers l'acquisition de cette datcha (à défaut de l'automobile qui joue bien un peu le même rôle de « résidence
secondaire » en Occident). Valeur de prestige et valeur
symbolique de cette datcha : c'est le « quelque chose
de plus ».

D'une certaine façon, il en est de même dans l'abondance : pour que celle-ci devienne une *valeur*, il faut
qu'il y en ait non pas assez, mais *trop* — il faut que soit
maintenue et manifestée une différence significative
entre le nécessaire et le superflu : c'est la fonction du
gaspillage à tous les niveaux. C'est dire qu'il est illu-
soire de vouloir le résorber, de prétendre l'éliminer, car
c'est lui, de quelque façon, qui oriente tout le système.
Pas plus que le gadget d'ailleurs (où s'arrête l'utile,
où commence l'inutile ?), on ne peut le définir ni le circonscrire. Toute production et dépense au-delà de la
stricte survie peut être taxée de gaspillage (pas seulement
la mode vestimentaire et la « poubelle » alimentaire,
mais les supergadgets militaires, la « Bombe », le suréquipement agricole de certains paysans américains, et
les industriels qui renouvellent leur panoplie de machines
tous les deux ans au lieu de les amortir : non seulement
la consommation, mais la production obéit elle aussi
largement aux processus ostentatoires — sans compter
la politique). Les investissements rentables et les investissements somptuaires sont partout inextricablement
liés. Un industriel ayant investi 1 000 dollars en publicité
déclarait : « Je sais qu'une moitié est perdue, mais je
ne sais pas laquelle. » Il en est toujours ainsi dans une
économie complexe : on ne saurait isoler l'utile et vou-

loir soustraire le superflu. Au surplus, la moitié « perdue »
(économiquement) n'est peut-être pas celle qui prend
le moins de valeur, à long terme ou d'une façon plus
subtile, dans sa « déperdition » même.

C'est ainsi qu'il faut lire l'immense gaspillage de nos
sociétés d'abondance. C'est lui qui défie la rareté et qui
signifie contradictoirement l'abondance. C'est lui dans
son principe et non l'utilité, qui est le schème psychologique, sociologique et économique directeur de l'abondance.

« *Que l'emballage verre puisse se jeter, n'est-ce pas déjà
cela* L'AGE D'OR ?

Un des grands thèmes de la culture de masse, analysé
par Riesman et Morin, illustre ceci sur le mode épique :
c'est celui des *héros de la consommation*. A l'Ouest au
moins, les biographies exaltées des héros de la production le cèdent aujourd'hui partout à celles des héros de
la consommation. Les grandes vies exemplaires de
« self made men » et de fondateurs, des pionniers,
d'explorateurs et de colons, qui succédaient à celles
des saints et des hommes historiques, sont devenues
celles des vedettes de cinéma, du sport et du jeu, de
quelques princes dorés ou de féodaux internationaux,
bref de *grands gaspilleurs* (même si l'impératif impose
souvent à rebours de les montrer dans leur « simplicité » quotidienne, faisant leur marché, etc.). Tous ces
grands dinosaures qui défraient la chronique des magazines et de la T. V., c'est toujours leur vie par excès, et
la virtualité de monstrueuses dépenses qui est exaltée
en eux. Leur qualité surhumaine, c'est leur parfum
de potlatch. Ainsi remplissent-ils une fonction sociale
bien précise : celle de la dépense somptuaire, inutile,
démesurée. Ils remplissent cette fonction par procuration, pour tout le corps social, tels les rois, les héros,
les prêtres ou les grands parvenus des époques anté-

rieures. Comme ceux-ci d'ailleurs, ils ne sont jamais si grands que si, tels James Dean, ils payent cette dignité de leur vie.

La différence essentielle est que dans notre système actuel cette dilapidation spectaculaire n'a plus la signification symbolique et collective déterminante qu'elle pouvait prendre dans la fête et le potlatch primitifs. Cette consommation prestigieuse s'est, elle aussi, « personnalisée » et mass-médiatisée. Elle a pour fonction la relance économique de la consommation de masse, qui se définit par rapport à elle comme subculture laborieuse. La caricature de la robe somptueuse que la vedette ne porte qu'une seule soirée, c'est le « slip éphémère » qui, 80 % viscose et 20 % acrylique non tissé, se met le matin, se jette le soir et ne se lave pas. Surtout, ce gaspillage de luxe, ce gaspillage sublime mis en avant pas les mass media ne fait que doubler, sur le plan culturel, un gaspillage beaucoup plus fondamental et systématique, intégré, lui, directement aux processus économiques, un gaspillage *fonctionnel* et bureaucratique, produit par la production en même temps que les biens matériels, incorporé à eux et donc obligatoirement *consommé* comme une des qualités et des dimensions de l'objet de consommation : leur fragilité, leur obsolescence calculée, leur condamnation à l'éphémérité. Ce qui est produit aujourd'hui ne l'est pas en fonction de sa valeur d'usage ou de sa durée possible, mais au contraire *en fonction de sa mort*, dont l'accélération n'a d'égale que celle de l'inflation des prix. Cela seul suffirait à remettre en question les postulats « rationalistes » de toute la science économique sur l'utilité, les besoins, etc. Or, on sait que l'ordre de production ne survit qu'au prix de cette extermination, de ce « suicide » calculé perpétuel du parc des objets, que cette opération repose sur le « sabotage » technologique ou sur la désuétude organisée sous le signe de la mode. La publicité réalise ce prodige d'un budget considérable consumé à seule fin non pas d'ajouter, mais d'*ôter à la valeur* d'usage des objets, d'ôter à leur valeur/temps en les assujettissant à leur valeur/mode et au renouvellement accéléré. Ne parlons pas des richesses sociales colossales sacrifiées dans les budgets de guerre et autres dépenses étatiques et bureaucratiques de prestige : cette sorte de prodigalité n'a plus rien du tout d'un parfum symbolique de potlatch, elle est la solution désespérée, mais vitale, d'un système économico-politique en perdition. Cette « consommation » au plus haut niveau fait partie de la société de consommation au même titre que la fringale tétanique d'objets chez les particuliers. Les deux assurent conjointement la reproduction de l'ordre de production. Et il faut distinguer le gaspillage individuel ou collectif comme acte symbolique de dépense, comme rituel de fête et forme exaltée de la socialisation, de sa caricature funèbre et bureaucratique dans nos sociétés, où la consommation gaspilleuse est devenue une obligation quotidienne, une institution forcée et souvent inconsciente comme l'impôt indirect, une participation à froid aux contraintes de l'ordre économique.

« Cassez votre voiture, l'assurance fera le reste ! » La voiture est sans doute d'ailleurs l'un des foyers privilégiés du gaspillage quotidien et à long terme, privé et collectif. Non seulement par sa valeur d'usage systématiquement réduite, par son coefficient de prestige et de mode systématiquement renforcé, par les sommes démesurées qui y sont investies, mais plus profondément sans doute par le sacrifice collectif spectaculaire de tôles, de mécanique et de *vies humaines* que représente l'Accident — gigantesque happening, le plus beau de la société de consommation, par où celle-ci se donne, dans la destruction rituelle de matière et de vie, la preuve de sa surabondance (preuve inverse, mais bien plus efficace, pour l'imagination profonde, que la preuve directe par l'accumulation).

La société de consommation a besoin de ses objets pour être et plus précisément elle a besoin de les *détruire*. L'« usage » des objets ne mène qu'à leur *déperdition lente*. La valeur créée est beaucoup plus intense dans leur *déperdition violente*. C'est pourquoi la destruction reste l'alternative fondamentale à la production : la consommation n'est qu'un terme intermédiaire entre les deux. Il y a une tendance profonde dans la consommation à se dépasser, à se tranfigurer dans la destruction. C'est là qu'elle prend son sens. La plupart du temps, dans la quotidienneté actuelle, elle reste subordonnée, comme consommativité dirigée, à l'ordre de productivité. C'est pourquoi la plupart du temps les objets sont là *par défaut*, et c'est pourquoi leur abondance même signifie paradoxalement la pénurie. Le stock, c'est la redondance du manque, et signe de l'angoisse. Dans la destruction seule, les objets sont là *par excès*, et témoignent, dans leur disparition, de la richesse. Il est en tout cas évident que la destruction soit sous sa forme violente et symbolique (happening, potlatch, acting out destructif, individuel ou collectif), soit sous sa forme de destructivité systématique et institutionnelle, est vouée à devenir une des fonctions prépondérantes de la société post-industrielle.

DEUXIÈME PARTIE

Théorie de la consommation

LA LOGIQUE SOCIALE
DE LA CONSOMMATION

L'idéologie égalitaire du bien-être.

Tout le discours sur les besoins repose sur une anthropologie naïve : celle de la propension naturelle au bonheur. Le bonheur, inscrit en lettres de feu derrière la moindre publicité pour les Canaries ou les sels de bain, c'est la référence absolue de la société de consommation : c'est proprement l'équivalent du *salut*. Mais quel est ce bonheur qui hante la civilisation moderne avec une telle force idéologique ?

Il faut réviser, là aussi, toute vision spontanée. La force idéologique de la notion de bonheur ne lui vient justement pas d'une propension naturelle de chaque individu à le réaliser pour lui-même. Il lui vient, socio-historiquement, du fait que le mythe du bonheur est celui qui recueille et incarne dans les sociétés modernes *le mythe de l'Égalité*. Toute la virulence politique et sociologique dont ce mythe est chargé depuis la Révolution industrielle et les Révolutions du xixe s'est transférée sur le Bonheur. Le fait que le Bonheur ait d'abord cette signification et cette fonction idéologique induit des conséquences importantes quant à son contenu : pour être le véhicule du mythe *égalitaire*, il faut que le Bonheur soit *mesurable*. Il faut que ce soit du *bien-être* mesurable par des objets et des signes, du « confort », comme disait Tocqueville qui notait déjà cette tendance des sociétés démocratiques à toujours plus de bien-être, comme résorption des fatalités sociales et égalisation de tous les destins. Le bonheur comme jouissance totale ou intérieure, ce bonheur indépendant de signes qui pourraient le manifester aux yeux des autres et aux nôtres, ce bonheur qui n'a pas besoin de *preuves* est donc exclu d'emblée de l'idéal de consommation, où le bonheur est d'abord exigence d'égalité (ou de distinction bien entendu) et doit, en fonction de cela, se signifier toujours au « regard » de critères *visibles*. Dans ce sens, le Bonheur est plus loin encore de toute « fête » ou exaltation collective, puisque, alimenté par une exigence égalitaire, il se fonde sur les principes *individualistes*, fortifiés par la Table des Droits de l'Homme et du Citoyen, qui reconnaissent explicitement à chacun (à chaque individu) le droit au Bonheur.

La « Révolution du Bien-Être » est l'héritière, l'exécutrice testamentaire de la Révolution Bourgeoise ou simplement de toute révolution qui érige en principe l'égalité des hommes, sans pouvoir (ou sans vouloir) la réaliser *au fond*. Le principe démocratique est transféré alors d'une égalité réelle, des capacités, des responsabilités, des chances sociales, du bonheur (au sens plein du terme) à une égalité devant l'Objet et autres signes *évidents* de la réussite sociale et du bonheur. C'est la *démocratie du standing*, la démocratie de la T. V., de la voiture et de la chaîne stéréo, démocratie apparemment concrète, mais tout aussi formelle, qui répond, par-delà les contradictions et inégalités sociales, à la démocratie formelle inscrite dans la Constitution. Toutes deux, l'une servant d'alibi à l'autre, se conjuguent en une idéologie démocratique globale, qui masque la démocratie *absente* et l'égalité introuvable.

La notion de « besoins » est solidaire de celle de bien-être dans la mystique de l'égalité. Les besoins décrivent un univers rassurant de fins, et cette anthropologie naturaliste fonde la promesse d'une égalité universelle. La thèse implicite est celle-ci : Tous les hommes sont égaux devant le besoin et devant le principe de satisfaction, car tous les hommes sont égaux devant la *valeur d'usage* des objets et des biens (alors qu'ils sont inégaux et divisés devant la *valeur d'échange*). Le besoin étant indexé sur la valeur d'usage, on a une relation d'utilité *objective* ou de finalité naturelle devant laquelle il n'y a plus d'inégalité sociale ou historique. Au niveau du bifteck (valeur d'usage), pas de prolétaire ni de privilégié.

Ainsi les mythes complémentaires du bien-être et des besoins ont-ils une puissante fonction idéologique de résorption, d'effacement des déterminations objectives, sociales et historiques, de l'inégalité. Tout le jeu politique du Welfare State et de la société de consommation consiste à dépasser leurs contradictions en accroissant le volume des biens, dans la perspective d'une égalisation automatique par la quantité et d'un niveau d'*équilibre* final, qui serait celui du bien-être total pour tous. Les sociétés communistes elles-mêmes parlent en termes d'équilibre, de besoins individuels ou sociaux « naturels », « harmonisés », dégagés de toute différenciation sociale ou connotation de classe — là aussi dérivant d'une solution *politique* à une solution définitive par l'abondance —, substituant l'égalité formelle des biens à la transparence sociale des échanges. Ainsi voit-on dans les pays socialistes aussi la « Révolution du Bien-Être » prendre la relève de la révolution sociale et politique.

Si cette perspective sur l'idéologie du bien-être est juste (à savoir qu'elle véhicule le mythe de l'égalité formelle « sécularisé » dans les biens et les signes), alors il est clair que l'éternel problème : « La Société de Consommation est-elle égalitaire ou inégalitaire ? Est-elle la démocratie réalisée ou en voie de réalisation, ou à l'inverse, restitue-t-elle simplement les inégalités et les structures sociales antérieures ? », est un *faux problème*. Qu'on arrive ou non à prouver que les virtualités consommatrices s'égalisent (écrasement des revenus, redistribution sociale, la même mode pour tous, les mêmes programmes à la T. V., tous ensemble au club Méditerranée), ceci ne veut rien dire, puisque poser le problème en termes d'égalisation consommatrice, c'est déjà substituer la quête des objets et des signes (niveau de substitution) aux véritables problèmes et à leur analyse *logique* et sociologique. Pour tout dire, analyser l' « Abondance », ce n'est pas aller la vérifier dans les chiffres, lesquels ne peuvent qu'être aussi mythiques que le mythe, c'est changer radicalement de plan et traverser le mythe de l'Abondance par une autre logique que la sienne.

L'analyse commande bien sûr qu'on fasse le constat de l'abondance par les chiffres, le bilan du bien-être. Mais les chiffres ne parlent pas d'eux-mêmes, et ne se contredisent jamais. Seules les interprétations parlent, parfois à côté, parfois à l'encontre des chiffres. Laissons-leur la parole.

La plus vivace, la plus obstinée, c'est la version idéaliste :

— la croissance, c'est l'abondance ;
— l'abondance, c'est la démocratie.

Devant l'impossibilité de conclure à l'imminence de ce bonheur total (même au niveau des chiffres), le mythe se fait plus « réaliste », c'est la variante idéal-réformiste : les grandes inégalités de la première phase de la croissance s'amenuisent, plus de « loi d'airain », les revenus s'harmonisent. Bien sûr l'hypothèse d'un progrès continu et régulier vers de plus en plus d'égalité est démentie par certains faits (l' « Autre Amérique » : 20 % de « pauvres », etc.). Mais ceux-ci signalent une dysfonction provisoire et une maladie infantile. La croissance, en même temps que certains effets inégalitaires, implique une démocratisation d'ensemble et à long terme. Ainsi, selon Galbraith, le problème de l'égalité/inégalité n'est plus à l'ordre du jour. Il était lié à celui de la richesse et de la pauvreté, or les nouvelles structures de la société « affluente » ont résorbé le problème, en dépit d'une redistribution inégale. Sont « pauvres » (les 20 %) ceux qui restent, pour une raison ou pour une autre, hors du système industriel, hors croissance. Le principe de la croissance, lui, est sauf ; il est homogène, et tend à homogénéiser tout le corps social.

La question fondamentale qui se pose à ce niveau est celle de cette « pauvreté ». Pour les idéalistes de l'abondance, elle est « résiduelle », elle sera résorbée par un surcroît de croissance. Pourtant, elle semble se perpétuer au fil des générations post-industrielles, tous les efforts (aux U. S. A. en particulier, avec la « Great Society ») pour l'éliminer semblent se heurter à quelque mécanisme du système qui la reproduirait fonctionnellement à chaque stade de l'évolution, comme une sorte de volant d'inertie de la croissance, comme une sorte de ressort indispensable à la richesse globale. Faut-il croire Galbraith quand il impute cette pauvreté résiduelle inexplicable aux dysfonctions du système (priorité aux dépenses militaires et inutiles, retard des services collectifs sur la consommation privée, etc.) ou faut-il *inverser* le raisonnement et penser que c'est *la croissance, dans son mouvement même, qui se fonde sur ce déséquilibre ?* Galbraith est là-dessus très contradictoire : toutes ses analyses vont d'une certaine façon à démontrer *l'implication fonctionnelle des « vices » dans le système de la croissance*, pourtant il recule devant les conclusions logiques qui mettraient en cause le système lui-même, et réajuste tout dans une optique libérale.

En général, les idéalistes s'en tiennent à ce constat paradoxal : en dépit de tout, et par une inversion *diabolique* de ses fins (qui ne peuvent être, comme chacun sait, que *bénéfiques*), la croissance produit, reproduit, restitue l'inégalité sociale, les privilèges, les déséquilibres, etc. On admettra, comme Galbraith dans l' « Affluent Society », qu'au fond c'est l'augmentation de la production qui tient lieu de redistribution (« Plus il y en aura... Il finira bien par y en avoir assez pour tout le monde. » Or, ces principes qui tiennent de la physique des fluides ne sont *jamais* vrais dans un contexte de relations sociales, où ils vont — nous le verrons plus loin — précisément à l'inverse). On en tire d'ailleurs un argument à l'usage des « sous-privilégiés » : « Même ceux qui sont en bas de l'échelle ont plus à gagner d'un accroissement accéléré de la production que de toute autre forme de redistribution. » Mais tout cei est spécieux : car si la croissance inaugure l'accession de *tous* à un revenu et à un volume de biens supérieurs dans l'absolu, ce qui est sociologiquement caractéristique c'est le *processus de distorsion* qui s'institue au sein même de la croissance, c'est le *taux de distorsion* qui subtilement structure et donne son vrai sens à la croissance. Il est tellement plus simple de s'en tenir à la disparition spectaculaire de certaine pénurie extrême ou de certaines inégalités *secondaires*, de juger de l'abondance sur

des chiffres et des quantités *globales*, sur des accrois-
sements *absolus* et des produits nationaux *bruts*, que
d'analyser en termes de structures! Structurellement,
c'est le taux de distorsion qui est significatif. C'est lui
qui marque internationalement la distance croissante
entre pays sous-développés et nations sur-développées,
mais au sein de celles-ci aussi bien la « perte de vitesse »
des bas salaires sur les revenus plus élevés, des secteurs
qui fléchissent sur les secteurs de pointe, du monde rural
sur le monde urbain et industriel, etc. L'inflation chronique permet de masquer cette paupérisation relative
en déplaçant toutes les valeurs nominales vers le haut,
alors que le calcul des fonctions et des moyennes relatives ferait apparaître des régressions partielles au bas
du tableau et, de toute façon, une distorsion structurelle
sur toute l'étendue du tableau. Il ne sert à rien d'allé-
guer toujours le caractère provisoire ou conjoncturel de
cette distorsion lorsqu'on voit le système s'y maintenir
de par sa propre logique et y assurer sa finalité. Tout au
plus peut-on admettre qu'il se stabilise autour d'un certain taux de distorsion, c'est-à-dire incluant, *quel que soit
le volume absolu des richesses*, une inégalité *systématique*.

La seule façon, en effet, de sortir de l'impasse idéaliste
de ce constat morose des dysfonctions, c'est d'admettre
qu'il y a ici à l'œuvre une *logique systématique*. C'est
aussi la seule façon de dépasser la fausse problématique
de l'abondance et de la rareté qui, comme la question
de confiance en milieu parlementaire, a pour fonction
d'asphyxier tous les problèmes.
En fait, il n'y a pas, et il n'y a jamais eu, de « société
d'abondance » ni de « société de pénurie », puisque toute
société, quelle qu'elle soit et *quel que soit le volume des
biens produits ou de la richesse disponible*, s'articule à la
fois sur *un excédent structurel* et sur *une pénurie structu-*

relle. L'excédent peut être la part de Dieu, la part du sacrifice, la dépense somptuaire, la plus-value, le profit économique ou les budgets de prestige. De toute façon, c'est ce prélèvement de luxe qui définit la richesse d'une société en même temps que sa structure sociale, puisqu'il est toujours l'apanage d'une minorité privilégiée et qu'il a pour fonction précisément de reproduire le privilège de caste ou de classe. Sur le plan sociologique, il n'y a pas d'équilibre. L'équilibre est le phantasme idéal des économistes, que contredit sinon la logique même de l'état de société, du moins l'organisation sociale partout repérable. Toute société produit de la différenciation, de la discrimination sociale, et cette organisation structurelle se fonde (entre autres) sur l'utilisation et la distribution des richesses. Le fait qu'une société entre dans une phase de croissance, comme nos sociétés industrielles, ne change rien à ce processus, au contraire : d'une certaine façon, le système capitaliste (et productiviste en général) a mis le comble à cette « dénivellation » fonctionnelle, à ce déséquilibre, en le rationalisant et en le généralisant à tous les niveaux. Les spirales de la croissance s'ordonnent autour du même axe structurel. A partir du moment où l'on abandonne la fiction du P. N. B. comme critère de l'abondance, il faut constater que *la croissance ne nous éloigne ni ne nous rapproche de l'abondance. Elle en est logiquement séparée par toute la structure sociale* qui est ici l'instance déterminante. Un certain type de rapports sociaux et de contradictions sociales, un certain type d' « inégalité » qui se perpétuait jadis dans l'immobilisme se reproduit aujourd'hui dans et à travers la croissance [1].

1. Le terme « inégalité » est impropre. L'opposition égalité/inégalité, idéologiquement liée au système de valeurs démocratiques moderne, ne recouvre pleinement que les disparités économiques, et ne peut jouer dans une analyse structurale.

Ceci impose une autre perspective sur la croissance. Nous ne dirons plus avec les euphoristes : « La croissance produit de l'abondance, donc de l'égalité », nous ne prendrons pas non plus la vue extrême inverse : « La croissance est productrice d'inégalité. » Renversant le faux problème : la croissance est-elle égalitaire ou inégalitaire ? nous dirons que c'est LA CROISSANCE ELLE-MÊME QUI EST FONCTION DE L'INÉGALITÉ. C'est la nécessité pour l'ordre social « inégalitaire », pour la structure sociale de privilège, de se maintenir, qui produit et reproduit la croissance comme son élément stratégique. Autrement dit encore, l'autonomie interne de la croissance (technologique, économique) est faible et seconde par rapport à cette détermination par la structure sociale.

La société de croissance résulte dans son ensemble d'un compromis entre des principes démocratiques égalitaires, qui peuvent s'y soutenir du mythe de l'Abondance et du Bien-Être, et l'impératif fondamental de maintien d'un ordre de privilège et de domination. Ce n'est pas le progrès technologique qui la fonde : cette vision mécaniste est celle même qui alimente la vision naïve de l'abondance future. C'est au contraire cette double détermination contradictoire qui fonde la possibilité du progrès technologique. C'est elle aussi qui commande l'émergence, dans nos sociétés contemporaines, de certains processus égalitaires, démocratiques, « progressistes ». Mais il faut bien voir qu'ils y émergent *à doses homéopathiques*, distillées par le système en fonction de sa survie. L'égalité même, dans ce processus systématique, est une fonction (seconde et dérivée) de l'inégalité. Tout comme la croissance. L'égalisation tendancielle des revenus, par exemple (car c'est surtout à ce niveau que joue le mythe égalitaire), est nécessaire à l'intériorisation des processus de croissance, laquelle,

nous avons vu, est tactiquement reconductrice de
l'ordre social, lequel est une structure de privilège et
de pouvoir de classe. Tout ceci désigne les quelques
symptômes de démocratisation comme *alibis* nécessaires
à la viabilité du système.

Au surplus, ces quelques symptômes sont eux-mêmes
superficiels et suspects. Galbraith se réjouit de la dimi-
nution de l'inégalité comme problème économique (et
donc social) — non qu'elle ait disparu, dit-il, mais parce
que la richesse n'apporte plus les avantages fondamentaux (pouvoir, jouissance, prestige, distinction)
qu'elle impliquait jadis. Fini le pouvoir des proprié-
taires et des actionnaires : ce sont les experts et les
techniciens organisés qui l'exercent, voire les intellectuels et les savants! Finie la consommation ostentatoire
des grands capitalistes et autres Citizen Kane, finies
les grandes fortunes : les riches se font presque une loi
de sous-consommer (under-consumption »). Bref, sans
le vouloir, Galbraith montre bien que, s'il y a de l'égalité (si pauvreté et richesse ne sont plus un problème),
c'est précisément qu'elle n'a plus d'importance réelle.
Ce n'est plus là que ça se passe : les critères de la valeur
sont ailleurs. La discrimination sociale, le pouvoir, etc.,
qui restent l'*essentiel*, se sont transférés ailleurs que
dans le revenu ou la richesse pure et simple. Il importe
peu, dans ces conditions, que tous les revenus, à la
limite, soient égaux, et même le système peut se payer
le luxe de faire un large pas dans ce sens, *car ce n'est
plus là la détermination fondamentale de l'* « *inégalité* ». Le
savoir, la culture, les structures de responsabilités et de
décision, le pouvoir : tous ces critères, encore que largement complices de la richesse et du niveau de revenu,
ont largement relégué ceux-ci, ainsi que les signes exté-
rieurs du statut, dans l'ordre des déterminants sociaux

de la valeur, dans la hiérarchie des critères de « puissance ». Galbraith, par exemple, confond la « sous-consommation » des riches avec l'abolition des critères de prestige fondés sur l'argent. Certes, l'homme riche qui conduit sa 2 CV n'éblouit plus, c'est plus subtil : il se surdifférencie, il se surdistingue par la *manière* de consommer, par le style. Il maintient absolument son privilège en passant de l'ostentation à la discrétion (sur-ostentatoire), en passant de l'ostentation quantitative à la distinction, de l'argent à la culture.

En fait, même cette thèse qu'on pourrait appeler celle de la « baisse tendancielle du taux de privilège économique » est sujette à caution. Car l'argent toujours se transmue en privilège hiérarchique, en privilège de pouvoir et de culture. On peut admettre qu'il n'est plus décisif (l'a-t-il jamais été ?). Ce que ne voient pas Galbraith et les autres, c'est que le fait que l'inégalité (économique) ne fasse plus problème constitue en soi un problème. Constatant un peu trop vite l'atténuation de la « loi d'airain » dans le champ économique, ils s'en tiennent là sans chercher à faire une théorie plus large de cette loi d'airain, ni à voir comment elle se déplace du champ des revenus et de la « consommation », désormais bénis par l' « Abondance », vers un champ social beaucoup plus général où, plus subtile, elle se fait plus irréversible.

Système industriel et pauvreté.

Lorsqu'on reprend ainsi *objectivement*, au-delà de la liturgie de la croissance et de l'abondance, le problème du système industriel tout entier, on voit que deux options fondamentales résument toutes les positions possibles :

1. L'option Galbraith (et de tant d'autres) : idéaliste-

magique, elle consiste à conjurer à l'extérieur du système, comme déplorables certes, mais accidentels, ré-
siduels et corrigibles à terme, tous les phénomènes
négatifs : dysfonctions, nuisances, pauvreté — et à
préserver ainsi l'orbite enchantée de la croissance.

2. Considérer que le système vit de déséquilibre et de
pénurie structurelle, que sa logique, et ceci non pas con-
joncturellement, mais structurellement, est totalement
ambivalente : le système ne se soutient que de produire
la richesse ET la pauvreté, que de produire autant
de dissatisfactions que de satisfactions, autant de nuisances que de « progrès ». Sa seule logique est de survivre, et sa stratégie dans ce sens est de maintenir la
société humaine en porte à faux, en déficit perpétuel.
On sait que le système s'est traditionnellement et puis-
samment aidé de la *guerre* pour survivre et ressusciter.
Aujourd'hui les mécanismes et les fonctions de la guerre
sont intégrés au système économique et aux mécanismes
de la vie quotidienne.

Si l'on admet ce paradoxe structurel de la croissance,
d'où résultent les contradictions et les paradoxes de
l'abondance, il est naïf et mystifiant de confondre avec
les pauvres, les 20 % de « sous-privilégiés » et de «laissés-
pour-compte », les processus logiques du sous-développement social. Ceux-ci ne sont pas localisables dans les
personnes réelles, dans des lieux réels, dans des groupes
réels. Ils ne sont donc pas non plus exorcisables à coups
de milliards de dollars dont on arrose les basses classes,
à coups de redistribution massive pour « chasser la
pauvreté » et égaliser les chances (en orchestrant cela
comme la « nouvelle frontière [1] », idéal social à faire
pleurer les foules). Parfois, il faut reconnaître que les
« great-societistes » y croient eux-mêmes, leur désarroi

1. Ou la « Great Society », récemment importée en France.

devant l'échec de leur effort « acharné et généreux »
n'en est que plus comique.

Si la pauvreté, si les nuisances sont irréductibles,
c'est qu'elles sont partout ailleurs que dans les quartiers pauvres, non pas dans les slums ou les bidonvilles,
mais dans la structure socio-économique. Mais c'est
justement là ce qu'il faut cacher, ce qui ne doit pas être
dit : pour masquer cela, des milliards de dollars ne sont
pas de trop (ainsi, de lourdes dépenses médicales et
pharmaceutiques peuvent être nécessaires pour ne pas
se dire que le mal est ailleurs, d'ordre psychique par
exemple — processus bien connu de méconnaissance).
Une société, comme un individu, peut ainsi se ruiner
pour échapper à l'analyse. Il est vrai qu'ici, l'analyse
serait mortelle pour le système lui-même. Ce n'est donc
pas payer trop cher que de sacrifier des milliards inutiles dans la lutte contre ce qui n'est que *le fantôme visible* de la pauvreté, si c'est sauver par là même le mythe
de la croissance. Il faut aller plus loin encore, et reconnaître que *cette pauvreté réelle est un mythe* — dont
s'exalte le mythe de la croissance, feignant de s'achar-
ner contre elle et la ressuscitant malgré lui selon ses
finalités secrètes.

Cela dit, il ne faudrait pas croire que c'est parce qu'ils
sont *délibérément* sanguinaires et odieux que les systèmes
industriel ou capitaliste ressuscitent continuellement
la pauvreté ou s'identifient à la course aux armements.
L'analyse moralisante (à laquelle n'échappent ni les
libéraux ni les marxistes) est toujours une erreur. Si le
système pouvait s'équilibrer ou survivre sur d'autres
bases que le chômage, le sous-développement et les
dépenses militaires, il le ferait. Il le fait à l'occasion :
lorsqu'il peut sceller sa puissance grâce à des effets sociaux bénéfiques, grâce à l' « abondance », il n'y manque
pas. Il n'est pas *a priori* contre les « retombées » sociales

du progrès. Il fait du bien-être des citoyens et de la force nucléaire, indifféremment et en même temps, son objectif : c'est qu'au fond, les deux lui sont égaux comme contenus, et que sa finalité est ailleurs.

Simplement, au niveau stratégique, il se trouve que les dépenses militaires (par exemple) sont plus sûres, plus contrôlables, plus efficaces pour la survie et la finalité d'ensemble du système que l'éducation — l'automobile plus que l'hôpital, la T. V. en couleurs plus que les terrains de jeux, etc. Mais cette discrimination négative ne porte pas sur les services collectifs en tant que tels — c'est bien plus grave : *le système ne connaît que les conditions de sa survie, il ignore les contenus sociaux et individuels.* Cela doit nous prévenir contre quelques illusions (typiquement social-réformistes) : celles de croire changer le système en modifiant ses contenus (transférer le budget de dépenses militaires sur l'éducation, etc.). Le paradoxe est d'ailleurs que toutes ces revendications sociales sont lentement, mais sûrement, assumées et réalisées par le système lui-même, échappant ainsi à ceux qui en font une plate-forme politique. Consommation, information, communication, culture, abondance : tout cela est aujourd'hui mis en place, découvert et organisé par le système lui-même, comme de nouvelles *forces productives*, pour sa plus grande gloire. Lui aussi se reconvertit (relativement) d'une structure violente à une structure non violente : il substitue l'abondance et la consommation à l'exploitation et à la guerre. Mais personne ne lui en saura gré, car il ne change pas pour autant, et n'obéit en cela qu'à ses propres lois.

Les nouvelles ségrégations.

Non seulement l'abondance, mais les nuisances elles aussi sont reprises par la logique sociale. L'emprise du milieu urbain et industriel fait apparaître de nouvelles raretés : l'espace et le temps, l'air pur, la verdure, l'eau, le silence... Certains biens, jadis gratuits et disponibles à profusion, deviennent des biens de luxe accessibles seulement aux privilégiés, cependant que les biens manufacturés ou les services sont offerts en masse.

L'homogénéisation relative au niveau des biens de première nécessité se double donc d'un « glissement » des valeurs et d'une nouvelle hiérarchie des utilités. La distorsion et l'inégalité ne sont pas réduites, elles sont *transférées*. Les objets de consommation courante deviennent de moins en moins significatifs du rang social, et les revenus eux-mêmes, dans la mesure où les très grandes disparités vont en s'atténuant, perdent de leur valeur comme critère distinctif. Il est possible même que la consommation (prise au sens de dépense, d'achat et de possession d'objets visibles) perde peu à peu le rôle éminent qu'elle joue actuellement dans la géométrie variable du statut, au profit d'autres critères et d'autres types de conduites. A la limite, *elle sera l'apanage de tous lorsqu'elle ne signifiera plus rien.*

On voit dès maintenant la hiérarchie sociale s'inscrire dans des critères plus subtils : le type de travail et de responsabilité, le niveau d'éducation et de culture (ce peut être une espèce de « bien rare » que la *manière* de consommer des biens courants), la participation aux décisions. Le savoir et le pouvoir sont ou vont devenir les deux grands biens rares de nos sociétés d'abondance.

Mais ces critères abstraits n'interdisent pas de lire dès aujourd'hui une discrimination croissante dans d'autres signes concrets. La ségrégation dans l'habitat n'est pas nouvelle, mais de plus en plus liée à une pénurie savante et à une spéculation chronique, elle tend à devenir décisive, tant par la ségrégation géographique (centre des villes et périphérie, zones résidentielles, ghettos de luxe et banlieue-dortoir, etc.) que dans l'espace habitable (intérieur et extérieur du logement), le dédoublement en résidence secondaire, etc. Les objets ont aujourd'hui moins d'importance que l'espace, et que le marquage social des espaces. L'habitat constitue peut-être ainsi une fonction *inverse* de celle des autres objets de consommation. Fonction homogénéisante des uns, fonction discriminante de l'autre, sous les rapports d'espace et de localisation.

Nature, espace, air pur, silence : c'est l'incidence de la recherche de ces biens rares et de leur prix élevé qu'on lit dans les indices différentiels de dépenses entre deux catégories sociales extrêmes. La différence ouvriers/cadres supérieurs n'est que de 100 à 135 pour les produits de première nécessité, elle est de 100 à 245 pour l'équipement de l'habitation, de 100 à 305 pour les transports, de 100 à 390 pour les loisirs. Il ne faut pas lire ici une graduation quantitative dans un espace de consommation homogène, il faut lire à travers les chiffres la *discrimination* sociale, liée à la *qualité* des biens recherchés.

On parle beaucoup de droit à la santé, de droit à l'espace, de droit à la beauté, de droit aux vacances, de droit au savoir, de droit à la culture. Et au fur et à mesure que ces droits nouveaux émergent, naissent simultanément les ministères : de la Santé, des Loisirs, — de la Beauté et de l'Air Pur pourquoi pas ? Tout ceci, qui semble traduire un progrès individuel et collectif général, que viendrait sanctionner le droit à l'institution, a un sens ambigu, et on peut en quelque sorte y lire l'inverse : *il n'y a de droit à l'espace qu'à partir du moment où il n'y a plus d'espace pour tout le monde*, et où l'espace et le silence sont le privilège de certains aux dépens des autres. De même qu'il n'y a eu de « droit à la propriété » qu'à partir du moment où il n'y a plus eu de terre pour tout le monde, il n'y a eu de droit au

travail que lorsque le travail est devenu, dans le cadre
de la division du travail, une marchandise échangeable,
c'est-à-dire n'appartenant plus en propre aux individus.
On peut se demander si le « droit aux loisirs » ne signale
pas, de la même façon, le passage de l'*otium*, comme
jadis du travail, au stade de la division technique et
sociale, et donc en fait la fin des loisirs.

L'apparition de ces droits sociaux nouveaux, brandis
comme slogans, comme affiche démocratique de la
société d'abondance, est donc symptomatique, en fait,
du passage des éléments concernés au rang de signes
distinctifs et de privilèges de classe (ou de caste). *Le
« droit à l'air pur » signifie la perte de l'air pur comme
bien naturel, son passage au statut de marchandise, et sa
redistribution sociale inégalitaire.* Il ne faudrait pas
prendre pour progrès social objectif (l'inscription comme
« droit » dans les tables de la loi) ce qui est progrès du
système capitaliste — c'est-à-dire transformation progressive de toutes les valeurs concrètes et naturelles
en formes productives, c'est-à-dire en sources :

1) de profit économique,
2) de privilège social.

Une institution de classe.

La consommation n'homogénéise pas davantage le
corps social que ne le fait l'École pour les chances culturelles. Elle en accuse même la disparité. On est tenté
de poser la consommation, la participation croissante
aux mêmes (?) biens et aux mêmes (?) produits, matériels et culturels, comme un correctif à la disparité
sociale, à la hiérarchie et à la discrimination toujours
plus grande du pouvoir et des responsabilités. En fait,
l'idéologie de la consommation, comme celle de l'École,

joue bien ce rôle (c'est-à-dire la représentation qu'on a d'une égalité totale devant le rasoir électrique ou l'automobile — comme celle qu'on a d'une égalité totale devant l'écriture et la lecture). Bien sûr, aujourd'hui tout le monde virtuellement sait lire et écrire, tout le monde a (ou aura) la même machine à laver et achète les mêmes livres de poche. Mais cette égalité est toute formelle : portant sur le plus concret, elle est en fait abstraite. Et c'est à l'inverse sur cette base homogène abstraite, sur cette *démocratie abstraite de l'orthographe ou du poste de T. V.* que va pouvoir opérer, et d'autant mieux, le véritable système de discrimination.

En fait, il n'est même pas vrai que les produits de consommation, les signes de cette institution sociale, instaurent même cette plate-forme démocratique primaire : car, en soi et un par un (l'auto, le rasoir, etc.), ils n'ont pas de sens : c'est leur constellation, leur configuration, le rapport à ces objets et leur « perspective » sociale d'ensemble qui seuls ont un sens. Et là, c'est toujours un sens distinctif. Eux-mêmes répercutent dans leur matérialité de signes (leurs différences subtiles) cette détermination structurelle — *on ne voit pas d'ailleurs par quel miracle ils en seraient quittes.* Ils obéissent, comme l'école, à la même logique sociale que les autres institutions, jusque dans l'image inverse qu'ils en donnent.

— La consommation est une institution de classe comme l'école : non seulement il y a inégalité devant les objets au sens économique (l'achat, le choix, la pratique en sont réglés par le pouvoir d'achat, le degré d'instruction lui-même fonction de l'ascendance de classe, etc.) — bref, tous n'ont pas les mêmes objets, comme tous n'ont pas les mêmes chances scolaires — mais plus profondément il y a discrimination radicale au sens où seuls certains accèdent à une logique auto-

nome, rationnelle, des éléments de l'environnement
(usage fonctionnel, organisation esthétique, accomplissement culturel) : ceux-là n'ont pas affaire à des objets
et ne « consomment » pas à proprement parler —, les
autres étant voués à une économie magique, à la valorisation des objets en tant que tels, et de tout le reste
en tant qu'objets (idées, loisirs, savoir, culture) : *cette
logique fétichiste est proprement l'idéologie de la consommation.*

De même, le savoir et la culture ne sont, pour ceux
qui n'en ont pas la clef, c'est-à-dire le code qui en permet
l'usage légitime, rationnel et efficace, que l'occasion
d'une ségrégation culturelle plus aiguë et plus subtile,
puisque le savoir et la culture n'apparaissent alors, à
leurs yeux et dans l'usage qu'ils en ont, que comme un
mana supplémentaire, une réserve de pouvoir magique,
au lieu d'être l'inverse : un apprentissage et une formation objective [1].

Une dimension de salut.

Par leur nombre, leur redondance, leur superfluité,
leur prodigalité de formes, par le jeu de la mode, par
tout ce qui excède en eux la fonction pure et simple,
les objets ne font encore que *simuler l'essence sociale* —
le STATUT — cette grâce de prédestination qui n'est
jamais donnée que par la naissance, à quelques-uns, et
que la plupart, par destination inverse, ne sauraient
jamais atteindre. Cette légitimité héréditaire (qu'elle
soit de sang ou de culture) est au fond même du concept
de statut. Lequel oriente toute la dynamique de la
mobilité sociale. Au fond de toutes les aspirations, il y

1. Voir, sur ce point, plus loin : La Plus Petite Commune Culture,
et les Plus Petits Communs Multiples.

a cette fin idéale d'un statut de naissance, d'un statut de grâce et d'excellence. Il hante également l'environnement d'objets. C'est lui qui suscite ce délire, ce monde forcené de bibelots, de gadgets, de FÉTICHES qui tous cherchent à marquer l'éternité d'une valeur et à faire *la preuve d'un salut par les œuvres à défaut d'un salut par la grâce.*

D'où le prestige très particulier de l'objet ancien, qui est signe d'hérédité, de valeur infuse, de grâce irréversible.

C'est une logique de classe qui impose le salut par les objets, qui est un *salut par les œuvres :* principe « démocratique » opposé au salut par la grâce et l'élection, principe aristocratique. Or, dans le consensus universel, le salut par la grâce l'emporte toujours en valeur sur le salut par les œuvres. C'est un peu ce à quoi on assiste dans les classes inférieures et moyennes, où la « preuve par l'objet », le salut par la consommation, dans son processus sans fin de démonstration morale, s'essouffle sans espoir à rejoindre un statut de grâce personnelle, de don et de prédestination, qui reste en tout état de cause celui des classes supérieures, lesquelles font la preuve de leur excellence ailleurs, par l'exercice de la culture et du pouvoir.

Différenciation et société de croissance.

Tout ceci nous renvoie donc, au-delà de la Métaphysique des Besoins et de l'Abondance, a une véritable analyse de la *logique sociale* de la consommation. Cette logique n'est pas du tout celle de l'appropriation individuelle de la *valeur d'usage* des biens et des services — logique de l'inégale profusion, les uns ayant droit au miracle, les autres aux seules retombées du miracle —, ce n'est pas une logique de la satisfaction, c'est une logique de la production et de la manipulation des signifiants sociaux. Le procès de consommation peut être analysé dans cette perspective sous deux aspects fondamentaux :

1. Comme *procès de signification et de communication*, fondé sur un code où les pratiques de consommation viennent s'inscrire et prendre leur sens. La consommation est ici un système d'échange, et l'équivalent d'un langage. C'est l'analyse structurale qui peut l'aborder à ce niveau. Nous y reviendrons plus loin.

2. Comme *procès de classification et de différenciation sociale*, où les objets/signes s'ordonnent cette fois non seulement comme différences significatives dans un code, mais comme valeurs statutaires dans une hiérarchie. Ici, la consommation peut être l'objet d'une analyse stratégique qui détermine son poids spécifique dans la distribution des valeurs statutaires (en implication avec d'autres signifiants sociaux : savoir, pouvoir, culture, etc.).

Le principe de l'analyse reste celui-ci : on ne consomme jamais l'objet en soi (dans sa valeur d'usage) — on manipule toujours les objets (au sens le plus large) comme signes qui vous distinguent soit en vous affiliant à votre propre groupe pris comme référence idéale, soit en vous démarquant de votre groupe par référence à un groupe de statut supérieur.

Pourtant ce procès de différenciation statutaire, qui est un procès social fondamental, par où chacun *s'inscrit en société*, a un aspect vécu et un aspect structurel, l'un conscient, l'autre inconscient, l'un éthique (c'est la morale du standing, de la concurrence statutaire, de l'échelle de prestige), l'autre structurel : c'est l'inscription permanente dans un code dont les règles,

les contraintes de signification — comme celles de la langue — échappent pour l'essentiel aux individus.

Le consommateur vit comme liberté, comme aspiration, comme choix ses conduites distinctives, il ne les vit pas comme *contrainte de différenciation* et d'obéissance à un code. Se différencier, c'est toujours du même coup instaurer l'ordre total des différences, qui est d'emblée le fait de la société totale et dépasse inéluctablement l'individu. Chaque individu, marquant des points dans l'ordre des différences, restitue celui-ci par cela même, et donc se condamne lui-même à n'y être jamais inscrit que relativement. Chaque individu vit ses gains sociaux différentiels comme des gains absolus, il ne vit pas la contrainte structurale qui fait que les positions s'échangent, et que l'ordre des différences reste.

C'est pourtant cette *contrainte de relativité* qui est déterminante, dans la mesure où c'est par référence à elle que l'inscription différentielle *n'aura jamais de cesse*. Elle seule peut rendre compte du caractère fondamental de la consommation, son caractère ILLIMITÉ — dimension inexplicable par le biais d'aucune théorie des besoins et de la satisfaction, puisque calculée en bilan calorique, énergétique, ou en valeur d'usage, très vite un seuil de saturation devrait être atteint. Or, c'est bien évidemment à l'inverse que nous assistons : à l'accélération des cadences consommatrices, à un forcing de la demande qui fait que l'écart même se creuse entre une productivité gigantesque et une consommativité plus affolée encore (l'abondance, comprise comme leur équation harmonieuse, recule indéfiniment). Ceci ne peut s'expliquer que si on abandonne radicalement la logique individuelle de la satisfaction pour rendre à la logique sociale de la différenciation son importance décisive. Et distinguer cette logique de la différence des simples déterminations conscientes de prestige, car celles-ci sont encore des *satisfactions*, la consommation de différences *positives*, alors que le signe distinctif est toujours à la fois différence positive ET négative — c'est ce qui fait qu'il renvoie indéfiniment à d'autres signes, et le consommateur à une insatisfaction définitive [1].

L'effarement des économistes et autres penseurs idéalistes du bien-être devant l'évidence de l'impossibilité pour le système de la consommation de se stabiliser, devant son emballement et sa fuite en avant illimitée, est toujours très instructif. Il est caractéristique de leur vision en termes d'accroissement de biens et de revenus — et jamais en termes de relation et de différenciation par les signes. Ainsi Gervasi : « La croissance s'accompagne de l'introduction constante de nouveaux produits au fur et à mesure que la hausse des revenus étend les possibilités de consommation. » « La tendance ascendante des revenus apporte non seulement un courant de biens nouveaux, mais aussi une prolifération de qualités du même bien. » (Pourquoi ? Quel rapport logique ?) « La hausse des revenus mène à l'amélioration progressive de la qualité. » Toujours la même thèse implicite : « Plus on gagne, plus on en veut et du meilleur » — ceci valable indistinctement pour tous et

---

1. C'est bien sûr au niveau du 2) (système de différenciation sociale) que la consommation prend cette dimension illimitée. Au niveau du 1) (système de communication et d'échange), où on peut l'assimiler au langage, un matériel *fini* de biens et de services (tout comme le matériel fini des signes linguistiques) peut fort bien suffire, comme on voit dans les sociétés primitives. La langue ne prolifère pas parce qu'il n'y a pas à ce plan d'*ambivalence* du signe, laquelle est fondée dans la hiérarchie sociale et la double détermination simultanée. Par contre, un certain niveau de la parole et du style redevient lieu de la prolifération distinctive.

individuellement, chacun visant un optimum rationnel
de bien-être.

Très généralement d'ailleurs, le champ de la consommation est pour eux un champ homogène (traversé au
plus par quelques disparités de revenu ou disparités
« culturelles »), qui se répartit statistiquement autour
d'un type moyen : le « consommateur ». Vision induite
par la représentation de la société américaine comme
d'une immense classe moyenne et sur laquelle s'aligne
en gros la sociologie européenne. Le champ de la consommation est au contraire *un champ social structuré*, où,
non seulement, les biens mais les besoins eux-mêmes,
comme les divers traits de culture, transitent d'un groupe
modèle, d'une élite directrice vers les autres catégories
sociales au fur et à mesure de la « promotion » relative
de celles-ci. Il n'y a pas de « masse des consommateurs »,
et nul besoin n'émerge spontanément du consommateur
de base : il n'a de chances d'apparaître dans le « standard
package » des besoins que s'il est déjà passé par le « select
package ». La *filière des besoins*, comme celle des objets
et des biens, est donc d'abord socialement sélective :
les besoins et les satisfactions filtrent vers le bas (trick-
ling down) en vertu d'un principe absolu, d'une espèce
d'impératif social catégorique qui est le maintien de la
distance et de la différenciation par les signes. C'est
cette loi qui conditionne toute l'innovation d'objets
comme matériel social distinctif. C'est cette loi de renouvellement du matériel distinctif « du haut vers le bas »
qui traverse tout l'univers de la consommation, et non
à l'inverse (de bas en haut, vers l'homogénéité totale)
l'ascendance des revenus.

Nul produit n'a de chances d'être sérialisé, nul besoin
n'a de chances d'être satisfait massivement que s'il ne
fait déjà plus partie du modèle supérieur et y a été remplacé par quelque autre bien ou besoin distinctif — tel

que la distance soit préservée. La divulgation ne se fait qu'en fonction de l'innovation sélective au sommet. Et celle-ci, bien sûr, se fait en fonction du « taux décroissant de rentabilité distinctive » des objets et des biens dans une société de croissance. Là encore, certaines prénotions sont à revoir : la divulgation a sa mécanique propre (les mass media, etc.), mais elle n'a pas de logique propre du contenu. C'est au sommet, et pour réagir à la déperdition des signes distinctifs antérieurs, que se fait l'innovation, afin de restituer la distance sociale. Si bien que les besoins des classes moyennes et inférieures sont toujours, comme les objets, passibles d'un retard, d'un décalage dans le temps et d'un décalage culturel par rapport à ceux des classes supérieures. Ce n'est pas l'une des moindres formes de la *ségrégation* en société « démocratique ».

Une des contradictions de la croissance est qu'elle produit en même temps des biens et des besoins, mais qu'elle ne les produit pas au même rythme — le rythme de production des biens étant fonction de la productivité industrielle et économique, le rythme de production des besoins étant fonction de la logique de la différenciation sociale. Or, la mobilité ascendante et irréversible des besoins « libérés » par la croissance (c'est-à-dire *produits* par le système industriel selon sa contrainte logique interne [1]) a sa dynamique propre, autre que celle de la production des biens matériels et culturels destinés soi-disant à les satisfaire. A partir d'un certain seuil de socialisation urbaine, de concurrence statutaire et de « take-off » psychologique, l'aspiration est irréversible et illimitée, et croît selon le rythme d'une socio-différenciation accélérée, d'une interrelativité généralisée.

1. Sur ce point, cf. plus loin : « La consommation comme émergence de forces productives. »

D'où les problèmes spécifiques liés à cette dynamique
« différentielle » de la consommation. Si les aspirations
étaient simplement concurrentes à la productivité,
subordonnées à elle — pas de problème. En fait, elles
constituent, de par leur logique propre, qui est une
logique de la différence, une variable incontrôlable —
non pas une variable de plus dans le calcul économique,
une variable socio-culturelle de situation ou de contexte,
mais une variable structurelle décisive, qui ordonne
toutes les autres.

Il faut certes admettre (avec les diverses enquêtes
faites sur ce point, en particulier sur les besoins culturels) une certaine *inertie sociologique* des besoins. C'est-à-
dire une certaine indexation des besoins et des aspirations sur la situation sociale acquise (et non pas du
tout, comme le pensent les théoriciens du conditionnement, sur les biens offerts). On retrouve à ce niveau
les mêmes processus qui sont ceux de la mobilité
sociale. Un certain « réalisme » fait que les gens, dans
telle ou telle situation sociale, n'aspirent jamais beaucoup au-delà de ce à quoi ils peuvent raisonnablement
aspirer. En aspirant un peu au-delà de leurs chances
objectives, ils intériorisent les normes officielles d'une
société de croissance. En aspirant *peu* au-delà, ils
intériorisent les normes réelles d'expansion de cette
société (malthusienne dans son expansion même), qui
sont toujours en deçà des possibles. Moins on a, moins
on aspire (au moins jusqu'à un certain seuil, où l'irréa-
lisme total compense le dénuement). Ainsi *le processus
même de production des aspirations est inégalitaire*,
puisque la résignation en bas de l'échelle, l'aspiration
plus libre en haut viennent redoubler les possibilités
objectives de satisfaction. Pourtant, là encore, le
problème est à saisir dans son ensemble : il est fort
possible que les aspirations proprement consommatives

(matérielles et culturelles) qui, elles, révèlent un taux d'élasticité beaucoup plus grand que les aspirations professionnelles ou culturelles, *compensent* en fait les défaillances graves pour certaines classes en matière de mobilité sociale. La compulsion de consommation compenserait le non-accomplissement dans l'échelle sociale verticale. En même temps que l'expression d'une exigence statutaire, l'aspiration « surconsommative » (des basses classes en particulier) serait l'expression de l'échec vécu de cette exigence.

Il reste que les besoins et les aspirations, activés par la différenciation sociale et l'exigence de statut, ont tendance, en société de croissance, à aller toujours un peu plus vite que les biens disponibles ou les chances objectives. Et d'ailleurs, le système industriel lui-même, qui suppose la croissance des besoins, suppose aussi un *excédent perpétuel des besoins* par rapport à l'offre des biens (tout comme il spécule sur un volant de chômage pour maximaliser le profit qu'il tire de la force de travail : on retrouve ici l'analogie profonde entre besoins et forces productives [1]). Spéculant sur cette distorsion entre biens et besoins, le système cependant touche à une contradiction : c'est que la croissance non seulement implique la croissance des besoins, et un certain déséquilibre entre biens et besoins, mais encore *la croissance de ce déséquilibre même* entre croissance des besoins et croissance de la productivité. D'où la « paupérisation psychologique » et l'état de crise latent, chronique, en soi fonctionnellement lié à la croissance, mais qui peut mener à un seuil de rupture, à une contradiction explosive.

---

1. C'est l' « armée de réserve » des besoins.

Confronter la croissance des besoins et la croissance de la production revient à mettre en évidence la variable « intermédiaire » décisive, qui est la différenciation. C'est donc entre différenciation croissante des produits et différenciation croissante de la demande sociale de prestige que doit s'établir la relation [1]. Or, la première est limitée, la seconde non. Il n'y a pas de limites aux « besoins » de l'homme en tant qu'être social (c'est-à-dire producteur de *sens* et relatif aux autres en *valeur*). L'absorption quantitative de nourriture est limitée, le système digestif est limité, mais le système culturel de la nourriture est, lui, indéfini. Encore est-il un système relativement contingent. La valeur stratégique en même temps que l'astuce de la publicité est précisément celle-là : de toucher chacun *en fonction des autres*, dans ses velléités de prestige social réifié. Jamais elle ne s'adresse à l'homme seul, elle le vise dans sa relation différentielle, et lors même qu'elle semble accrocher ses motivations « profondes », elle le fait toujours de façon *spectaculaire*, c'est-à-dire qu'elle convoque toujours les proches, le groupe, la société tout entière hiérarchisée dans le procès de lecture et d'interprétation, dans le procès de faire-valoir qu'elle instaure.

Dans un groupe restreint, les besoins, comme la concurrence, peuvent sans doute se stabiliser. L'escalade des signifiants de statut et du matériel distinctif y est moins forte. On peut voir ceci dans les sociétés traditionnelles ou les micro-groupes. Mais dans une société de concentration industrielle et urbaine, de densité et

---

1. Cette différenciation croissante ne signifie pas forcément *une distance croissante du haut en bas* de l'échelle, une « distorsion de l'éventail », mais une *discrimination croissante*, une démultiplication des signes distinctifs *à l'intérieur même* d'une hiérarchie rétrécie dans ses extrêmes. Une homogénéisation, une « démocratisation » relative s'accompagne d'une concurrence statutaire d'autant plus aiguë.

de promiscuité beaucoup plus grandes, comme la nôtre, l'exigence de différenciation croît plus vite encore que la productivité matérielle. Lorsque tout l'univers social s'urbanise, lorsque la communication se fait totale, les « besoins » croissent selon une asymptote verticale — non par *appétit*, mais par *concurrence*.

De cette escalade, de cette « réaction en chaîne » différentielle, que sanctionne la dictature totale de la *mode*, la ville est le lieu géométrique. (Or, le processus renforce en retour la concentration urbaine, par acculturation rapide des zones rurales ou marginales. Donc, il est irréversible. Toute velléité de l'enrayer est naïve.) La densité humaine en soi est fascinante, mais surtout *le discours de la ville*, c'est la concurrence même : mobiles, désirs, rencontres, stimuli, verdict incessant des autres, érotisation continuelle, information, sollicitation publicitaire : tout cela compose une sorte de destin abstrait de participation collective, sur un fond réel de concurrence généralisée.

De même que la concentration industrielle résulte en une production toujours accrue de biens, de même la concentration urbaine résulte en une surrection illimitée de besoins. Or, si les deux types de concentration sont contemporains, ils ont pourtant, nous l'avons vu, leur dynamique propre, et ne coïncident pas dans leurs résultats. La concentration urbaine (donc la différenciation) va plus vite que la productivité. C'est là le fondement de l'aliénation urbaine. Un équilibre névrotique finit cependant par s'établir, au bénéfice de l'ordre plus cohérent de la production — la prolifération des besoins venant refluer sur l'ordre des produits pour s'y intégrer tant bien que mal.

Tout ceci définit *la société de croissance comme le contraire d'une société d'abondance*. Grâce à cette tension constante entre les besoins concurrentiels et la production, grâce à cette tension *pénurique*, à cette « paupérisation psychologique », l'ordre de production s'arrange pour ne faire surgir et pour ne « satisfaire » que les besoins qui lui sont adéquats. Dans l'ordre de la croissance, selon cette logique, il n'y a pas, il ne peut y avoir de besoins autonomes, *il n'y a que les besoins de la croissance*. Il n'y a pas place pour les finalités individuelles dans le système, il n'y a place que pour les finalités du système. Toutes les dysfonctions signalées par Galbraith, Bertrand de Jouvenel, etc., sont *logiques*. Les voitures et les autoroutes sont un besoin du système, ceci est à peu près clair, mais aussi bien la formation universitaire de cadres moyens — donc la « démocratisation » de l'Université au même titre que la production automobile [1]. Parce que le système ne produit que pour ses propres besoins, il se retranche d'autant plus systématiquement derrière l'alibi des besoins individuels. D'où l'excroissance gigantesque de la consommation privée sur les services collectifs (Galbraith). Ce n'est pas là un accident. Le culte de la spontanéité individuelle et de la naturalité des besoins est lourd de l'option productiviste. Même les besoins les plus « rationnels » (instruction, culture, santé, transports, loisirs), coupés de leur signification collective réelle, sont récupérés au même titre

---

1. Dans ce sens, la distinction entre « besoins réels » et « besoins artificiels » est aussi un faux problème. Bien sûr, les « besoins artificiels » masquent la non-satisfaction de besoins « essentiels » (la télévision au lieu de l'instruction). Mais ceci est secondaire par rapport à la détermination généralisée par la croissance (la reproduction élargie du capital), au regard de laquelle il n'est pas de « naturel » ni d' « artificiel ». Et même : cette opposition naturel/artificiel, qui implique une théorie des finalités humaines, est *elle-même une production idéologique de la croissance*. Elle est reproduite par elle et elle lui est fonctionnellement liée.

que les besoins dérivés de la croissance dans la prospective systématique de cette croissance.

Par ailleurs, c'est dans un sens plus profond encore que la société de croissance est le contraire d'une société d'abondance. C'est qu'avant d'être une société de production de biens, elle est une société de production de privilèges. Or, il y a une relation nécessaire, définissable sociologiquement, entre le *privilège* et la *pénurie*. Il ne saurait (en quelque société que ce soit) y avoir privilège sans pénurie. Les deux sont structurellement liés. Donc, la croissance, à travers sa logique *sociale*, se définit paradoxalement par la reproduction d'une pénurie structurelle. Cette pénurie n'a plus le même sens que la pénurie primaire (la rareté des *biens*) : celle-là pouvait être considérée comme provisoire, et elle est en partie résorbée dans nos sociétés, mais la pénurie structurelle qui s'y substitue est, elle, définitive, car elle est *systématisée* comme fonction de relance et stratégie de pouvoir dans la logique même de l'ordre de la croissance.

En conclusion, nous dirons qu'il y a de toute façon contradiction logique entre l'hypothèse idéologique de la société de croissance, qui est l'homogénéisation sociale au plus haut niveau, et sa logique sociale concrète, fondée sur une différenciation structurelle — cet ensemble logiquement contradictoire fondant une stratégie globale.

Et nous insisterons encore une fois en dernier lieu sur l'illusion majeure, sur la mythologie cardinale de cette fausse société d'abondance : l'illusion de la répartition selon le schème idéaliste des « vases communicants ». Le flux des biens et des produits ne s'équilibre pas comme le niveau des mers. L'inertie sociale, à l'inverse de l'inertie naturelle, ne mène pas à un état de distorsion, de disparité et de privilège. La croissance n'est pas la démocratie. La profusion est fonction de la discrimination. Comment pourrait-elle en être le correctif ?

Le paléolithique, ou la première société d'abondance.

Il faut abandonner l'idée reçue que nous avons d'une société d'abondance comme d'une société dans laquelle tous les besoins matériels (et culturels) sont aisément satisfaits, car cette idée fait abstraction de toute logique sociale. Et il faut rejoindre l'idée, reprise par Marshall Sahlins dans son article sur la « première société d'abondance [1] », selon laquelle ce sont nos sociétés industrielles et productivistes, au contraire de certaines sociétés primitives, qui sont *dominées par la rareté*, par l'obsession de rareté caractéristique de l'économie de marché. Plus on produit, plus on souligne, au sein même de la profusion, l'éloignement irrémédiable du terme final que serait l'abondance — définie comme l'équilibre de la production humaine et des finalités humaines. Puisque ce qui est satisfait dans une société de croissance, et de plus en plus satisfait au fur et à mesure que croît la productivité, ce sont les besoins mêmes de l'ordre de production, et non les « besoins » de l'homme, sur la méconnaissance desquels repose au contraire tout le système, il est clair que l'abondance recule indéfiniment : mieux — elle est irrémédiablement niée au profit du règne organisé de la rareté (la pénurie structurelle).

Pour Sahlins, c'étaient les chasseurs-collecteurs (tribus nomades primitives d'Australie, du Kalahari, etc.) qui connaissaient l'abondance véritable malgré leur absolue « pauvreté ». Les primitifs n'y possèdent rien en propre, ils ne sont pas obsédés par leurs objets, qu'ils jettent à mesure pour mieux se déplacer. Pas d'appareil

---

1. *Les Temps modernes*, octobre 1968.

de production ni de « travail » : ils chassent et cueillent
« à loisir », pourrait-on dire, et partagent tout entre eux.
Leur prodigalité est totale : ils consomment tout d'emblée, pas de calcul économique, pas de stocks. Le chas-
seur-collecteur n'a rien de l'*Homo œconomicus* d'invention bourgeoise. Il ne connaît pas les fondements de
l'Économie Politique. Il reste même toujours en deçà
des énergies humaines, des ressources naturelles et des
possibilités économiques effectives. Il dort beaucoup.
Il a confiance — et c'est cela qui marque son système
économique — en la richesse des ressources naturelles,
alors que notre système est marqué (et de plus en plus
avec le perfectionnement technique) par le désespoir
face à l'insuffisance des moyens humains, par une angoisse radicale et catastrophique qui est l'effet profond
de l'économie de marché et de la concurrence généralisée.

L' « imprévoyance » et la « prodigalité » *collectives*,
caractéristiques des sociétés primitives, sont le signe de
l'abondance *réelle*. Nous n'avons que les *signes* de
l'abondance. Nous traquons, sous un gigantesque appareil de production, les *signes* de la pauvreté et de la rareté. Mais la pauvreté ne consiste, dit Sahlins, ni en une
faible quantité de biens, ni simplement en un rapport
entre des fins et des moyens : elle est avant tout un *rapport entre les hommes*. Ce qui fonde la « confiance » des
primitifs, et qui fait qu'ils vivent l'abondance dans la
faim même, c'est finalement la transparence et la réciprocité des rapports sociaux. C'est le fait qu'aucune
monopolisation, quelle qu'elle soit, de la nature, du sol,
des instruments ou des produits du « travail », ne vient
bloquer les échanges et instituer la rareté. Pas d'accumulation, qui est toujours la source du pouvoir. Dans
l'économie du don et de l'échange symbolique, une quantité faible et toujours finie de biens suffit à créer une

richesse générale, puisqu'ils passent constamment des uns aux autres. La richesse n'est pas fondée dans les biens, mais dans l'échange concret entre les personnes. Elle est donc illimitée, puisque le cycle de l'échange est sans fin, même entre un nombre limité d'individus, chaque moment du cycle d'échange ajoutant à la valeur de l'objet échangé. C'est cette dialectique concrète et relationnelle de la richesse que nous retrouvons inversée, comme *dialectique de la pénurie* et du besoin illimité, dans le processus de concurrence et de différenciation caractéristiques de nos sociétés civilisées et industrielles. Là où chaque relation, dans l'échange primitif, ajoute à la richesse sociale, chaque relation sociale, dans nos sociétés « différentielles », ajoute au manque individuel, puisque toute chose possédée est relativisée par rapport aux autres (dans l'échange primitif, elle est *valorisée* par la relation même avec les autres).

Il n'est donc pas paradoxal de soutenir que dans nos sociétés « affluentes », l'abondance est *perdue*, et qu'elle ne sera pas restituée par un surcroît de productivité à perte de vue, par la libération de nouvelles forces productives. Puisque la définition structurelle de l'abondance et de la richesse est dans l'organisation sociale, seule une révolution de l'organisation sociale et des rapports sociaux pourrait l'inaugurer. Reviendrons-nous un jour, au-delà de l'économie du marché, à la prodigalité ? Au lieu de la prodigalité, nous avons la « consommation », la consommation forcée à perpétuité, sœur jumelle de la rareté. C'est la logique sociale qui a fait connaître aux primitifs la « première » (et la seule) société d'abondance. C'est notre logique sociale qui nous condamne à une pénurie luxueuse et spectaculaire.

POUR UNE THÉORIE DE LA CONSOMMATION

*L'autopsie de l'*homo œconomicus.

C'est un conte : « Il était une fois un Homme qui vivait dans la Rareté. Après beaucoup d'aventures et un long voyage à travers la Science Économique, il rencontra la Société d'Abondance. Ils se marièrent et ils eurent beaucoup de besoins. » « La beauté de l'*Homo œconomicus*, disait A. N. Whitehead, c'était que nous savions exactement ce qu'il recherchait. » Ce fossile humain de l'Age d'Or, né à l'ère moderne de l'heureuse conjonction de la Nature Humaine et des Droits de l'Homme, est doué d'un intense principe de rationalité formelle qui le porte :

1. A rechercher sans l'ombre d'une hésitation son propre bonheur ;

2. A donner sa préférence aux objets qui lui donneront le maximum de satisfactions.

Tout le discours, profane ou savant, sur la consommation, est articulé sur cette séquence qui est celle, mythologique, d'un conte : un Homme, « doué » de besoins qui le « portent » vers des objets qui lui « donnent » satisfaction. Comme l'homme n'est quand même jamais satisfait (on le lui reproche d'ailleurs), la même histoire recommence indéfiniment, avec l'évidence défunte des vieilles fables.

Chez certains affleure la perplexité : « Les besoins sont ce qu'il y a de plus obstinément inconnu entre toutes les inconnues dont s'occupe la science économique. » (Knight.) Mais ce doute n'empêche pas la litanie sur les besoins d'être fidèlement récitée par tous les tenants des disciplines anthropologiques, de Marx à Galbraith,

de Robinson Crusoé à Chombart de Lauwe. Pour l'éco
nomiste, c'est l' « utilité » : le désir de tel bien spécifique
à fin de consommation, c'est-à-dire d'en détruire l'utilité. Le besoin est donc déjà finalisé par les biens disponibles, les préférences orientées par le découpage des
produits offerts sur le marché : c'est au fond *la demande
solvable*. Pour le psychologue, c'est la « motivation »,
théorie un peu plus complexe, moins « object-oriented »,
plus « instinct-oriented », d'une sorte de nécessité préexistante, mal définie. Pour les sociologues et les
psycho-sociologues, qui arrivent les derniers dans la
foulée, il y a du « socio-culturel ». On ne remet pas en
doute le postulat anthropologique d'un être *individuel*
doué de besoins et porté par la nature à les satisfaire,
ni que le consommateur soit un être libre, conscient et
censé savoir ce qu'il veut (les sociologues se méfient des
« motivations profondes ») mais, sur la base de ce postulat idéaliste, on admet qu'il y a une « dynamique sociale »
des besoins. On fait jouer des modèles de conformité et
de concurrence (« Keep up with the Joneses [1] ») tirés du
contexte de groupe, ou les grands « modèles culturels »
qui se rattachent à la société globale ou à l'histoire.

Trois positions en gros se dégagent :

Pour Marshall, les besoins sont interdépendants et
rationnels.

Pour Galbraith (nous y reviendrons), les choix sont
imposés par persuasion.

Pour Gervasi (et d'autres), les besoins sont interdépendants et résultent d'un apprentissage (plus que d'un
calcul rationnel).

Gervasi : « Les choix ne sont pas faits au hasard, mais
socialement contrôlés, et reflètent le modèle culturel au
sein duquel ils sont effectués. On ne produit ni ne con-

---

1. « Ne nous laissez pas distancer par les Jones ! »

somme n'importe quels biens : ils doivent avoir quelque
signification au regard d'un système de valeurs. » Ceci
introduit à une perspective sur la consommation en
termes d'intégration : « Le but de l'économie n'est pas
la maximisation de la production *pour l'individu*, mais
la maximisation de la production en liaison avec le système de valeurs de la société. » (Parsons.) Duesenberry
dira dans le même sens que le seul choix est au fond de
varier les biens en fonction de sa position sur l'échelle
hiérarchique. Finalement, c'est la différence des choix
d'une société à l'autre et leur ressemblance à l'intérieur
d'une même société qui nous impose de considérer le
comportement du consommateur comme un phénomène
social. Il y a là une différence sensible d'avec les économistes : le choix « rationnel » de ceux-ci est devenu le
choix conforme, le choix de la conformité. Les besoins
ne visent plus tellement des objets que des valeurs, et
leur satisfaction a d'abord le sens d'une *adhésion à ces
valeurs*. Le choix fondamental, inconscient, automatique, du consommateur est d'accepter le style de vie
d'une société particulière (ce n'est donc plus un choix!
— et la théorie de l'autonomie et de la souveraineté du
consommateur est démentie par là même).

Cette sociologie culmine dans la notion de « standard
package », défini par Riesman comme l'ensemble de
biens et de services qui constitue l'espèce de patrimoine
de base de l'Américain moyen. En augmentation régu-
lière, indexé sur le niveau de vie national, c'est un minimum idéal de type statistique, modèle conforme des
classes moyennes. Dépassé par les uns, rêvé pour les
autres, c'est une *idée* en laquelle se résume l'american
way of life [1]. Là encore, le « Standard Package » ne dé-

1. Dans l'enquête menée par *Sélection du Reader's Digest* (A. Piatier :
Structures et Perspectives de la consommation européenne), le schème
qui se dégage n'est pas celui d'une immense classe moyenne comme

signe pas tellement la matérialité des biens (T. V., salle de bains, voiture, etc.) que *l'idéal de conformité*.

Toute cette sociologie ne nous avance guère. En dehors du fait que la notion de conformité n'a jamais caché qu'une immense tautologie (ici l'Américain moyen défini par le « Standard Package », lequel se définit lui-même par la moyenne statistique des biens consommés — ou, sociologiquement : tel individu fait partie de tel groupe parce qu'il consomme tels biens, et il consomme tels biens parce qu'il fait partie de tel groupe) — le postulat de rationalité formelle que nous avons vu à l'œuvre chez les économistes dans le rapport de l'individu aux objets est ici simplement transféré sur le rapport de l'individu au groupe. La conformité et la satisfaction sont solidaires : c'est la même adéquation d'un sujet à des objets, ou d'un sujet à un groupe *posés comme séparés*, selon un principe logique d'équivalence. Les concepts de « besoin » et de « norme » sont respectivement l'expression de cette adéquation miraculeuse.

Entre l' « utilité » des économistes et la conformité des sociologues, il y a la même différence que celle qu'établit Galbraith entre les conduites de profit, la motivation pécuniaire caractéristique du système capitaliste « traditionnel », et les comportements d'identification et d'adaptation spécifiques de l'ère de l'organisation et de la technostructure. La question fondamentale qui résulte aussi bien chez les psycho-sociologues de la conformité que chez Galbraith, et qui n'apparaît pas (et pour cause) chez les économistes, pour qui le consommateur reste un individu idéalement libre dans son cal-

pour les U. S. A., mais celui d'une minorité, d'une élite consommatrice (les « A »), servant de modèle à une majorité qui ne dispose pas encore de cette panoplie de luxe (voiture de sport, chaîne stéréo, résidence secondaire) sans laquelle il n'est pas d'Européen digne de ce nom.

cul final rationnel, est celle du *conditionnement des besoins.*

Depuis *La Persuasion clandestine* de Packard et *La Stratégie du Désir* de Dichter (et quelques autres encore), ce thème du conditionnement des besoins (par la publicité en particulier) est devenu le thème favori du discours sur la société de consommation. L'exaltation de l'abondance et la grande lamentation sur les « besoins artificiels » ou « aliénés » alimentent ensemble la même culture de masse, et même l'idéologie savante sur la question. Elle prend racine en général dans une vieille philosophie morale et sociale de tradition humaniste. Chez Galbraith, elle se fonde sur une réflexion économique et politique plus rigoureuse. Nous nous attacherons donc à ce dernier, à partir de ses deux livres : *L'Ère de l'opulence* et *Le Nouvel État industriel.*

Résumant brièvement, nous dirons que le problème fondamental du capitalisme contemporain n'est plus la contradiction entre « maximisation du profit » et « rationalisation de la production » (au niveau de l'entrepreneur), mais entre une productivité virtuellement illimitée (au niveau de la technostructure) et la nécessité d'écouler les produits. Il devient vital pour le système dans cette phase de contrôler non seulement l'appareil de production, mais la demande de consommation, non seulement les prix, mais ce qui sera demandé à ce prix. L'effet général est soit par des moyens antérieurs à l'acte même de production (sondages, études de marché), soit postérieurs (publicité, marketing, conditionnement) « d'enlever à l'acheteur — chez qui il échappe à tout contrôle — le pouvoir de décision pour le transférer à l'entreprise, où il peut être manipulé ». Plus généralement : « L'adaptation du comportement de l'individu à l'égard du marché, et celle des attitudes sociales en général aux besoins du producteur et aux objectifs de la technostructure, est donc une caractéristique naturelle du système (il vaudrait mieux dire : caractéristique *logique*). Son importance croît avec le développement du système industriel. » C'est ce que Galbraith appelle la « *filière inversée* », par opposition à la « filière classique », où l'initiative est censée appartenir au consommateur, et se répercuter à travers le marché sur les entreprises de production. Ici, au contraire, c'est l'entreprise de production qui contrôle les comportements de marché, dirige et modèle les attitudes sociales et les besoins. C'est, au moins tendanciellement, la dictature totale de l'ordre de production.

Cette « filière inversée » détruit — elle a au moins cette valeur critique — le mythe fondamental de la filière classique qui est que, dans le système économique, c'est l'individu qui exerce le pouvoir. Cet accent mis sur le pouvoir de l'individu contribuait largement à sanctionner l'organisation : toutes les dysfonctions, les nuisances, les contradictions inhérentes à l'ordre de production sont justifiées, puisqu'elles élargissent le champ où s'exerce la souveraineté du consommateur. Il est clair, à l'inverse, que tout l'appareil économique et psycho-sociologique d'études de marché, de motivations, etc., par où on prétend faire régner sur le marché la demande réelle, les besoins profonds du consommateur, existe dans le seul but d'induire cette demande aux fins de débouchés, mais de masquer continuellement ce processus objectif en mettant en scène le processus inverse. « L'homme n'est devenu un objet de science pour l'homme que depuis que les automobiles sont devenues plus difficiles à vendre qu'à fabriquer. »

Ainsi partout Galbraith dénonce le survoltage de la demande par les « accélérateurs artificiels », mis en œuvre par la technostructure dans son expansion impérialiste, et qui rendent impossible toute stabilisation de la demande [1]. Revenu, achat de prestige et surtravail forment un cercle vicieux et affolé, la ronde infernale de la consommation, fondée sur l'exaltation des besoins dits « psychologiques », qui se différencient des besoins « physiologiques » en ce qu'ils se fondent apparemment sur le « revenu discrétionnaire » et la liberté de choix, et deviennent ainsi manipulables à merci. La publicité joue ici évidemment un rôle capital (autre idée devenue conventionnelle). Elle semble accordée aux besoins de l'individu et aux biens. En fait, dit Galbraith, elle est accordée au système industriel : « Elle ne semble donner tant d'importance aux biens que pour en donner au système, elle soutient aussi l'importance et le prestige de la technostructure du point de vue social. » A travers elle, c'est le système qui capte à son profit les objectifs sociaux, et qui impose ses propres objectifs comme objectifs sociaux : « Ce qui est bon pour la General Motors... »

Encore une fois, on ne peut qu'être d'accord avec Galbraith (et d'autres) pour admettre que la liberté et la souveraineté du consommateur ne sont que mystification. Cette mystique bien entretenue (et en tout premier lieu par les économistes) de la satisfaction et du choix individuels, où vient culminer toute une civilisation de la « liberté », est l'idéologie même du système industriel, en justifie l'arbitraire et toutes les nuisances collectives : crasse, pollution, déculturation — en fait, le consommateur est souverain dans une jungle de laideur, où on lui a *imposé la liberté de choix*. La filière inversée (c'est-à-dire le *système* de la consommation) complète ainsi idéologiquement, et vient relayer le *système électoral*. Le drugstore et l'isoloir, lieux

---

1. C'est l'action « anticoagulante » de la publicité (Elgozy).

géométriques de la liberté individuelle, sont aussi les deux mamelles du système.

Nous avons exposé longuement cette analyse du conditionnement « technostructurel » des besoins et de la consommation parce qu'elle est aujourd'hui toute-puissante, parce qu'elle constitue, thématisée de toutes les façons dans la pseudo-philosophie de l' « aliénation », une véritable représentation collective, qui fait elle-même partie de la consommation. Mais elle est justi-ciable d'objections fondamentales, qui toutes renvoient à ses postulats anthropologiques idéalistes. Pour Gal-braith, les besoins de l'individu sont stabilisables. Il y a dans la *nature* de l'Homme quelque chose comme un *principe économique* qui lui ferait, n'était l'action des « accélérateurs artificiels », imposer des limites à ses objectifs, à ses besoins en même temps qu'à ses ef-forts. Bref, une tendance à la satisfaction non plus maximale, mais « harmonieuse », équilibrée sur le plan individuel, et qui devrait, au lieu de s'engager dans le cercle vicieux des satisfactions surmultipliées décrit ci-dessus, pouvoir s'articuler sur une organisation so-ciale elle aussi harmonieuse des besoins collectifs. Tout ceci est parfaitement utopique.

1. Sur le principe des satisfactions « authentiques » ou « artificielles », Galbraith s'insurge contre le raison-nement « spécieux » des économistes : « Rien ne prouve qu'une femme dépensière retire d'une nouvelle robe la même satisfaction qu'un ouvrier affamé d'un ham-burger — mais rien ne prouve le contraire. Donc, son désir doit être mis sur le même pied que celui de l'af-famé. » « Absurde », dit Galbraith. Or, pas du tout (et ici les économistes classiques ont presque raison contre lui — simplement ils se situent, pour tracer cette équi-valence au niveau de la demande solvable : ils éludent ainsi tous les problèmes). Il n'en reste pas moins que,

du point de vue de la satisfaction propre du consommateur, rien ne permet de tracer une limite du « factice ».
La jouissance de la T. V. ou d'une résidence secondaire
est vécue comme liberté « vraie », personne ne vit cela
comme une aliénation, seul l'intellectuel peut le dire
du fond de son idéalisme moralisant mais ceci le désigne tout au plus, lui, comme moraliste aliéné.

2. Sur le « principe économique », Galbraith dit :
« Ce qu'on appelle le développement économique
consiste largement à imaginer une stratégie qui per-
mette de vaincre la tendance des hommes à imposer
des limites à leurs objectifs de revenus, et donc à leurs
efforts. » Et il cite l'exemple des ouvriers philippins
en Californie : « La pression des dettes, jointe à l'ému-
lation vestimentaire, transforma rapidement cette
race heureuse et nonchalante en une force de travail
moderne. » Et aussi tous les pays sous-développés, où
l'apparition des gadgets occidentaux constitue le meilleur atout de stimulation économique. Cette théorie,
qu'on pourrait appeler celle du « stress » ou du dressage
économique à la consommation, liée au forcing de la
croissance, est séduisante. Elle fait apparaître l'acculturation forcée aux processus de consommation comme
la *suite logique*, dans l'évolution du système industriel,
du dressage horaire et gestuel, depuis le XIXᵉ siècle,
de l'ouvrier aux processus de production industrielle [1].
Cela dit, il faudrait expliquer *pourquoi* les consommateurs « mordent » à l'hameçon, pourquoi ils sont vul-
nérables à cette stratégie. Il est trop facile d'en appeler
à une nature « heureuse et nonchalante », et d'imputer
une responsabilité mécanique au système. Il n'y a pas
plus de tendance « naturelle » à la nonchalance qu'au

1. Voir là-dessus plus loin : « La consommation comme émergence
de forces productives. »

forcing. Ce que Galbraith ne voit pas — et qui l'oblige
à mettre en scène les individus comme de pures victimes passives du système — c'est toute la logique sociale de la différenciation, ce sont les processus distinctifs de classe ou de caste, fondamentaux dans la
structure sociale, et qui jouent à plein en société « démocratique ». Bref, c'est toute une sociologique de la
différence, du statut, etc., qui manque ici, en fonction
de laquelle tous les besoins se réorganisent selon une
demande sociale *objective* de signes et de différences,
et qui fonde la consommation non plus comme une
fonction de satisfaction individuelle « harmonieuse »
(donc limitable selon des normes idéales de « nature »),
mais comme une *activité* sociale illimitée. Nous reviendrons sur ce point par la suite.

3. « Les besoins sont en réalité le fruit de la production », dit Galbraith, ne croyant pas si bien dire. Car,
sous son air démystifié et lucide, cette thèse, au sens
où il l'entend, n'est qu'une version plus subtile de
l' « authenticité » naturelle de certains besoins, et de
l'ensorcellement par l' « artificiel ». Galbraith veut dire
que, sans le système productiviste, un grand nombre
de besoins n'existeraient pas. Il entend qu'en produi-
sant tels biens ou services, les entreprises produisent
en même temps tous les moyens de suggestion propres
à les faire accepter, et donc « produisent » au fond les
besoins qui leur correspondent. Il y a là une grave la-
cune psychologique. Les besoins y sont étroitement
spécifiés d'avance par relation à des *objets finis*. Il n'y
a de besoin que de *tel ou tel* objet, et la psyché du
consommateur n'est au fond qu'une vitrine ou un catalogue. Il est vrai aussi que, prenant cette vue simpliste sur l'homme, on ne peut en venir qu'à cet écrasement psychologique : les besoins empiriques reflets
spéculaires des objets empiriques. Or, à ce niveau, la

thèse du conditionnement est fausse. On sait comment les consommateurs résistent à telle injonction précise, comment ils jouent de leurs « besoins » sur le clavier des objets, combien la publicité n'est pas toute-puissante et induit parfois des réactions inverses, quelles substitutions s'opèrent d'un objet à l'autre en fonction du même « besoin », etc. Bref, au niveau empirique, toute une stratégie compliquée, de type psychologique et sociologique, vient traverser celle de la production.

Ce qui est vrai, c'est non pas que « les besoins sont le fruit de la production », mais que LE SYSTÈME DES BESOINS est LE PRODUIT DU SYSTÈME DE PRODUCTION. Ceci est tout différent. Par système des besoins, nous entendons que les besoins ne sont pas produits un à un, en relation aux objets respectifs, mais sont produits comme *force consommative*, comme disponibilité globale dans le cadre plus général des forces productives. C'est en ce sens qu'on peut dire que la technostructure étend son empire. L'ordre de production ne « capte » pas à son profit l'ordre de la jouissance (à proprement parler, ceci n'a pas de sens). Il *nie* l'ordre de la jouissance et s'y substitue en réorganisant tout en un système de forces productives. On peut suivre au fil de l'histoire du système industriel cette *généalogie de la consommation :*

1. L'ordre de production produit la machine/force productive, système technique radicalement différent de l'outil traditionnel.

2. Il produit le capital/force productive rationalisée, système d'investissement et de circulation rationnel, radicalement différent de la « richesse » et des modes d'échange antérieurs.

3. Il produit la force de travail salariée, force productive abstraite, systématisée, radicalement différente du travail concret, de l' « ouvrage » traditionnel.

4. Ainsi produit-il les besoins, le SYSTÈME des besoins, la demande/force productive comme un ensemble rationalisé, intégré, contrôlé, complémentaire des trois autres dans un processus de contrôle total des forces productives et des processus de production. Les besoins en tant que système sont eux aussi radicalement différents de la jouissance et de la satisfaction. Ils sont produits *comme éléments de système*, et non *comme rapport d'un individu à un objet* (de même que la force de travail n'a plus rien à voir, nie même le rapport de l'ouvrier au produit de son travail — de même que la valeur d'échange n'a plus rien à voir avec l'échange concret et personnel, ni la forme/marchandise avec les biens réels, etc.).

Voilà ce que ne voient pas Galbraith et avec lui tous les « aliénistes » de la consommation, qui s'obstinent à démontrer que *le rapport de l'homme aux objets, le rapport de l'homme à lui-même est truqué*, mystifié, manipulé — consommant ce mythe en même temps que les objets — parce que, posant le postulat éternel d'un sujet libre et conscient (afin de pouvoir le faire resurgir à la fin de l'histoire comme happy end), ils ne peuvent qu'imputer toutes les « dysfonctions » qu'ils relèvent à une puissance diabolique — ici la technostructure armée de la publicité, des public relations et des études de motivation. Pensée magique s'il en est. Ils ne voient pas que les besoins ne sont *rien*, pris un à un, qu'il n'y a qu'un système des besoins, ou plutôt que les besoins ne sont rien que *la forme plus avancée de la systématisation rationnelle des forces productives au niveau individuel*, où la « consommation » prend le relais *logique* et nécessaire de la production.

Ceci peut éclairer un certain nombre de mystères inexplicables pour nos pieux « aliénistes ». Ils déplorent par exemple qu'en pleine « ère d'abondance » l'éthique puritaine n'ait pas été abandonnée, qu'une mentalité moderne de jouissance n'ait pas remplacé l'ancien malthusianisme moral et autorépressif. Toute la *Stratégie du Désir* de Dichter vise ainsi à tourner et à subvertir ces vieilles structures mentales « par en dessous ». Et c'est vrai : il n'y a pas eu révolution des mœurs, l'idéologie puritaine est toujours de rigueur. Dans l'analyse du loisir, nous verrons comment elle imprègne toutes les pratiques apparemment hédonistes. On peut affirmer que l'éthique puritaine, avec ce qu'elle implique de sublimation, de dépassement et de répression (de morale en un mot), *hante* la consommation et les besoins. C'est elle qui l'impulse de l'intérieur et lui donne ce caractère compulsif et illimité. Et l'idéologie puritaine est elle-même réactivée par le procès de consommation : c'est bien ce qui fait de cette dernière ce puissant facteur d'intégration et de contrôle social que l'on sait. Or, tout ceci reste paradoxal et inexplicable dans la perspective de la consommation-jouissance. Tout s'explique, par contre, si l'on admet que besoins et consommation sont en fait une *extension organisée des forces productives* : rien d'étonnant alors qu'ils relèvent eux aussi de l'éthique productiviste et puritaine qui fut la morale dominante de l'ère industrielle. L'intégration généralisée du niveau « privé » individuel (« besoins », sentiments, aspirations, pulsions) comme forces productives ne peut que s'accompagner d'une extension généralisée à ce niveau des schèmes de répression, de sublimation, de concentration, de systématisation, de rationalisation (et d' « aliénation » bien entendu!) qui ont régi pendant des siècles, mais surtout depuis le xixe, l'édification du système industriel.

Mouvance des objets — Mouvance des besoins.

Jusqu'ici, toute l'analyse de la consommation se fonde
sur l'anthropologie naïve de l'homo œconomicus, au
mieux de l'homo psycho-œconomicus. Dans le prolongement idéologique de l'Économie Politique classique,
c'est une théorie des besoins, des objets (au sens le
plus large) et des satisfactions. Ce n'est pas une théorie.
C'est une immense tautologie : « J'achète ceci parce
que j'en ai besoin » équivaut au feu qui brûle de par
son essence phlogistique. Nous avons montré ailleurs [1]
combien toute cette pensée empiriste/finaliste (l'individu pris comme fin, et sa représentation consciente
prise comme logique des événements) était du même
ordre que la spéculation magique des primitifs (et des
ethnologues) autour de la notion de mana. Aucune
théorie de la consommation n'est possible à ce niveau :
l'évidence spontanée, comme la réflexion analytique en
termes de besoins, ne livrera jamais qu'un reflet
consommé de la consommation.

Cette mythologie rationaliste sur les besoins et les
satisfactions est aussi naïve et désarmée que la médecine traditionnelle devant les symptômes hystériques
ou psychosomatiques. Expliquons-nous : hors du champ
de sa fonction objective, où il est irremplaçable, hors
du champ de sa détonation, l'objet devient substituable de façon plus ou moins illimitée dans le champ des
connotations, où il prend valeur de signe. Ainsi la machine à laver *sert* comme ustensile et *joue* comme élément de confort, de prestige, etc. C'est proprement
ce dernier champ qui est celui de la consommation.

1. *Cahiers internationaux de Sociologie*, « La Genèse idéologique des
Besoins », 1969, vol. 47.

Ici, toutes sortes d'autres objets peuvent se substituer à la machine à laver comme élément significatif. Dans la logique des signes comme dans celle des symboles, les objets ne sont plus du tout liés à une fonction ou à un besoin *défini*. Précisément parce qu'ils répondent à tout autre chose, qui est soit la logique sociale, soit la logique du désir, auxquels ils servent de champ mouvant et inconscient de signification.

Toutes proportions gardées, les objets et les besoins sont ici substituables comme les symptômes de la conversion hystérique ou psychosomatique. Ils obéissent à la même logique du glissement, du transfert, de la convertibilité illimitée et apparemment arbitraire. Quand le mal est *organique*, il y a relation nécessaire du symptôme à l'organe (de même que dans sa qualité d'ustensile, il y a relation nécessaire entre l'objet et sa fonction). Dans la conversion hystérique ou psychosomatique, le symptôme, comme le signe, est arbitraire (relativement). Migraine, colite, lumbago, angine, fatigue généralisée : il y a une chaîne de signifiants somatiques au long de laquelle le symptôme « se balade » — tout comme il y a enchaînement d'objets/signes ou d'objets/symboles, au long duquel se balade non plus le besoin (qui est toujours lié à la finalité rationnelle de l'objet), mais le désir, et quelque autre détermination encore, qui est celle de la logique sociale inconsciente.

Si on traque le besoin en un endroit, c'est-à-dire si on le *satisfait* en le prenant à la lettre, en le prenant pour ce qu'il se donne : le besoin de *tel* objet, on fait la même erreur qu'en appliquant une thérapeutique traditionnelle à l'organe où se localise le symptôme. Aussitôt guéri ici, il se localise ailleurs.

Le monde des objets et des besoins serait ainsi celui d'une *hystérie généralisée*. De même que tous les organes et toutes les fonctions du corps deviennent dans la conversion un gigantesque paradigme que décline le symptôme, ainsi les objets deviennent dans la consommation un vaste paradigme où se décline un autre langage, où quelque chose d'autre parle. Et on pourrait dire que cette évanescence, que cette mobilité continuelle, telle qu'il devient impossible de définir une spécificité objective du besoin, tout comme il est impossible de définir dans l'hystérie une spécificité objective du mal, pour la bonne raison qu'elle n'existe pas — on pourrait dire que cette fuite d'un signifiant à l'autre n'est que la réalité superficielle d'un *désir* qui, lui, est insatiable parce qu'il se fonde sur le manque, et que c'est ce désir à jamais insoluble qui se signifie localement dans les objets et les besoins successifs.

Sociologiquement (mais il serait très intéressant et fondamental d'articuler les deux), on peut avancer l'hypothèse que — éternel et naïf désarroi devant la fuite en avant, le renouvellement illimité des besoins, inconciliable en effet avec la théorie rationaliste qui est qu'un besoin satisfait crée un état d'équilibre et de résolution des tensions — si l'on admet par contre que le besoin n'est jamais tant le besoin de tel objet que le « besoin » de différence (le *désir du sens* social), alors on comprendra qu'il ne puisse jamais y avoir de satisfaction *accomplie*, ni donc de *définition* du besoin.

A la mouvance du désir s'ajoute donc (mais y a-t-il métaphore entre les deux ? la mouvance des significations différentielles. Entre les deux, les besoins ponctuels et finis ne prennent de sens que comme foyers de convection successifs — c'est dans leur substitution même qu'ils signifient, mais voilent en même temps, les véritables sphères de la signification — celles du manque et de la différence — qui les débordent de toutes parts.

Dénégation de la jouissance.

L'accaparement d'objets est *sans objet* (« objectless craving », chez Riesman). Les conduites de consommation, apparemment axées, orientées sur l'objet et la jouissance, répondent en fait à de tout autres finalités : celle d'expression métaphorique ou détournée du désir, celle de production, à travers les signes différentiels, d'un code social de valeurs. Ce n'est donc pas la fonction individuelle d'intérêt à travers un corpus d'objets qui est déterminante, c'est celle, immédiatement sociale, d'échange, de communication, de distribution des valeurs à travers un corpus de signes.

La vérité de la consommation, c'est qu'elle est non une fonction de jouissance, mais *une fonction de production* — et donc, tout comme la production matérielle, une fonction non pas individuelle, mais *immédiatement et totalement collective*. Sans ce renversement des données traditionnelles, pas d'analyse théorique possible : de quelque façon qu'on s'y prenne, on retombe dans la phénoménologie de la jouissance.

La consommation est un système qui assure l'ordonnance des signes et l'intégration du groupe : elle est donc à la fois une morale (un système de valeurs idéologiques) et un système de communication, une structure d'échange. C'est là-dessus, et sur le fait que cette fonction sociale et cette organisation structurale dépassent de loin les individus et s'imposent à eux selon une contrainte sociale inconsciente, que peut se fonder une hypothèse théorique qui ne soit ni un récital de chiffres ni une métaphysique descriptive.

Selon cette hypothèse, et aussi paradoxal que cela paraisse, la consommation se définit comme *exclusive de la jouissance*. Comme logique sociale, le système de la consommation s'institue sur la base d'une dénégation de la jouissance. La jouissance n'y apparaît plus du tout comme finalité, comme fin rationnelle, mais comme rationalisation individuelle d'un processus dont les fins sont ailleurs. La jouissance définirait la consommation *pour soi*, autonome et finale. Or, la consommation n'est jamais cela. On jouit pour soi, mais quand on consomme, on ne le fait jamais seul (c'est l'illusion du consommateur, soigneusement entretenue par tout le discours *idéologique* sur la consommation), on entre dans un système généralisé d'échange et de production de valeurs codées, où, en dépit d'eux-mêmes, tous les consommateurs sont impliqués réciproquement.

Dans ce sens, la consommation est un ordre de significations, *comme le langage,* ou comme le système de parenté en société primitive.

Une analyse structurale ?

Reprenons ici le principe lévi-straussien : ce qui confère à la consommation son caractère de fait social, ce n'est pas ce qu'elle conserve apparemment de la nature (la satisfaction, la jouissance), c'est la démarche essentielle par laquelle elle s'en sépare (ce qui la définit comme code, comme institution, comme système d'organisation). De même que le système de parenté n'est pas fondé en dernière instance sur la consanguinité et la filiation, sur une donnée naturelle, mais sur une ordonnance arbitraire de classification — ainsi le système de la consommation n'est pas fondé en dernière instance sur le besoin et la jouissance, mais sur un code de signes (d'objets/signes) et de différences.

Les règles de mariage représentent toutes autant de façons d'assurer la circulation des femmes au sein du groupe social, c'est-à-dire de remplacer un système de relations consanguines d'origine biologique par un système sociologique d'alliance. Ainsi, les règles de mariage et les systèmes de parenté peuvent être considérés comme une sorte de langage, c'est-à-dire un ensemble d'opérations destinées à assurer, entre les individus et les groupes, un certain type de communication. Il en est de même pour la consommation : à un système bio-fonctionnel et bio-économique de biens et de produits (niveau biologique du besoin et de la subsistance) vient se substituer un système sociologique de *signes* (niveau propre de la consommation). Et la fonction fondamentale de la circulation réglée d'objets et de biens est la même que pour les femmes ou les mots : assurer un certain type de communication.

Nous reviendrons sur les différences entre ces divers types de « langage » : elles tiennent essentiellement au mode de production des valeurs échangées et au type de division du travail qui s'y attache. Les biens sont évidemment produits, ce que ne sont pas les femmes, et ils le sont autrement que les mots. Il reste qu'au niveau de la distribution, les biens et les objets, comme les mots et jadis les femmes, constituent un système global, arbitraire, cohérent, de signes, un système *culturel* qui vient substituer au monde contingent des besoins et des jouissances, à l'ordre naturel et biologique un ordre social de valeurs et de rangement.

Il ne s'agit pas de dire qu'il n'y a pas de besoins, d'utilité naturelle, etc. — il s'agit de voir que la consommation, comme concept spécifique de la société contemporaine, n'est pas là. Car ceci est valable pour toutes les sociétés. Ce qui est sociologiquement significatif pour nous, et qui marque notre époque sous le signe de la consommation, c'est précisément la réorganisation généralisée de ce niveau primaire en un système de signes qui se révèle être un des modes spécifiques, peut-être *le* mode spécifique de passage de la nature à la culture de notre époque.

La circulation, l'achat, la vente, l'appropriation de biens et d'objets/signes différenciés constituent aujourd'hui notre langage, notre code, celui par où la société entière *communique* et se parle. Telle est la structure de la consommation, sa *langue* en regard de laquelle les besoins et les jouissances individuels ne sont que des *effets de parole*.

Le *Fun-System*, ou la contrainte de jouissance.

Une des meilleures preuves que le principe et la finalité de la consommation n'est pas la jouissance est que celle-ci est aujourd'hui contrainte et institutionnalisée non pas comme droit ou comme plaisir, mais comme *devoir* du citoyen.

Le puritain se considérait lui-même, considérait sa propre personne comme une entreprise à faire fructifier pour la plus grande gloire de Dieu. Ses qualités « personnelles », son « caractère », à la production desquels il passait sa vie, étaient pour lui un capital à investir opportunément, à gérer sans spéculation ni gaspillage. A l'inverse, mais de la même façon, l'homme-consommateur se considère comme *devant-jouir*, comme une *entreprise de jouissance et de satisfaction*. Comme devant-être-heureux, amoureux, adulant/adulé, séduisant/séduit, participant, euphorique et dynamique. C'est le principe de maximisation de l'existence par multiplication des contacts, des relations, par usage intensif de signes, d'objets, par l'exploitation systématique de toutes les virtualités de jouissance.

Il n'est pas question pour le consommateur, pour le citoyen moderne de se dérober à cette contrainte de bonheur et de jouissance, qui est l'équivalent dans la nouvelle éthique de la contrainte traditionnelle de travail et de production. L'homme moderne passe de moins en moins de sa vie à la production dans le travail, mais de plus en plus à la *production* et innovation continuelle de ses propres besoins et de son bien-être. Il doit veiller à mobiliser constamment toutes ses virtualités, toutes ses capacités consommatives. S'il l'oublie, on lui rappellera gentiment et instamment qu'il n'a pas le droit de ne pas être heureux. Il n'est donc pas vrai qu'il soit passif : c'est une activité continuelle qu'il déploie, qu'il doit déployer. Sinon, il courrait le risque de se contenter de ce qu'il a et de devenir asocial.

D'où la reviviscence d'une *curiosité universelle* (concept à explorer) en matière de cuisine, de culture, de science, de religion, de sexualité, etc. « TRY JESUS ! » dit un slogan américain. « Essayez donc (avec) Jésus ! » Il faut *tout* essayer : car l'homme de la consommation est hanté par la peur de « rater » quelque chose, une jouissance quelle qu'elle soit. On ne sait jamais si tel ou tel contact, telle ou telle expérience (Noël aux Canaries, l'anguille au whisky, le Prado, le L. S. D., l'amour à la japonaise) ne tirera pas de vous une « sensation ». Ce n'est plus le désir, ni même le « goût » ou l'inclination spécifique qui sont en jeu, c'est une curiosité généralisée mue par une hantise diffuse — c'est la « *fun-morality* », où l'impératif de s'amuser, d'exploiter à fond toutes les possibilités de se faire vibrer, jouir, ou gratifier.

La consommation comme émergence et contrôle de nouvelles forces productives.

La consommation n'est donc qu'un secteur *apparemment* anomique, parce qu'elle n'est pas, selon la définition durkheimienne, régie par des règles formelles,

et semble livrée à la démesure et à la contingence individuelle des besoins. Elle n'est pas du tout, comme on
l'imagine généralement (ce pourquoi la « science » économique répugne au fond à en parler), un secteur marginal d'indétermination où l'individu, ailleurs partout
contraint par les règles sociales, recouvrerait enfin, dans
la sphère « privée », livré à lui-même, une marge de
liberté et de jeu personnel. Elle est une conduite active
et collective, elle est une contrainte, elle est une morale,
elle est une institution. Elle est tout un système de
valeurs, avec ce que ce terme implique comme fonction
d'intégration du groupe et de contrôle social.

La société de consommation, c'est aussi la société
d'apprentissage de la consommation, de dressage social
à la consommation — c'est-à-dire un mode nouveau et
spécifique de *socialisation* en rapport avec l'émergence
de nouvelles forces productives et la restructuration
monopolistique d'un système économique à haute
productivité.

Le crédit joue ici un rôle déterminant, même s'il ne
joue que partiellement sur les budgets de dépenses. Sa
conception est exemplaire, parce que, sous couleur de
gratification, de facilité d'accès à l'abondance, de
mentalité hédoniste et « libérée des vieux tabous de
l'épargne, etc. », le crédit est en fait un dressage socio-
économique systématique à l'épargne forcée et au
calcul économique de générations de consommateurs
qui autrement eussent échappé, au fil de leur subsistance,
à la planification de la demande, et eussent été inexploi-
tables comme force consommative. Le crédit est un
processus disciplinaire d'extorsion de l'épargne et de
régulation de la demande — tout comme le travail salarié
fut un processus rationnel d'extorsion de la force de
travail et de multiplication de la productivité. L'exemple
cité par Galbraith des Porto-Ricains dont on a fait, de

passifs et nonchalants qu'ils étaient, une force de travail moderne en les motivant à consommer, est une preuve éclatante de la valeur tactique de la consommation réglée, forcée, instruite, stimulée, dans l'ordre socio-économique moderne. Et ceci, comme le montre Marc Alexandre dans *La Nef* (« La Société de Consommation »), par le dressage *mental* des masses, à travers le crédit (la discipline et les contraintes budgétaires qu'il impose) au calcul prévisionnel, à l'investissement et au comportement capitaliste « de base ». L'éthique rationnelle et disciplinaire qui fut à l'origine, selon Weber, du productivisme capitaliste moderne, investit de la sorte tout un domaine qui lui échappait jusqu'ici.

On se rend mal compte combien le dressage actuel à la consommation systématique et organisée est *l'équivalent et le prolongement, au xxe siècle, du grand dressage, tout au long du xixe siècle, des populations rurales au travail industriel*. Le même processus de rationalisation des forces productives qui a eu lieu au xixe dans le secteur de la *production* trouve son aboutissement au xxe dans le secteur de la *consommation*. Le système industriel, ayant socialisé les masses comme forces de travail, devait aller plus loin pour s'accomplir et les socialiser (c'est-à-dire les contrôler) comme forces de consommation. Les petits épargnants ou consommateurs anarchiques d'avant guerre, libres de consommer ou pas, n'ont plus rien à faire dans ce système.

Toute l'idéologie de la consommation veut nous faire croire que nous sommes entrés dans une ère nouvelle, et qu'une « Révolution » humaine décisive sépare l'Age douloureux et héroïque de la Production de l'Age euphorique de la Consommation, où il est enfin rendu droit à l'Homme et à ses désirs. Il n'en est rien. Production et Consommation — il s'agit là d'*un seul et même grand processus logique de reproduction élargie des forces pro-*

ductives et de leur contrôle. Cet impératif, qui est celui du système, passe dans la mentalité, dans l'éthique et l'idéologie quotidiennes — c'est là l'immense astuce — sous sa forme *inverse :* sous forme de libération des besoins, d'épanouissement de l'individu, de jouissance, d'abondance, etc. Les thèmes de la Dépense, de la Jouissance, du Non-Calcul (« Achetez maintenant, vous paierez plus tard ») ont pris la relève des thèmes « puritains » de l'Épargne, du Travail, du Patrimoine. Mais il ne s'agit là qu'en apparence d'une Révolution Humaine : en fait, c'est la substitution à usage interne, dans le cadre d'un processus général et d'un système inchangé pour l'essentiel, d'un système de valeurs à un autre devenu (relativement) inefficace. Ce qui pouvait être finalité nouvelle est devenu, vidé de son contenu réel, médiation forcée de la reproduction du système.

Les besoins et les satisfactions des consommateurs sont des forces productives, aujourd'hui contraintes et rationalisées comme les autres (force de travail, etc.). De toutes parts où nous l'avons (à peine) explorée, la consommation nous est donc apparue à l'inverse de l'idéologie vécue, comme une dimension de contrainte :

1. Dominée par la *contrainte de signification*, au niveau de l'analyse structurale.

2. Dominée par la *contrainte de production* et du cycle de la production dans l'analyse stratégique (socio-économico-politique).

Abondance et consommation ne sont donc pas l'Utopie réalisée. Elles sont une nouvelle situation objective, régie par les mêmes processus fondamentaux, mais surdéterminée par une nouvelle morale — le tout correspondant à une *nouvelle* sphère des forces productives en voie de réintégration contrôlée dans le *même* système élargi. Dans ce sens, il n'y a pas de « Progrès » objectif (ni *a fortiori* de « Révolution ») : c'est tout simplement la même chose et quelque chose d'autre. Ce qui résulte dans le fait, d'ailleurs sensible au niveau même de la quotidienneté, de l'*ambiguïté* totale de l'Abondance et de la Consommation : elles sont toujours à la fois vécues comme *mythe* (d'assomption du bonheur, au-delà de l'histoire et de la morale), et *endurées comme un processus objectif d'adaptation* à un nouveau type de conduites collectives.

Sur la consommation comme contrainte civique — Eisenhower 1958 : « Dans une société libre, le gouvernement encourage le mieux la croissance économique lorsqu'il encourage *l'effort* des individus et des groupes privés. L'argent ne sera jamais dépensé aussi utilement par l'État qu'il l'aurait été par le contribuable, lui-même libéré du fardeau des impôts. » Tout se passe comme si la consommation, sans être une imposition directe, puisse succéder efficacement à l'impôt comme prestation sociale. « Avec leurs 9 milliards bonifiés par le fisc, ajoute le magazine *Time*, les consommateurs sont allés chercher la prospérité dans 2 millions de commerces de détail... Ils ont compris qu'il était en leur pouvoir de faire croître l'économie en remplaçant leur ventilateur par un climatiseur. Ils ont *assuré le boom* de 1954 en achetant 5 millions de téléviseurs miniaturisés, 1 million et demi de couteaux à découper la viande électriquement, etc. » Bref, ils ont accompli leur devoir civique. « Thrift is unamerican », disait Whyte : « Économiser est anti-américain. »

Sur les besoins comme forces productives, équivalent des « gisements de main-d'œuvre » de l'époque héroïque — Publicité pour le cinéma publicitaire : « Le cinéma vous permet, grâce à ses écrans géants, de présenter votre produit en situation : couleurs, formes, conditionnement. Dans les 2 500 salles en régie publicitaire,

3 500 000 spectateurs chaque semaine. 67 % d'entre eux ont plus de quinze ans et moins de trente-cinq ans. Ce sont *des consommateurs au plein de leurs besoins, qui veulent et peuvent acheter...* » Exactement : ce sont des êtres en pleine force (de travail).

Fonction logistique de l'individu.

« L'individu sert le système industriel non pas en lui apportant ses économies et en lui fournissant son capital, mais en consommant ses produits. Il n'y a d'ailleurs aucune autre activité religieuse, politique ou morale, à laquelle on le prépare de manière aussi complète, aussi savante et aussi coûteuse » (Galbraith).

Le système a besoin des hommes comme travailleurs (travail salarié), comme épargnants (impôts, emprunts, etc.), mais de plus en plus *comme consommateurs*. La productivité du travail est de plus en plus dévolue à la technologie et à l'organisation, l'investissement de plus en plus aux entreprises elles-mêmes (cf. l'article de Paul Fabra, *Le Monde*, 26 juin 1969, « Les superbénéfices et la monopolisation de l'épargne par les grandes entreprises ») — *là où l'individu en tant que tel est aujourd'hui requis et pratiquement irremplaçable, c'est en tant que consommateur*. On peut donc prédire de beaux jours et un apogée futur au système de valeurs individualistes — dont le centre de gravité se déplace de l'entrepreneur et de l'épargnant individuel, figures de proue du capitalisme concurrentiel, au consommateur individuel, s'élargissant du même coup à la totalité des individus — dans la mesure même de l'extension des structures techno-bureaucratiques.

Au stade concurrentiel, le capitalisme se soutenait encore vaille que vaille d'un système de valeurs individualistes bâtardé d'altruisme. La fiction d'une moralité sociale altruiste (héritée de toute la spiritualité traditionnelle) venait « éponger » l'antagonisme des rapports sociaux. La « loi morale » résultait des antagonismes individuels, comme la « loi du marché » des processus concurrentiels : elle préservait la fiction d'un équilibre. Le salut individuel dans la communauté de tous les chrétiens, le droit individuel limité par le droit des autres — on y a cru longtemps. C'est impossible aujourd'hui : de même que le « libre marché » a virtuellement disparu au profit du contrôle monopolistique, étatique et bureaucratique, de même l'idéologie altruiste ne suffit plus à restituer un minimum d'intégration sociale. Nulle autre idéologie collective n'est venue relayer ces valeurs. Seule la contrainte collective de l'État vient juguler l'exacerbation des individualismes. D'où la contradiction profonde de la société civile et politique en « société de consommation » : le système est forcé de produire de plus en plus d'individualisme consommateur, qu'il est en même temps contraint de réprimer de plus en plus durement. Ceci ne peut se résoudre que par un surcroît d'idéologie altruiste (elle-même bureaucratisée : « lubrification sociale » par la sollicitude, la redistribution, le don, la gratuité, toute la propagande caritative et des relations humaines [1]). Rentrant elle-même dans le système de la consommation, celle-ci ne saurait suffire à l'équilibrer.

La consommation est donc un puissant élément de contrôle social (par l'atomisation des individus consommateurs), mais elle entraîne par là même la nécessité d'une *contrainte bureaucratique* toujours plus forte sur les processus de consommation — laquelle sera en conséquence exaltée avec toujours plus d'énergie comme le *règne de la liberté*. On n'en sortira pas.

---

1. Cf. sur ce point, plus loin : La Mystique de la Sollicitude.

L'automobile et la circulation sont l'exemple clef de toutes ces contradictions : promotion sans limites de la consommation individuelle, appels désespérés à la responsabilité collective et à la moralité sociale, contraintes de plus en plus lourdes. Le paradoxe est celui-ci : on ne peut à la fois répéter à l'individu que « le niveau de consommation est la juste mesure du mérite social » et exiger de lui un autre type de responsabilité sociale, puisque dans son effort de consommation individuelle, il assume déjà pleinement cette responsabilité sociale. Encore une fois, la consommation est un *travail social*. Le consommateur est requis et mobilisé comme *travailleur* à ce niveau *aussi* (autant peut-être aujourd'hui qu'au niveau de la « production »). Il ne faudrait quand même pas demander au « travailleur de la consommation » de sacrifier son salaire (ses satisfactions individuelles) pour le bien de la collectivité. Quelque part dans leur subconscient social, les millions de consommateurs ont une espèce d'intuition pratique de ce nouveau statut de travailleur aliéné, ils traduisent donc spontanément comme mystification l'appel à la solidarité publique, et leur résistance tenace sur ce plan ne fait que traduire un réflexe de défense *politique*. L' « égoïsme forcené » du consommateur, c'est aussi la subconscience grossière d'être, en dépit de tout le pathos sur l'abondance et le bien-être, le nouvel exploité des temps modernes. Que cette résistance et cet « égoïsme » mènent le système à des contradictions insolubles, auxquelles il ne répond que par des contraintes renforcées, ne fait que confirmer que la consommation est un gigantesque champ *politique*, dont l'analyse, après et en même temps que celle de la production, est encore à faire.

Tout le discours sur la consommation vise à faire du consommateur l'Homme Universel, l'incarnation générale, idéale et définitive de l'Espèce Humaine, de la consommation les prémices d'une « libération humaine » qui s'accomplirait au lieu de et malgré l'échec de la libération politique et sociale. Mais le consommateur n'a rien d'un être universel : il est lui-même un être politique et social, une force productive — et, à ce titre, il relance des problèmes *historiques* fondamentaux : ceux de la propriété des moyens de consommation (et non plus des moyens de production), celle de la responsabilité économique (responsabilité quant au *contenu* de la production), etc. Il y a là virtualité de crises profondes et de contradictions nouvelles.

L'Ego consumans

Jusqu'ici, nulle part ou presque, à part quelques grèves de ménagères américaines et la destruction sporadique de biens de consommation (mai 1968 — le *No Bra Day* où des femmes américaines brûlèrent publiquement leur soutien-gorge), ces contradictions ne sont apparues consciemment. Et il faut dire que tout va à l'encontre. « Que représente le consommateur dans le monde moderne ? Rien. Que pourrait-il être ? Tout, ou presque tout. Parce qu'il reste seul à côté de millions de solitaires, il est à la merci de tous les intérêts. » (Journal *Le Coopérateur*, 1965.) Et il faut dire que l'idéologie individualiste joue ici très fort (même si nous avons vu que des contradictions y sont latentes). L'exploitation par la *dépossession* (de la force de travail), parce qu'elle touche un secteur collectif, celui du travail social, se révèle (à partir d'un certain seuil) solidarisante. Elle mène à une conscience de classe (relative). La *possession* dirigée d'objets et de biens de consommation est, elle, individualisante, désolidarisante, déshistorisante. En tant que producteur, et par le fait même de

la division du travail, le travailleur postule les autres :
l'exploitation est celle de tous. En tant que consommateur, l'homme redevient solitaire, ou cellulaire, tout
au plus *grégaire* (la T. V. en famille, le public de stade
ou de cinéma, etc.). Les structures de consommation
sont à la fois très fluides et closes. Peut-on imaginer
une coalition des automobilistes contre la vignette ? Une
contestation collective de la Télévision ? Chacun des
millions de téléspectateurs peut être opposé à la publicité télévisée, celle-ci se fera pourtant. C'est que la
consommation est d'abord orchestrée comme un discours
à soi-même, et tend à s'épuiser, avec ses satisfactions
et ses déceptions, dans cet échange minimum. L'objet
de consommation isole. La sphère privée est sans négativité concrète, parce qu'elle se referme sur ses objets,
qui n'en ont pas. Elle est structurée de l'extérieur, par
le système de production dont la stratégie (non plus
idéologique à ce niveau, mais toujours politique), dont
la stratégie du désir investit cette fois la matérialité
de notre existence, sa monotonie et ses distractions. Ou
alors l'objet de consommation distingue, comme nous
avons vu, une stratification de statuts : s'il n'isole plus,
il différencie, il *assigne collectivement* les consommateurs
à un code, sans susciter pour autant (au contraire) de
solidarité collective.

En gros donc, les consommateurs sont, en tant que
tels, inconscients et inorganisés, comme pouvaient
l'être les ouvriers du début du xixᵉ siècle. C'est à ce
titre qu'ils sont partout exaltés, flattés, chantés par les
bons apôtres comme l' « Opinion Publique », réalité
mystique, providentielle et « *souveraine* ». Comme le
Peuple est exalté par la Démocratie pourvu qu'il y
reste (c'est-à-dire n'intervienne pas sur la scène politique et sociale), ainsi on reconnaît aux consommateurs
la souveraineté (« Powerful consumer », selon Katona),

pourvu qu'ils ne cherchent pas à jouer comme tels sur la scène sociale. Le Peuple, ce sont les travailleurs pourvu qu'ils soient inorganisés. Le Public, l'Opinion Publique, ce sont les consommateurs pourvu qu'ils se contentent de consommer.

LA PERSONNALISATION
OU LA PLUS PETITE DIFFÉRENCE MARGINALE
(P.P.D.M.)

To be or not to be myself.

« Il n'est pas une femme, si *exigeante* soit-elle, qui ne puisse satisfaire les goûts et les *désirs de sa personnalité* avec une Mercedes-Benz! Depuis la couleur du cuir, le garnissage et la couleur de la carrosserie jusqu'aux enjoliveurs et à ces mille et une commodités qu'offrent les équipements *standards ou optionnels*. Quant à l'homme, bien qu'il pense surtout aux qualités techniques et aux performances de sa voiture, il exaucera volontiers les désirs de sa femme, car il sera également fier de s'entendre complimenter pour son bon goût. Selon votre désir, vous pouvez choisir votre Mercedes-Benz parmi 76 peintures différentes et 697 assortiments de garnitures intérieures... »

« Avoir *trouvé* sa personnalité, savoir l'affirmer, c'est découvrir le plaisir d'être *vraiment* soi-même. Il suffit souvent de *peu de chose*. J'ai longtemps cherché et je me suis aperçue qu'*une petite note claire* dans mes cheveux suffisait à créer une harmonie parfaite avec mon teint, mes yeux. Ce blond, je l'ai trouvé dans la gamme du shampooing colorant Récital... Avec ce blond de Récital, *tellement naturel*, je n'ai pas changé : je suis *plus que jamais* moi-même. »

Ces deux textes (parmi tant d'autres) sont tirés, le premier du *Monde*, le second d'un petit hebdomadaire féminin. Le prestige et le standing qu'ils mettent en jeu est sans commune mesure : de la somptueuse Mercedes 300 SL à la « petite note claire » du shampooing Récital, toute la hiérarchie sociale s'engouffre, et les deux femmes mises en scène dans les deux textes ne se rencontreront sans doute jamais (peut-être au Club Méditerranée, qui sait ?). Toute la société les sépare, mais la même contrainte de différenciation, de *personnalisation* les réunit. L'une est « A », l'autre est « Non-A », mais le schème de la valeur « personnelle » est le même pour l'une et l'autre, et pour nous tous qui frayons notre voie dans la jungle « personnalisée » de la marchandise « optionnelle », cherchant désespérément le fond de teint qui révélera la naturalité de notre visage, le truc qui illustrera notre idiosyncrasie profonde, la différence qui nous fera être nous-mêmes.

Toutes les contradictions de ce thème, fondamental pour la consommation, sont sensibles dans l'acrobatie désespérée du lexique qui l'exprime, dans la tentative perpétuelle de synthèse magique et impossible. Si l'on *est* quelqu'un, peut-on « trouver » sa personnalité ? Et où êtes-*vous*, tandis que cette personnalité vous hante ? Si l'on est soi-même, faut-il l'être « vraiment » — ou alors, si l'on est doublé par un faux « soi-même », suffit-il d'une « petite note claire » pour restituer l'unité miraculeuse de l'être ? Que veut dire ce blond « tellement » naturel ? L'est-il, oui ou non ? Et si je suis moi-même, comment puis-je l'être « plus que jamais » : je ne l'étais donc pas tout à fait hier ? Puis-je donc m'élever à la puissance deux, puis-je m'inscrire en valeur ajoutée à moi-même, comme une sorte de plus-value dans l'actif d'une entreprise ? On trouverait des milliers d'exemples de cet illogisme, de cette contradiction interne qui ronge

tout ce qui a trait aujourd'hui à la personnalité. Or, dit
Riesman, « ce qui est le plus demandé aujourd'hui, ce
n'est ni une machine, ni une fortune, ni une œuvre :
c'est une personnalité ». Le comble de cette litanie magique de la personnalisation est atteint avec ceci :

PERSONNALISEZ VOUS-MÊME VOTRE APPARTEMENT !

Cette formule « surréfléchie » (se personnaliser soi-
même... en personne, etc.!) livre le fin mot de l'histoire.
Ce que dit toute cette rhétorique, qui se débat dans l'impossibilité de le dire, c'est précisément *qu'il n'y a personne*. La « personne » en valeur absolue, avec ses traits
irréductibles et son poids spécifique, telle que toute la
tradition occidentale l'a forgée comme mythe organi-
sateur du Sujet, avec ses passions, sa volonté, son caractère ou... sa banalité, cette personne est absente,
morte, balayée de notre univers fonctionnel. Et c'est
cette personne absente, cette instance perdue qui va
se « personnaliser ». C'est cet être perdu qui va se recons-
tituer *in abstracto*, par la force des signes, dans l'éventail
démultiplié des différences, dans la Mercedes, dans la
« petite note claire », dans mille autres signes agrégés,
constellés pour recréer une *individualité de synthèse*, et
au fond pour éclater dans l'anonymat le plus total,
puisque la différence est par définition ce qui n'a pas
de nom.

La production industrielle des différences.

La publicité tout entière n'a pas de *sens*, elle ne porte
que des significations. Ses significations (et les conduites
auxquelles elles font appel) ne sont jamais *personnelles*,
elles sont toutes différentielles, elles sont toutes marginales et combinatoires. C'est-à-dire qu'elles relèvent de

la *production industrielle des différences* — par quoi se définirait, je crois, avec le plus de force le *système de la consommation.*

Les différences réelles qui marquaient les personnes faisaient d'elles des êtres *contradictoires.* Les différences « personnalisantes » n'opposent plus les individus les uns aux autres, elles se hiérarchisent toutes sur une échelle indéfinie, et convergent dans des *modèles,* à partir desquels elles sont subtilement produites et reproduites. Si bien que se différencier, c'est précisément s'affilier à un modèle, se qualifier par référence à un modèle abstrait, à une figure combinatoire de mode, et donc par là se dessaisir de toute différence réelle, de toute *singularité,* qui, elle, ne peut advenir que dans la relation concrète, conflictuelle, aux autres et au monde. C'est là le miracle et le tragique de la différenciation. C'est ainsi que tout le processus de consommation est commandé par la production de modèles artificiellement démultipliés (comme les marques de lessive), où la tendance monopolistique est la même que dans les autres secteurs de production. Il y a *concentration monopolistique de la production des différences.*

Formule absurde : monopole et différence sont logiquement incompatibles. S'ils peuvent être conjugués, c'est justement que les différences n'en sont pas, et qu'au lieu de marquer un être singulièrement, elles marquent au contraire son obéissance à un code, son intégration à une échelle mobile des valeurs.

Il y a dans la « personnalisation » un effet semblable à celui de « naturalisation » qu'on retrouve partout à l'œuvre dans l'environnement, et qui consiste à restituer la nature comme signe après l'avoir liquidée dans la réalité. C'est ainsi qu'on abat une forêt pour y bâtir un ensemble baptisé « Cité Verte », et où l'on replantera quelques arbres qui « feront » nature. Le « naturel » qui

hante toute la publicité est ainsi un effet de « make-up » :
« Ultra-Beauty vous garantit un maquillage velouté,
uni, durable, qui donnera à votre teint cet éclat *naturel*
dont vous rêvez! » « C'est sûr, ma femme ne se maquille
pas! » « Ce voile de fard invisible et présent. » De même
la « fonctionnalisation » d'un objet est une abstraction
cohérente qui se superpose, et partout se substitue à
sa fonction objective (la « fonctionnalité » n'est pas valeur
d'usage, elle est valeur/signe).

La logique de la personnalisation est la même : elle
est contemporaine de la naturalisation, fonctionnalisation, culturalisation, etc. Le processus général peut se
définir historiquement : c'est la concentration monopolistique industrielle qui, *abolissant les différences
réelles* entre les hommes, homogénéisant les personnes
et les produits, *inaugure simultanément le règne de la
différenciation.* C'est ici un peu comme dans les mou-
vements religieux ou sociaux : c'est sur le *reflux* de leur
impulsion originelle que s'établissent les églises ou les
institutions. Ici aussi, *c'est sur la perte des différences
que se fonde le culte de la différence* [1].

La production monopolistique moderne n'est donc
jamais seulement la production des biens, c'est toujours

1. Il en est de même pour la relation : le système s'institue sur la
base d'une liquidation totale des liens personnels, des relations sociales
concrètes. C'est dans cette mesure qu'il devient nécessaire et
systématiquement producteur de relations (publiques, humaines, etc.).
La production des relations est devenue une des branches capitales
de la production. Et parce qu'elles n'ont plus rien de spontané, et
qu'elles sont *produites*, ces relations sont nécessairement vouées, comme
tout ce qui est produit, à être consommées (à la différence des *rapports
sociaux*, qui eux sont le produit inconscient du travail social et ne résultent pas d'une production industrielle délibérée et contrôlée : ceux-là
ne sont pas « consommés », ils sont au contraire le lieu des *contradictions*
sociales).

Sur la production et la consommation de relations humaines et
sociales, cf. plus loin : La Mystique de la Sollicitude.

aussi la production (monopolistique) de relations, et celle des différences. Une profonde complicité logique lie donc le mégatrust et le micro-consommateur, la structure monopolistique de la production et celle, « individualistique », de la consommation, puisque la différence « consommée » dont se repaît l'individu est aussi un des secteurs clefs de la production généralisée. En même temps, sous le signe du monopole, une homogénéité très grande lie aujourd'hui les divers contenus de la production/consommation : biens, produits, services, relations, différences. Tout ceci, jadis distinct, est aujourd'hui produit sur le même mode, et donc également voué à être consommé.

Il y a aussi dans la personnalité combinatoire un écho de la culture combinatoire que nous avons évoquée plus haut. De la même façon que celle-ci consistait en un recyclage collectif, à travers les mass media, sur la P. P. C. C. (Plus Petite Commune Culture), ainsi la personnalisation consiste en un recyclage quotidien sur la P. P. D. M. (Plus Petite Différence Marginale) : rechercher les petites différences qualitatives par lesquelles se signalent le style et le statut. Ainsi, fumez une Kent : « Le comédien la fume avant d'entrer en scène, le rallyeman avant de boucler son casque, le peintre avant de signer sa toile, le jeune patron avant de dire non à son actionnaire principal (!)... Dès qu'elle a cessé de fumer dans le cendrier, l'action se déclenche, précise, calculée, irréversible. » Ou bien fumez une Marlboro, comme ce journaliste « dont l'éditorial est attendu par deux millions de lecteurs ». Vous avez une femme de grande classe et une Alfa-Romeo 2 600 Sprint ? Mais si vous utilisez Green Water comme eau de toilette, alors ce sera la trinité parfaite du grand standing, vous aurez tous vos quartiers de noblesse post-industrielle. Ou alors, ayez les mêmes carreaux de faïence dans votre cuisine que Françoise Hardy, ou la même plaque de gaz incorporée que Brigitte Bardot. Ou bien utilisez un grille-pain qui vous fasse des toasts à vos initiales, ou encore faites votre barbecue avec du charbon de bois aux herbes de Provence. Bien sûr, les différences « marginales » elles-mêmes sont soumises à une hiérarchie subtile. Depuis la banque de luxe avec coffres-forts Louis XVI réservée à 800 clients de choix (Américains qui devront garder dans leur compte courant un minimum de 25 000 dollars) jusqu'au bureau de P.-D. G., qui sera antique ou Premier Empire, alors que le fonctionnel cossu suffit pour les cadres supérieurs, du prestige arrogant des villas néo-riches jusqu'à la nonchalance des vêtements de classe, toutes ces différences marginales scandent, selon une loi générale de distribution du matériel distinctif (loi que nul n'est censé ignorer, bien moins encore que celle du code pénal), la discrimination sociale la plus rigoureuse. Tout n'est pas permis, et les infractions à ce code des différences, qui, pour être mouvant, n'en est pas moins un *rituel*, sont réprimées. Témoin cet épisode amusant d'un représentant de commerce qui, s'étant acheté la même Mercedes que son patron, se vit licencier par celui-ci. Ayant fait appel, il fut indemnisé par les Prudhommes, mais non réintégré dans son emploi. Tous sont égaux devant les objets en tant que valeur d'usage, mais pas du tout devant les objets en tant que signes et différences, lesquels sont profondément hiérarchisés.

Métaconsommation.

Il est important de saisir que cette personnalisation, cette quête de statut et de standing se fonde sur des signes, c'est-à-dire non pas sur des objets ou des biens en soi, mais sur des *différences*. Ceci seul permet d'expliquer le paradoxe de l' « underconsumption », ou de l' « inconspicuous consumption », c'est-à-dire le paradoxe de la surdifférenciation de prestige, qui ne s'affiche précisément plus par l'*ostentation* (« conspicuous », selon Veblen), mais par la discrétion, le dépouillement et l'effacement, qui ne sont jamais qu'un luxe de plus, un surcroît d'ostentation qui se change en son contraire, et donc une *différence plus subtile*. La différenciation peut prendre alors la forme du refus des objets, du refus de la « consommation », et ceci est encore le fin du fin de la consommation.

« Si vous êtes un grand bourgeois, n'allez pas aux Quatre-Saisons... Laissez les Quatre-Saisons aux jeunes couples affolés par le fric qu'ils n'ont pas, aux étudiants, aux secrétaires, aux vendeuses, aux ouvriers qui en ont assez de vivre dans la crasse... à tous ceux qui veulent des meubles jolis parce que la laideur est fatigante, mais qui veulent aussi des meubles simples parce qu'ils ont horreur des appartements prétentieux. » Qui va répondre à cette invitation perverse ? Quelque grand bourgeois peut-être, ou quelque intellectuel soucieux de se déclasser. Au niveau des signes, il n'y a pas de richesse ou de pauvreté absolue, ni opposition entre les *signes* de la richesse et les *signes* de la pauvreté : ce ne sont que dièses et bémols sur le clavier des différences. « Mesdames, c'est chez X que vous serez le mieux dépeignées du monde ! » « Cette robe toute simple efface les traces de la haute couture. »

Il y a aussi tout un syndrome très « moderne » de l'anti-consommation, qui est au fond *méta-consommation*, et qui joue comme exposant culturel de classe. Les classes moyennes, elles, ont plutôt tendance, héritières en cela des grands dinosaures capitalistes du XIXᵉ siècle et du début du XXᵉ, à consommer ostensiblement. C'est en cela qu'elles sont culturellement *naïves*.

Inutile de dire que toute une stratégie de classe est là derrière : « Une des restrictions dont souffre la consommation de l'individu mobile, dit Riesman, est la résistance que les classes élevées opposent aux " arrivistes " par une stratégie de sous-consommation ostentatoire : ceux qui sont déjà arrivés ont ainsi tendance à imposer leurs propres limites à ceux qui voudraient devenir leurs pairs. » Ce phénomène, sous les formes multiples qu'il prend, est capital pour l'interprétation de notre société. Car on pourrait se prendre à cette inversion formelle des signes, et prendre pour un effet de démocratisation ce qui n'est qu'une métamorphose de la distance de classe. C'est sur la base du luxe que se consomme la simplicité perdue — et cet effet se retrouve à tous les niveaux : c'est sur la base de la condition bourgeoise que se consomment le « misérabilisme » et le « prolétarisme » intellectuels, comme, sur un autre plan, c'est sur la base d'un passé héroïque perdu que les Américains contemporains partent en voyage de plaisance collectif filtrer l'or dans les rivières de l'Ouest : partout cet « exorcisme » des effets inverses, des réalités perdues, des termes contradictoires signale un effet de consommation et de surconsommation, qui partout s'intègre à une logique de la distinction.

Il importe de saisir une fois pour toutes cette logique sociale de la différenciation comme fondamentale dans l'analyse et que c'est justement sur la relégation de leur valeur d'usage (et des « besoins » qui s'y rattachent) que s'institue l'exploitation des objets comme différentiels, comme signes — niveau qui seul définit spécifiquement la consommation. « Les préférences en matière de consommation, reconnaît Riesman, ne sont pas un perfectionnement de cette faculté humaine qui consiste à établir des rapports conscients entre l'individu et tel objet culturel. Elles représentent un moyen d'entrer avantageusement en contact avec les autres. En somme, les objets culturels ont perdu toute signification humaine : leur possesseur en fait, en quelque sorte, des fétiches qui lui permettent de soutenir une attitude. » Ceci (la priorité de la valeur différentielle) que Riesman applique aux objets « culturels » (mais il n'y a pas à cet égard de différence entre « objets culturels » et « objets matériels ») était illustré comme expérimentalement par l'exemple d'une ville minière de la taïga québécoise, où, nous raconte le reporter, en dépit de la proximité de la forêt et de l'utilité à peu près nulle d'une voiture, chaque famille a pourtant son automobile devant sa porte : « Ce véhicule, lavé, bichonné, à qui on fait faire de temps en temps quelques kilomètres en rond sur la rocade de la ville (il n'y a pas d'autres routes), est un symbole du niveau de vie américain, le signe qu'on appartient à la civilisation mécanique (et l'auteur rapproche ces somptueuses limousines d'une bicyclette parfaitement inutile trouvée dans la brousse sénégalaise chez un ancien sous-officier noir revenu vivre au village). Mieux encore : le même réflexe démonstratif, ostentatoire, fait que les cadres aisés se font construire à leurs frais des chalets dans un rayon de 10 miles autour du bourg. Dans cette agglomération spacieuse, aérée, où le climat est salubre, la nature partout présente, rien n'est plus inutile qu'une résidence secondaire ! Nous voyons donc jouer là la différenciation de prestige à l'état pur — et combien les raisons « objectives » à la possession d'une automobile ou d'une résidence secondaire ne sont au fond qu'alibis à une détermination plus fondamentale.

Distinction ou conformité ?

La sociologie traditionnelle ne fait pas, en général, de la logique de la différenciation un principe d'analyse. Elle repère un « besoin pour l'individu de se différencier », c'est-à-dire un besoin de plus dans le répertoire individuel, et qu'elle fait alterner avec le besoin inverse de se conformer. Les deux font bon ménage au niveau descriptif psycho-sociologique, dans l'absence de théorie et l'illogisme le plus total, qu'on rebaptisera « dialectique de l'égalité et de la distinction », ou « dialectique du conformisme et de l'originalité », etc. On mélange tout. Il faut voir que la consommation ne s'ordonne pas autour d'un individu avec ses besoins *personnels* indexés ensuite, selon une exigence de prestige ou de conformité, sur un contexte de groupe. Il y a *d'abord* une logique structurelle de la différenciation, qui produit les individus comme « *personnalisés* », c'est-à-dire comme différents les uns des autres, mais selon des modèles généraux et selon un code auxquels, dans l'acte même de se singulariser, ils se *conforment*. Le schéma singularité/conformisme, placé sous le signe de l'individu, n'est pas essentiel : c'est le niveau vécu. La logique fondamentale, c'est celle de la *différenciation/personnalisation, placée sous le signe du code*.

Autrement dit, la conformité n'est pas l'égalisation des statuts, l'homogénéisation *consciente* du groupe (chaque individu s'alignant sur les autres), c'est le fait d'avoir en commun le même code, de partager les mêmes signes qui vous font différents tous ensemble, de tel autre groupe. C'est la différence d'avec l'autre groupe qui fait la *parité* (plutôt que la conformité) des membres d'un groupe. C'est différentiellement que se fonde le consensus, et l'effet de conformité ne fait qu'en résulter. Ceci est capital, car cela implique le transfert de toute l'analyse sociologique (en matière de consommation particulièrement) de l'étude phénoménale du prestige, de l' « imitation », du champ superficiel de la dynamique sociale consciente vers l'analyse des codes, des relations structurelles, des systèmes de signes et de matériel distinctif, vers une *théorie* du champ *inconscient* de la logique sociale.

Ainsi la fonction de ce système de différenciation va bien au-delà de la satisfaction des besoins de prestige. Si l'on admet l'hypothèse énoncée plus haut, on voit que le système ne joue jamais sur des différences *réelles* (singulières, irréductibles) entre des *personnes*. Ce qui le fonde comme système, c'est précisément qu'il élimine le contenu propre, l'être propre de chacun (forcément *différent*) pour y substituer la forme *différentielle*, industrialisable et commercialisable comme signe distinctif. Il élimine toute qualité originale pour ne retenir que le schème distinctif et sa production systématique. A ce niveau, les différences ne sont plus exclusives : non seulement elles s'impliquent logiquement entre elles dans la combinatoire de la mode (comme les couleurs différentes « jouent » entre elles), mais sociologiquement : c'est *l'échange des différences qui scelle l'intégration du groupe*. Les différences ainsi codées, loin de diviser les individus, deviennent au contraire *matériel d'échange*. C'est là un point fondamental, par où la consommation se définit :

1) non plus comme pratique fonctionnelle des objets, possession, etc.,

2) non plus comme simple fonction de prestige individuel ou de groupe,

3) mais comme système de communication et d'échange, comme code de signes continuellement émis et reçus et réinventés, comme *langage*.

Les différences de naissance, de sang, de religion, jadis, ne s'échangeaient pas : elles n'étaient pas des différences de mode et touchaient à l'essentiel. Elles n'étaient pas « consommées ». Les différences actuelles (de vêtements, d'idéologie, de sexe même) s'échangent au sein d'un vaste consortium de consommation. C'est un échange socialisé des signes. Et si tout ainsi peut s'échanger sous forme de signes, ce n'est pas par la grâce de quelque « libéralisation » des mœurs, c'est que les différences sont systématiquement produites selon un ordre qui les intègre toutes comme signes de reconnaissance, et que, substituables les unes aux autres, il n'y a pas plus de tension ni de contradiction entre elles qu'entre le haut et le bas, qu'entre la gauche et la droite.

Ainsi voit-on chez Riesman les membres du peer-group (groupe de pairs) socialiser des préférences, échanger des appréciations et, par leur compétition continuelle, assurer la réciprocité interne et la cohésion narcissique du groupe. Ils « concourent » au groupe par la « concurrence », ou plutôt par ce qui n'est plus une concurrence ouverte et violente, celle du marché et de la lutte, mais, filtrée par le code de la mode, une *abstraction ludique de la concurrence*.

Code et Révolution.

On saisira mieux ainsi la fonction idéologique capitale du système de la consommation dans l'ordre socio-politique actuel. Cette fonction idéologique se déduit de la définition de la consommation comme institution d'un code généralisé de valeurs différentielles, et de la fonction de système d'échange et de communication que nous venons de déterminer.

Les systèmes sociaux modernes (capitaliste, productiviste, « post-industriel ») ne fondent pas tellement leur

contrôle social, la régulation idéologique des contradictions économiques et politiques qui les « travaillent »,
sur les grands principes égalitaires et démocratiques,
sur tout ce système de valeurs idéologiques et culturelles partout diffusé, partout à l'œuvre. Même sérieusement intériorisées à travers l'école et l'apprentissage
social, ces valeurs égalitaires conscientes, de droit, de
justice, etc., restent relativement fragiles, et ne suffiraient jamais à intégrer une société dont elles contredisent trop visiblement la réalité objective. Disons qu'à
ce niveau idéologique, les contradictions peuvent toujours éclater de nouveau. Mais le système compte beaucoup plus efficacement sur un dispositif *inconscient*
d'intégration et de régulation. Et celui-ci, au contraire
de l'*égalité*, consiste précisément à impliquer les individus
dans un système de *différences*, dans un *code de signes*.
Telle est la culture, tel est le langage, telle est la « consommation » au sens le plus profond du terme. L'efficace
politique, ce n'est pas de faire que là où il y avait de la
contradiction, il y ait de l'égalité et de l'équilibre, c'est
de faire que là où il y avait de la contradiction, il y ait
DE LA DIFFÉRENCE. La solution à la contradiction
sociale, ce n'est pas l'égalisation, c'est la différenciation.
Il n'y a pas de révolution possible au niveau d'un code
— ou alors, elles ont lieu tous les jours, ce sont les « révolutions de la mode », elles sont inoffensives et déjouent
les autres.

Là encore, il y a erreur dans l'interprétation du rôle
idéologique de la consommation chez les tenants de
l'analyse classique. Ce n'est pas en noyant les individus
sous le confort, les satisfactions et le standing que la
consommation désamorce la virulence sociale (ceci est
lié à la théorie naïve des besoins et ne peut renvoyer
qu'à l'espoir absurde de rendre les gens à plus de misère
pour les voir se révolter), c'est au contraire en les *dres-*

sant à la discipline inconsciente d'un code, et d'une coopération compétitive au niveau de ce code, ce n'est
pas par plus de facilité, c'est au contraire en les faisant
entrer dans les *règles* du jeu. C'est ainsi que la consommation peut se substituer à elle seule à toutes les idéologies, et à la longue assumer à elle seule l'intégration
de toute une société, comme le faisaient les rituels hié-
rarchiques ou religieux des sociétés primitives.

Les modèles structurels.

« Quelle mère de famille n'a pas rêvé d'une machine
à laver spécialement conçue pour elle ? » interroge une
publicité. En effet, quelle mère de famille ne l'a pas
rêvé ? Elles sont donc des millions à avoir rêvé de la
même machine à laver spécialement conçue pour chacune
d'elles.

« Le corps dont vous rêvez, c'est le VÔTRE. » Cette
tautologie admirable, dont l'issue est évidemment tel
ou tel soutien-gorge, ramasse tous les paradoxes du
narcissisme « personnalisé ». C'est en vous rapprochant
de votre idéal *de référence*, c'est en étant « vraiment
vous-même » que vous obéissez le mieux à l'impératif
collectif, et que vous coïncidez au plus près avec tel ou
tel modèle « imposé ». Astuce diabolique ou dialectique
de la culture de masse ?

Nous verrons comment la société de consommation
se pense elle-même comme telle et se réfléchit narcissiquement dans son image. Ce processus diffuse au niveau
de chaque individu, sans cesser d'être une fonction collective, ce qui explique qu'il ne contredit pas du tout
un conformisme, au contraire, comme les deux exemples
ci-dessus le montrent bien. Le narcissisme de l'individu
en société de consommation *n'est pas jouissance de la
singularité*, il est *réfraction de traits collectifs*. Cependant,

il est toujours donné comme investissement narcissique de « soi-même » à travers les P. P. D. M. (Plus Petites Différences Marginales).

Partout, l'individu est invité d'abord à SE plaire, à se complaire. Il est entendu que c'est en se plaisant à soi-même qu'on a toutes chances de plaire aux autres. A la limite, peut-être même la complaisance et l'auto-séduction peuvent-elles supplanter totalement la finalité séductrice objective. L'entreprise séductrice se retourne sur elle-même, dans une sorte de « consommation » parfaite, mais son référent reste bien l'instance de l'autre. Simplement, plaire est devenu une entreprise où la considération de la personne à qui plaire n'est que secondaire. Un discours répété de la marque dans la publicité.

C'est surtout sur les femmes que s'exerce cette invitation à la complaisance. Mais cette pression s'exerce sur *les* femmes à travers le mythe de *la* Femme. La Femme comme modèle collectif et culturel de complaisance. Évelyne Sullerot dit bien : « On vend de la femme à la femme... en croyant se soigner, se parfumer, se vêtir, en un mot se « créer », la femme se consomme. » Et ceci est dans la logique du système : non seulement la relation aux autres, mais aussi la relation à soi-même deviennent une relation *consommée*. Qu'il ne faut pas confondre, là non plus, avec le fait de se plaire à soi-même sur la foi de qualités réelles, de beauté, de charme, de goût, etc. Ceci n'a rien à voir ; dans ce cas, il n'y a pas consommation. Il y a relation spontanée et naturelle. La consommation se définit toujours par la substitution à cette relation spontanée d'une relation médiatisée par un système de signes. En l'occurrence, si la femme *se* consomme, c'est que sa relation à elle-même est objectivée et alimentée par des signes, signes qui constituent le Modèle Féminin, lequel constitue le véritable objet de

la consommation. C'est lui que la femme consomme en
se « personnalisant ». A la limite, la femme « ne peut
raisonnablement faire confiance au feu de son regard,
ni à la douceur de sa peau : cela, qui lui est propre, ne
lui confère aucune certitude ». (Bredin, *La Nef.*) Il est
tout différent de *valoir* par des qualités naturelles, et
de *se faire-valoir* par adhésion à un modèle et selon un
code constitué. Il s'agit là de *féminité fonctionnelle*, où
toutes les valeurs naturelles de beauté, de charme, de
sensualité disparaissent au profit des valeurs *exponen-
tielles* de naturalité (sophistiquée), d'érotisme, de « ligne »,
d'expressivité.

Comme la violence [1], la séduction et le narcissisme
sont relayés d'avance par des *modèles*, industriellement
produits par les mass media et faits de signes *repérables*
(pour que toutes les filles puissent se prendre pour Brigitte Bardot, il faut que ce soit les cheveux, ou la bouche,
ou tel trait de vêtement qui les distingue, c'est-à-dire
nécessairement la même chose pour toutes). Chacun
trouve sa propre personnalité dans l'accomplissement
de ces modèles.

Modèle masculin et modèle féminin.

A la féminité fonctionnelle correspond la masculinité,
ou la virilité fonctionnelle. Tout naturellement, les
modèles s'ordonnent par deux. Ils ne résultent pas de
la nature *différenciée* des sexes, mais de la logique *différentielle* du système. La relation du Masculin et du Féminin aux hommes et aux femmes *réels* est relativement
arbitraire. De plus en plus aujourd'hui, hommes et
femmes viennent indifféremment se signifier sur les
deux registres, mais les deux grands termes de l'oppo-

1. Cf. plus loin : La Violence.

sition signifiante ne valent, eux, au contraire, que par leur distinction. Ces deux modèles ne sont pas descriptifs : ils *ordonnent* la consommation.

Le modèle masculin est celui de l'exigence et du choix. Toute la publicité masculine insiste sur la règle « déontologique » du *choix*, en termes de rigueur, de minutie inflexible. L'homme de qualité moderne est *exigeant*. Il ne se permet aucune défaillance. Il ne néglige aucun détail. « Select », il l'est non pas passivement, ou par grâce naturelle, mais bien par l'exercice d'une sélectivité. (Que cette sélectivité soit orchestrée par d'autres que lui, c'est là une autre affaire.) Pas question de se laisser aller ou de se complaire, mais de se distinguer. Savoir choisir et ne pas faillir équivalent ici aux vertus militaires et puritaines : intransigeance, décision, vertu (« virtus »). Ces vertus seront celles du moindre minet qui s'habille chez Romoli ou chez Cardin. Vertu compétitive ou sélective : c'est là le modèle masculin. Beaucoup plus profondément, le choix, signe de l'élection (celui qui choisit, qui *sait* choisir, est choisi, est élu entre tous les autres), est dans nos sociétés le rite homologue de celui du *défi* et de la compétition dans les sociétés primitives : il classe.

Le modèle féminin enjoint beaucoup plus à la femme de se faire plaisir à elle-même. Ce n'est plus la sélectivité, l'exigence, mais la complaisance et la sollicitude narcissique qui sont de rigueur. Au fond, on continue d'inviter les hommes à jouer au soldat, les femmes à jouer à la poupée avec elles-mêmes.

Même au niveau de la publicité moderne, il y a donc toujours ségrégation des deux modèles masculin et féminin, et survivance hiérarchique de la prééminence masculine (c'est là, au niveau des modèles, que se lit l'*inamovibilité du système de valeurs* : peu importe la mixité des conduites « réelles », car la mentalité profonde est sculptée par les modèles — et l'opposition Masculin/Féminin, elle, comme celle du travail manuel/travail intellectuel, n'a pas changé).

Il faut donc retraduire cette opposition structurale en termes de suprématie sociale.

1. Le choix masculin est « agonistique » : c'est, par analogie avec le défi, la conduite « noble » par excellence. C'est l'honneur qui est en jeu, ou la « Bewährung » (faire ses preuves), vertu ascétique et aristocratique.

2. Ce qui se perpétue dans le modèle féminin, c'est au contraire la valeur *dérivée*, la valeur *par procuration* (« vicarious status », « vicarious consumption », selon Veblen). La femme n'est engagée à se gratifier elle-même que pour mieux entrer comme objet de compétition dans la concurrence masculine (se plaire pour mieux plaire). Elle n'entre jamais en compétition directe (sinon avec les autres femmes au regard des hommes). Si elle est belle, c'est-à-dire si cette femme est femme, elle sera choisie. Si l'homme est homme, il choisira sa femme parmi d'autres objets/signes (sᴀ voiture, sᴀ femme, sᴏɴ eau de toilette). Sous couleur d'autogratification, la femme (le Modèle Féminin) est reléguée, dans un accomplissement « de service », par procuration. Sa détermination n'est pas autonome.

Ce statut, illustré au niveau narcissique par la publicité, a d'autres aspects tout aussi réels au niveau de l'activité productrice. La femme, vouée aux paraphernalia (aux objets domestiques), remplit non seulement une fonction économique, mais une fonction de prestige, dérivée de l'oisiveté aristocratique ou bourgeoise des femmes qui témoignaient par là du prestige de leur maître : la femme-au-foyer ne produit pas, elle n'a pas d'incidence dans les comptabilités nationales, elle n'est pas recensée comme *force productive* — c'est qu'elle est vouée à valoir comme *force de prestige*, de par son inutilité officielle, de par son statut d'esclave « entre-tenue ». Elle reste un attribut, régnant sur les attributs secondaires que sont les objets domestiques.

Ou bien elle se voue, dans les classes moyennes et supérieures, à des activités « culturelles », elles aussi gratuites, non comptabilisables, irresponsables, c'est-à-dire sans responsabilité. Elle « consomme » de la culture, pas même en son nom propre : culture décorative. C'est la *promotion culturelle* qui, derrière tous les alibis démo-cratiques, répond ainsi toujours à cette même contrainte d'inutilité. Au fond, la culture est ici un effet somptuaire annexe de la « beauté » — culture et beauté étant beau-coup moins des valeurs propres, exercées pour elles-mêmes, qu'évidence du superflu, fonction sociale « alié-née » (exercée par procuration).

Encore une fois il s'agit ici des *modèles* différentiels, qu'il ne faut pas confondre avec les sexes réels, ni avec les catégories sociales. Il y a partout diffusion et conta-mination. L'homme moderne (on le voit partout dans la publicité) est invité lui aussi à se complaire. La femme moderne est invitée à choisir et à concourir, à être « exigeante ». Tout cela à l'image d'une société où les fonctions respectives, sociales, économiques et sexuelles sont *relativement* mêlées. Cependant, la distinction des modèles masculins et féminins, elle, reste totale (d'ail-leurs, même la mixité des tâches et des rôles sociaux et professionnels est en fin de compte faible et marginale). Peut-être même sur certains points l'opposition struc-turelle et hiérarchique du Masculin et du Féminin se renforce-t-elle. Ainsi l'apparition publicitaire de l'éphèbe nu de Publicis (publicité Sélimaille) a-t-elle marqué l'extrême point de contamination. Elle n'a cependant rien changé aux modèles distincts et antagonistes. Elle a surtout mis en évidence l'émergence d'un « tiers » mo-dèle hermaphrodite, partout lié à l'émergence de l'ado-

lescence et de la jeunesse, ambisexuée et narcissique,
mais beaucoup plus proche du modèle féminin de complaisance que du modèle masculin d'exigence.

Ce à quoi on assiste très généralement d'ailleurs aujourd'hui, c'est à l'*extension dans tout le champ de la
consommation du modèle féminin*. Ce que nous avons
dit de la Femme dans son rapport aux valeurs de prestige, de son statut « par procuration », vaut virtuellement et absolument de l' « homo consumans » en général
— hommes et femmes sans distinction. Cela vaut pour
toutes les catégories vouées plus ou moins (mais de plus
en plus, selon la stratégie politique) aux « paraphernalia », aux biens domestiques et aux jouissances « par
procuration ». Des classes entières sont ainsi vouées, à
l'image de la Femme (qui reste, comme Femme-Objet,
emblématique de la consommation), à *fonctionner* comme
consommatrices. Leur promotion de consommateurs
serait ainsi l'achèvement de leur destin de serfs. A la
différence pourtant de la ménagère-au-foyer, leur activité aliénée, loin de sombrer dans l'oubli, fait aujourd'hui
les beaux jours de la comptabilité nationale.

TROISIÈME PARTIE

Mass media, sexe et loisirs

Le Néo — ou la résurrection anachronique.

Comme Marx le disait de Napoléon III : il arrive que les mêmes événements se produisent deux fois dans l'histoire : la première, ils ont une portée historique réelle, la seconde, ils n'en sont que l'évocation caricaturale, l'avatar grotesque — vivant d'une *référence légendaire*. Ainsi la consommation culturelle peut être définie comme le temps et le lieu de la résurrection caricaturale, de l'évocation parodique de ce qui n'est déjà plus — de ce qui est « consommé » au sens premier du terme (achevé et révolu). Ces touristes qui partent en car dans le Grand Nord refaire les gestes de la ruée vers l'or, à qui on loue une batte et une tunique esquimaude pour faire couleur locale, ces gens-là consomment : ils consomment sous forme rituelle ce qui fut événement historique, réactualisé de force comme légende. En histoire, ce processus s'appelle restauration : c'est un processus de dénégation de l'histoire et de résurrection fixiste des modèles antérieurs. La consommation est, elle aussi, tout entière imprégnée de cette substance anachronique : E S S O vous offre, dans ses stations d'hiver, son feu de bois et son ensemble barbecue : exemple caractéristique — ce sont les maîtres de l'essence, les « liquidateurs historiques » du feu de bois et de toute sa valeur symbolique, qui vous le resservent comme néo-feu de bois E S S O. Ce qui est consommé ici c'est la jouissance simultanée, mixte, complice, de l'automobile et des prestiges défunts de tout ce dont l'automobile signifie la mort — et ceux-ci ressuscités par l'automobile! Il ne faut pas voir là simple nostalgie du passé : à travers ce niveau « vécu », c'est la définition historique et structurelle de la consommation que *d'exalter les signes sur la base d'une dénégation des choses et du réel.*

Nous avons vu que l'hypocrisie pathétique du fait divers, à travers les communications de masse, exalte de tous les signes de la catastrophe (morts, meurtres, viols, révolution) la quiétude de la vie quotidienne. Mais cette même redondance pathétique des signes est lisible partout : exaltation des tout jeunes et des très vieux, émotion à la une pour les mariages de sang bleu, hymne mass-médiatique au corps et à la sexualité — partout on assiste à la désagrégation historique de certaines structures qui fêtent en quelque sorte, sous le signe de la consommation, à la fois leur disparition réelle et leur résurrection caricaturale. La famille se dissout? On l'exalte. Les enfants ne sont plus des enfants? On sacralise l'enfance. Les vieux sont seuls, hors circuit? On s'attendrit collectivement sur la vieillesse. Et plus clairement encore : on magnifie le corps à mesure même que ses possibilités réelles s'atrophient et qu'il est de plus en plus traqué par le système de contrôle et de contraintes urbaines, professionnelles, bureaucratiques.

Le recyclage culturel.

Une des dimensions caractéristiques de notre société, en matière de savoir professionnel, de qualification sociale, de trajectoire individuelle, c'est le *recyclage*. Elle implique pour chacun, s'il ne veut être relégué, distancé, disqualifié, la nécessité de « remettre à jour » ses connaissances, son savoir, en gros son « bagage opérationnel » sur le marché du travail. Cette notion vise aujourd'hui particulièrement les cadres techniques d'entreprise, et depuis peu les enseignants. Elle se veut donc scientifique et fondée sur le progrès continu des connaissances (en sciences exactes, en technique des ventes, en pédagogie, etc.), auquel devraient normalement s'adapter tous les individus, pour rester « dans la foulée ». En fait, le terme de « recyclage » peut inspirer quelques réflexions : il évoque irrésistiblement le « cycle » de la mode : là aussi chacun se doit d'être « au courant », et de se recycler annuellement, mensuellement, saisonnièrement, dans ses vêtements, ses objets, sa voiture. S'il ne le fait, il n'est pas un vrai citoyen de la société de consommation. Or, il est évident qu'il ne s'agit pas dans ce cas d'un progrès continu : la mode est arbitraire, mouvante, cyclique et n'ajoute rien aux qualités intrinsèques de l'individu. Elle a pourtant un caractère de contrainte profonde, et pour sanction la réussite ou la relégation sociale. On peut se demander si le « recyclage des connaissances », sous la couverture scientifique, ne cache pas ce même type de reconversion accélérée, obligée, arbitraire, que la mode, et ne fait pas jouer au niveau du savoir et des personnes la même « obsolescence dirigée » que le cycle de production et de mode impose aux objets matériels. Dans ce cas, nous aurions affaire non pas à un processus rationnel d'accumulation scientifique, mais à un processus social, non rationnel, de consommation, solidaire de tous les autres.

Recyclage médical : le « check-up ». Recyclage corporel, musculaire, physiologique : le « Président » pour les hommes ; les régimes, les soins de beauté pour les femmes ; les vacances pour tout le monde. Mais on peut élargir (et il *faut* élargir) cette notion à des phénomènes bien plus vastes encore : la « redécouverte » même du corps est un recyclage corporel, la « redécouverte » de la Nature, sous forme de campagne réduite à l'état d'échantillon encadrée par l'immense tissu urbain, quadrillée et servie « chambrée » sous la forme d'espaces verts, de réserves naturelles ou de décor aux résidences secondaires, cette redécouverte est en fait un recyclage de la Nature. C'est-à-dire non plus du tout une présence originelle, spécifique, en opposition symbolique avec la culture, mais un *modèle de simulation*, un consommé de signes de nature remis en circulation, bref une nature *recyclée*. Si nous n'en sommes pas encore là partout, telle est pourtant bien la tendance actuelle. Qu'on l'appelle aménagement, préservation des sites, environnement, il s'agit toujours de recycler une nature condamnée dans son existence propre. La nature comme l'événement, comme le savoir, est régie dans ce système par le *principe d'actualité*. Elle *doit* changer fonctionnellement comme la mode. Elle a valeur d'*ambiance*, donc soumise à un cycle de renouvellement. C'est le même principe qui envahit aujourd'hui le domaine professionnel, où les valeurs de science, de technique, de qualification et de compétence le cèdent au recyclage, c'est-à-dire aux contraintes de mobilité, de statut et de *profil* de carrière [1].

---

1. Si la beauté est dans la « ligne », la carrière est dans le « profil ». Le lexique a des connivences significatives.

Ce principe d'organisation régit aujourd'hui toute la culture « de masse ». Ce à quoi ont droit tous les accul-turés (et à la limite, pas même les « cultivés » n'y échap-pent, ou n'y échapperont) ce n'est pas à la culture, c'est au *recyclage culturel*. C'est à « être dans le coup », c'est à « savoir ce qui se fait », c'est à remettre à jour, tous les mois ou tous les ans, sa panoplie cultu-relle. C'est à subir cette contrainte de brève ampli-tude, perpétuellement mouvante comme la mode, et qui est *l'inverse absolu* de la culture conçue comme :

1. Patrimoine héréditaire d'œuvres, de pensées, de traditions ;

2. Dimension continue d'une réflexion théorique et critique — transcendance critique et fonction symbo-lique.

Les deux sont également niés par la subculture cyclique, faite d'ingrédients et de signes culturels obso-lescents, par l'*actualité* culturelle, qui va de l'art ciné-tique aux encyclopédies hebdomadaires — culture recyclée.

On voit que le problème de la consommation de la culture n'est pas lié aux contenus culturels à propre-ment parler, ni au « public culturel » (l'éternel faux pro-blème de la « vulgarisation » de l'art et de la culture, dont sont victimes à la fois les praticiens de la culture « aristocratique » et les champions de la culture de masse). Ce qui est décisif, ce n'est pas que quelques milliers seulement ou des millions participent de telle œuvre, c'est que cette œuvre, comme la voiture de l'année, comme la nature des espaces verts, soit condam-née à n'être qu'un signe éphémère, parce que produite, délibérément ou non, dans une dimension qui est celle, aujourd'hui universelle, de la production : la dimension du cycle et du recyclage. La culture n'est plus produite

pour durer. Elle se maintient bien sûr comme instance
universelle, comme référence idéale, et ce d'autant
plus qu'elle perd sa substance de sens (de même que
la Nature n'est jamais si exaltée que depuis qu'elle
est partout détruite), mais, dans sa réalité, de par son
mode de production, elle est soumise à la même vocation d' « actualité » que les biens matériels. Et ceci,
encore une fois, ne concerne pas la *diffusion industrielle* de la culture. Que Van Gogh soit exposé dans les
Grands Magasins ou Kierkegaard vendu à 200 000 exemplaires n'a rien à voir dans l'affaire. Ce qui met en jeu
le *sens* des œuvres, c'est que *toutes les significations
soient devenues cycliques*, c'est-à-dire que leur soit imposé, à travers même le système de communication, un
mode de succession, d'alternance, une modulation combinatoire qui est celle même de la longueur des jupes
et des émissions de télévision (cf. « Medium is Message »).
C'est aussi qu'à partir de là, la culture, comme le pseudo-
événement dans l' « information », comme le pseudo-
objet dans la publicité, peut être produite (elle l'est
virtuellement) *à partir du medium lui-même*, à partir
du code de référence. On rejoint ici la procédure logique
des « modèles de simulation [1] » ou celle qu'on peut voir
à l'œuvre dans les gadgets qui ne sont *que jeu sur les
formes et sur la technologie*. A la limite, il n'y a plus de
différence entre la « créativité culturelle » (dans l'art
cinétique, etc.) et cette combinatoire ludique/technique.
Pas de différence non plus entre les « créations d'avant-
garde » et la « culture de masse ». Celle-ci combine plutôt
des contenus (idéologiques, folkloriques, sentimentaux,
moraux, historiques), des thèmes stéréotypés, et l'autre
des formes, des modes d'expression. Mais l'une et
l'autre jouent d'abord sur un code, et sur un calcul

---

1. Cf. plus loin : « Pseudo-événement et néo-réalité ».

d'amplitude et d'amortissement. Il est d'ailleurs curieux de voir comment, en littérature, le système des prix littéraires, couramment méprisé pour sa décrépitude académique — il est stupide en effet de couronner *un livre par an* au regard de l'universel —, a retrouvé une survie étonnante en venant s'adapter au cycle fonctionnel de la culture moderne. Leur régularité, absurde en d'autres temps, redevient compatible avec le recyclage conjoncturel, avec l'actualité de la mode culturelle. Jadis, ils signalaient un livre à la postérité, et c'était cocasse. Aujourd'hui, ils signalent un livre à l'actualité, et c'est efficace. Ils ont trouvé là leur second souffle.

Le Tirlipot et le Computer ou La Plus Petite Commune Culture (P. P. C. C.).

La mécanique du tirlipot : en principe c'est l'exploration par questions de la définition du verbe (*tirlipoter :* équivalent du « machin », signifiant flottant auquel substituer par reconstitution sélective le signifiant spécifique). Donc, en principe, un apprentissage intellectuel. En fait, on s'aperçoit qu'à de rares exceptions près, les participants sont dans l'incapacité de poser de véritables questions : questionner, explorer, analyser les gêne. Ils partent de la réponse (tel verbe qu'ils ont dans la tête), pour en déduire la question, qui est en fait la mise en forme interrogative de la définition du dictionnaire (ex : « Est-ce que tirlipoter, c'est mettre fin à quelque chose? » Si le meneur de jeu dit : « Oui, dans un certain sens, ou même simplement : peut-être... à quoi pensez-vous? Réponse automatique : « finir », ou « achever »). C'est la démarche même du bricoleur qui essaie une vis après l'autre pour voir si ça marche, méthode exploratrice rudimentaire d'ajustement par essais et erreurs sans investigation rationnelle.

Le computer : même principe. Pas d'apprentissage.
Un mini ordinateur vous pose des questions, et, pour
chaque question, une tablature de cinq réponses. Vous
sélectionnez la réponse juste. Le temps compte : si vous
répondez instantanément, vous obtenez le maximum
de points, vous êtes « champion ». Ce n'est donc pas
un temps de réflexion, c'est un temps de réaction. Ce
ne sont pas les processus intellectuels que l'appareil
met en jeu, ce sont les mécanismes réactionnels immé-
diats. Il ne faut pas peser les réponses proposées, ni
délibérer ; il faut *voir* la réponse juste, l'enregistrer
comme un stimulus, selon le schème optique-moteur
de la cellule photo-électrique. Savoir, c'est voir (cf. le
« radar » riesmanien, qui permet d'évoluer ainsi parmi
les autres en gardant ou coupant le contact, en sélec-
tionnant immédiatement les relations positives et négatives). Surtout pas de réflexion analytique : elle est
pénalisée par le moindre total de points dû au temps
perdu.

Si ce n'est donc une fonction d'apprentissage (toujours avancée par les meneurs de jeu et les idéologues
des mass media), quelle est la fonction de ces jeux ?
Dans le tirlipot, il est clair que c'est la participation :
le contenu n'a aucune importance. Pour le participant,
c'est la jouissance d'avoir tenu l'antenne vingt secondes,
assez pour faire passer sa voix, mêler sa voix à celle
du meneur de jeu, retenir celui-ci en engageant un
bref dialogue avec lui, et, à travers lui, prendre un
contact magique avec cette multitude chaleureuse et
anonyme qu'est le public. Il est clair que la plupart
ne sont pas du tout déçus par l'échec de leur réponse :
ils ont eu ce qu'ils voulaient. De la *communion* — plutôt
cette forme moderne, technique et aseptisée, de la communion qu'est la *communication*, le « contact ». Ce qui

distingue la société de consommation, ce n'est pas en
effet l'absence déplorée de cérémonies : le jeu radiophonique en est une au même titre que la messe ou le
sacrifice en société primitive. Mais c'est que la communion cérémonielle n'y passe plus à travers le pain et
le vin, qui seraient la chair et le sang, mais à travers
les mass media (qui sont non seulement les messages,
mais le dispositif d'émission, le réseau d'émission, la
station d'émission, les postes récepteurs, et, bien entendu, les producteurs et le public). Autrement dit,
la communion ne passe plus par un support symbolique,
mais par un support technique : c'est en cela qu'elle est
communication.

Ce qui est partagé, alors, ce n'est plus une « culture » :
le corps vivant, la présence actuelle du groupe (tout ce
qui faisait la fonction symbolique et métabolique de la
cérémonie et de la fête) — ce n'est même pas un savoir
au sens propre du terme, c'est cet étrange corpus de
signes et de références, de réminiscences scolaires et de
signaux intellectuels de mode qu'on nomme « culture
de masse », et qu'on pourrait appeler P. P. C. C. (Plus
Petite Commune Culture), au sens du plus petit commun
dénominateur en arithmétique — au sens aussi du « Standard Package », lequel définit la plus petite commune
panoplie d'objets que se doit de posséder le consommateur moyen pour accéder au titre de citoyen de cette
société de consommation — ainsi la P. P. C. C. définit
la plus petite commune panoplie de « réponses justes »
qu'est censé posséder l'individu moyen pour accéder
au brevet de citoyenneté culturelle.

La communication de masse exclut la culture et le
savoir. Il n'est pas question que de véritables processus symboliques ou didactiques entrent en jeu, car ce
serait compromettre la participation collective qui est
le sens de cette cérémonie — participation qui ne peut

s'accomplir que par une *liturgie*, un code formel de signes
soigneusement vidés de toute teneur de sens.

On voit que le terme « culture » est lourd de malentendus. Ce consommé culturel, ce « digest »/répertoire
de questions/réponses codées, cette P. P. C. C. est à la
culture ce qu'est l'assurance-vie à la vie : elle est faite
pour en conjurer les risques et, sur la base de la dénégation d'une culture vivante, exalter les signes ritualisés
de la *culturalisation*.

S'alimentant à un mécanisme de questions/réponses
automatisé, cette P. P. C. C. a beaucoup d'affinités,
par contre, avec la « culture » scolaire. Tous ces jeux
ont d'ailleurs pour ressort l'archétype de l'EXAMEN. Et
ceci n'est pas un accident. L'examen est la forme émi-
nente de la promotion sociale. Chacun veut passer des
examens, fût-ce sous une forme radiophonique bâtarde,
parce que être examiné est aujourd'hui élément de prestige. Il y a donc un processus d'intégration sociale puissante dans la multiplication infinie de ces jeux : on peut
imaginer à la limite une société entière intégrée à ces
joutes mass-médiatiques, l'organisation sociale entière
reposant sur leur sanction. Une société a déjà dans l'histoire connu un système total de sélection et d'organisation par les examens : la Chine mandarinale. Mais le système ne touchait qu'une frange cultivée. Ici, ce serait
les masses entières mobilisées dans un incessant quitte ou
double, où chacun assurerait et mettrait en jeu son destin social. On ferait ainsi l'économie des rouages archaïques du contrôle social, le meilleur système d'intégration ayant toujours été celui de la compétition ritualisée.
Nous n'en sommes pas là. Pour l'instant, constatons la
très forte aspiration à la situation d'examen — double,
puisque chacun peut y être examiné, mais s'y intègre
aussi, comme examinateur, comme juge (en tant que
parcelle de l'instance collective appelée public). Dédou-

blement de rêve, proprement fantasmatique ; être à la
fois l'un et l'autre. Mais aussi opération tactique d'intégration par délégation de pouvoir. Ce qui définit la
communication *de masse*, c'est donc la combinaison du
support technique et de la P. P. C. C. (et *non pas l'ef-
fectif de la masse* participante). Le computer est lui aussi
mass medium, même si le jeu semble s'y individualiser.
Dans cette machine à sous où la dextérité intellectuelle
s'illumine de spots et de signaux sonores — admirable
synthèse entre le savoir et l'électro-ménager —, c'est
encore l'instance collective qui vous programme. Le
medium computer n'est que matérialisation technique
du medium collectif, de ce système de signaux « plus-
petit-commun-culturels » qui ordonne la participation
de tous à chacun, et de chacun au même.

Encore une fois, il est inutile et absurde de confronter,
et d'opposer en valeur la Culture savante et la Culture
mass-médiatisée. L'une a une syntaxe complexe, l'autre
est une combinatoire d'éléments, qui peut toujours se
dissocier en termes de stimulus/réaction, de question/ré-
ponse. Cette dernière trouve ainsi son illustration la
plus vive dans le jeu radiophonique. Mais ce schème
régit, bien au-delà de ce spectacle rituel, le comportement du consommateur dans chacun de ses actes, dans
sa conduite généralisée, qui s'organise comme une succession de réponses à des stimuli variés. Goûts, préférences, besoins, décision : en matière d'objets comme de
relations, le consommateur est perpétuellement sollicité,
« questionné », et sommé de répondre. L'achat, dans ce
contexte, est assimilable au jeu radiophonique : il est
moins aujourd'hui démarche originale de l'individu en
vue de la satisfaction concrète d'un besoin, que d'abord
réponse à une question — réponse qui engage l'individu
dans le rituel collectif de la consommation. C'est un jeu
dans la mesure où chaque objet est toujours offert selon

une gamme de variantes, entre lesquelles l'individu est sommé de choisir — l'acte d'achat c'est le choix, c'est la détermination d'une préférence — exactement comme entre les diverses réponses proposées par le computer — c'est en quoi l'acheteur *joue*, en répondant à une question qui n'est jamais celle, directe, portant sur l'utilité de l'objet, mais celle indirecte, portant sur le « jeu » des variantes de l'objet. Ce « jeu » et le choix qui le sanctionne caractérisent l'acheteur/consommateur par opposition à l'usager traditionnel.

Les Plus Petits Communs Multiples (P. P. C. M.).

La P. P. C. C. (Plus Petite Commune Culture) des ondes radiophoniques ou des grands magazines de presse se double aujourd'hui d'une filiale artistique. C'est la multiplication des œuvres d'art, dont la Bible, elle-même multipliée et livrée aux foules sous forme hebdomadaire, offrait le prototype miraculeux dans la célèbre multiplication des pains et des poissons au bord du lac de Tibériade.

Dans la Jérusalem céleste de la culture et de l'art, un grand vent démocratique a soufflé. « L'Art Contemporain », de Rauschenberg à Picasso, de Vasarely à Chagall et aux plus jeunes, fait son vernissage aux magasins du Printemps (il est vrai, au dernier étage, et sans compromettre le rayon « Décoration » du second étage, avec ses ports de mer et ses soleils couchants). L'œuvre d'art échappe à la solitude où on l'a pendant des siècles confinée, comme objet unique et moment privilégié. Les musées, c'est bien connu, étaient encore des sanctuaires. Mais désormais la masse a pris le relais du possesseur solitaire ou de l'amateur éclairé. Et ce n'est pas seulement la reproduction industrielle qui fera les délices de la masse. C'est l'œuvre d'art à la fois unique et col-

lective : le Multiple. « Initiative heureuse : Jacques Put-
man vient d'éditer, sous l'égide des magasins Prisunic,
une collection d'estampes originales à un prix très abor-
dable (100 F)... Personne ne trouve plus anormal d'acquérir une lithographie ou une eau-forte *en même
temps qu'une paire de bas ou un fauteuil de jardin*. La
seconde " Suite Prisunic " vient d'être exposée à la
galerie L'Œil, elle est désormais en vente dans ses magasins. Ce n'est pas une promotion, ni une révolution (!).
La multiplication de l'image répond à la multiplication
du public, qui entraîne fatalement (!) des lieux de rencontre avec cette image. La recherche expérimentale n'a
plus comme aboutissement l'esclavage de la puissance
et de l'argent : l'amateur bienfaiteur cède la place
au client participant... Chaque estampe, numérotée et
signée, est tirée à 300 exemplaires... Victoire de la société
de consommation ? Peut-être. Mais quelle importance,
puisque la qualité est sauve... Ceux qui aujourd'hui ne
veulent pas comprendre l'art contemporain sont ceux
qui le veulent bien. »

L'art-spéculation, fondé sur la rareté du produit :
terminé. Avec le « Multiple Illimité », l'art pénètre dans
l'époque industrielle (il se trouve que ces Multiples, étant
cependant limités dans leur tirage, redeviennent aussitôt un peu partout l'objet d'un marché noir et d'une
spéculation parallèle : naïveté rusée des producteurs
et des concepteurs). L'œuvre d'art dans la charcuterie,
la toile abstraite à l'usine... Ne dites plus : L'Art, qu'est-
ce que c'est ? Ne dites plus : L'Art, c'est trop cher...
Ne dites plus : L'Art, ce n'est pas pour moi : Lisez *Les
Muses*.

Il serait trop facile de dire que jamais une toile de
Picasso dans une usine n'abolira la division du travail,
et que jamais la multiplication des multiples, fût-elle

réalisée, n'abolira la division sociale et la transcendance de la Culture. L'illusion des idéologues du Multiple (ne parlons pas des spéculateurs conscients ou subconscients, qui, artistes et trafiquants, sont de loin les plus nombreux dans l'affaire), et plus généralement de la diffusion ou de la promotion culturelle, est cependant instructive. Leur noble effort pour démocratiser la culture, ou chez les designers « créer de beaux objets pour le plus grand nombre », se heurte visiblement à un échec, ou, ce qui revient au même, à une telle réussite commerciale qu'elle en devient suspecte. Mais cette contradiction n'est qu'apparente : elle subsiste parce que ces belles âmes s'obstinent à *prendre la Culture pour un universel, tout en voulant la répandre sous forme d'objets finis* (qu'ils soient uniques ou multipliés par mille). Ils ne font là que rendre à la logique de la consommation (c'est-à-dire à la manipulation de signes) certains contenus ou certaines activités symboliques qui jusque-là n'y étaient pas soumis. Multiplier les œuvres n'implique en soi aucune « vulgarisation » ni « perte de qualité » : ce qui a lieu, c'est que les œuvres ainsi multipliées deviennent effectivement, en tant qu'objets sériels, homogènes « à la paire de bas et au fauteuil de jardin », et prennent leur sens par rapport à ceux-ci. Ils ne s'opposent plus en tant qu'*œuvre* et substance de sens, en tant que signification *ouverte*, aux autres objets *finis*, ils sont devenus eux-mêmes objets finis, et rentrent dans la panoplie, la constellation d'accessoires par où se définit le standing « socio-culturel » du citoyen moyen. Ceci dans le meilleur des cas, où chacun y aurait réellement accès. Pour l'instant, tout en cessant d'être œuvres, ces pseudo-œuvres n'en restent pas moins des objets rares, économiquement ou « psychologiquement » inaccessibles à la plupart, et réalimentant, comme objets distinctifs, un marché parallèle un peu élargi de la Culture.

Il est peut-être plus intéressant — mais c'est le même problème — de voir ce qui est consommé dans les encyclopédies hebdomadaires : *La Bible, Les Muses, Alpha, Le Million,* dans les éditions musicales et artistiques à grand tirage, *Grands peintres, Grands musiciens.* On sait que le public atteint est ici virtuellement très large : ce sont toutes les couches moyennes scolarisées (ou dont les enfants sont scolarisés) au niveau secondaire ou technique, employés, petits et moyens cadres.

Il faut ajouter à ces grandes publications récentes celles qui, de *Science et Vie* à *Historia,* etc., alimentent depuis longtemps la demande culturelle des « classes promouvables ». Que cherchent-elles dans cette fréquentation de la science, de l'histoire, de la musique, du savoir encyclopédique ? C'est-à-dire de disciplines instituées, légitimées, dont les contenus, à la différence de ceux que diffusent les mass media, ont une valeur spécifique ? Cherchent-elles un apprentissage, une formation culturelle réelle, ou un signe de promotion ? Cherchent-elles dans la culture un exercice ou un bien d'appropriation, un savoir ou un statut ? Retrouverons-nous là un « effet de panoplie » dont nous avons vu qu'il désigne — comme signe parmi d'autres signes — l'objet de consommation ?

Dans le cas de *Science et Vie* (nous nous référons ici à une enquête sur les lecteurs de ce magazine analysée par le Centre de Sociologie européenne), la demande est ambiguë : il y a aspiration camouflée, clandestine à la culture « cultivée » à travers l'accession à la culture technique. La lecture de *Science et Vie* est le résultat d'un compromis : aspiration à la culture privilégiée, mais avec contre-motivation défensive, sous forme de refus du privilège (c'est-à-dire en même temps aspiration à la classe supérieure, et réaffirmation de la position de classe). Plus précisément, cette lecture joue *comme signe de ralliement*. A quoi ? A la communauté abstraite, au collectif virtuel de tous ceux qu'anime la même exigence ambiguë, de tous ceux qui lisent eux aussi *Science et Vie* (ou *Les Muses*, etc.). Acte témoin d'ordre mythologique : le lecteur rêve d'un groupe dont il consomme *in abstracto* la présence à travers sa lecture : relation irréelle, *massive*, qui est proprement *l'effet de communication « de masse »*. Complicité indifférenciée, qui fait pourtant la substance profondément vécue de cette lecture — valeur de reconnaissance, de ralliement, de participation mythique (on peut fort bien d'ailleurs détecter le même processus chez les lecteurs du *Nouvel Observateur* : lire ce journal, c'est *s'affilier* aux lecteurs de ce journal, c'est jouer d'une activité « culturelle » comme emblème de classe).

Bien sûr, la plupart des lecteurs (il faudrait dire des « adeptes ») de ces publications à grand tirage, véhicules d'une culture « subcultivée », prétendront, et de bonne foi, s'attacher au contenu même, et viser un savoir. Mais cette « valeur d'usage » culturelle, cette finalité objective est largement surdéterminée par la « valeur d'échange » sociologique. C'est à cette demande-là, indexée sur la concurrence statutaire de plus en plus vive, que répond l'immense matériel « culturalisé » de revues, d'encyclopédies, de collections de poche. Toute cette substance culturelle est « consommée » dans la mesure où son contenu n'alimente pas une pratique autonome, mais une rhétorique de la mobilité sociale, une demande qui vise *un autre objet* que la culture, ou plutôt ne vise celle-ci que comme *élément codé de statut social*. Il y a donc renversement, et le contenu proprement culturel n'apparaît plus ici que comme connotation, comme fonction seconde. Nous disons alors qu'il est consommé, de la même façon dont une machine à laver est objet de consommation, dès lors qu'elle n'est plus ustensile, mais élément de confort ou de prestige. Nous savons qu'alors elle n'a plus de présence spécifique, et que bien d'autres objets peuvent lui être substitués — entre autres précisément la culture. La culture devient objet de consommation dans la mesure où, glissant vers un autre discours, elle devient substituable et homogène (quoique hiérarchiquement supérieure) à d'autres objets. Et ceci ne vaut pas seulement pour *Science et Vie*, mais aussi bien pour la « haute » culture, la « grande » peinture, la musique classique, etc. Tout cela peut être vendu ensemble au Drugstore ou dans les Maisons de la Presse. Mais ce n'est pas à proprement parler une question de lieu de vente, ni de volume du tirage, ni de « niveau culturel » du public. Si tout cela se vend, et donc se consomme ensemble, c'est que la culture est soumise à la même demande concurrentielle de signes que n'importe quelle autre catégorie d'objets, et qu'elle est *produite en fonction de cette demande*.

A ce moment, elle tombe sous le même mode d'appropriation que les autres messages, objets, images qui composent l' « ambiance » de notre vie quotidienne : sous le mode la *curiosité* — qui n'est pas forcément de la légèreté ou de la désinvolture, ce peut être une curiosité passionnée, en particulier dans les catégories en voie d'acculturation — mais qui suppose la succession, le cycle, la contrainte de renouvellement de mode, et substitue ainsi à la pratique exclusive de la culture comme système symbolique de sens une pratique ludique et combinatoire de la culture comme système de signes. « Beethoven, c'est formidable ! »

A la limite, ce qui advient aux individus par cette « culture » — qui exclut aussi bien l'autodidacte, héros marginal de la culture traditionnelle, que l'homme cultivé, fleuron humanistique embaumé et en voie de disparition, — c'est du « recyclage » culturel, un recyclage esthétique qui est un des éléments de la « personnalisation » généralisée de l'individu, du faire-valoir culturel en société concurrentielle, et qui équivaut, toutes proportions gardées, au faire-valoir de l'objet par le conditionnement. L'esthétique industrielle — le design — n'a d'autre but que de rendre aux objets industriels, durement touchés par la division du travail et marqués par leur fonction, cette homogénéité « esthétique », cette unité formelle ou ce côté ludique qui les relierait tous dans une espèce de fonction seconde d' « environnement », d' « ambiance ». Ainsi font les « designers culturels » partout à l'œuvre aujourd'hui : ils cherchent, dans une société où les individus sont durement marqués par la division du travail et leur tâche parcellaire, à les « redessiner » par la « culture », à les intégrer sous une même enveloppe formelle, à faciliter les échanges sous le signe de la promotion culturelle, à mettre les gens dans l' « ambiance », comme le design le fait pour les objets. Il ne faut d'ailleurs pas perdre de vue que ce conditionnement, ce recyclage culturel, comme la « beauté » que donne aux objets l'esthétique industrielle, est « incontestablement un argument de marché », comme dit Jacques Michel. « C'est un fait aujourd'hui reconnu qu'un environnement agréable, dû à l'harmonie des formes et des couleurs, et, bien sûr, à la qualité des matériaux (!), a une influence bénéfique sur la productivité. » (*Le Monde*, 28 septembre 1969.) Et c'est vrai : les hommes acculturés comme les objets désignés sont mieux intégrés socialement et professionnellement, mieux « synchronisés », plus « compatibles ». Le fonctionnalisme de la relation humaine trouve dans la promotion culturelle un de ses terrains de prédilection — l' « human design » rejoint ici l' « human engineering ».

Il faudrait avoir un terme qui soit à la culture ce

que l' « Esthétique » (au sens d'esthétique industrielle, de rationalisation fonctionnelle des formes, de jeu de signes) est à la beauté comme système symbolique. Nous n'avons pas de terme pour désigner cette substance fonctionnalisée de messages, de textes, d'images, de chefs-d'œuvre classiques ou de bandes dessinées, cette « créativité » et « réceptivité » codées qui ont remplacé l'inspiration et la sensibilité, ce travail collectif *dirigé* sur les significations et la communication, cette « culturalité industrielle » que viennent hanter pêle-mêle toutes les cultures de toutes les époques, et que nous continuons faute de mieux d'appeler « culture », au prix de tous les malentendus et rêvant toujours, dans l'hyper-fonctionnalisme de la culture consommée, à l'universel, aux mythes qui sauraient déchiffrer notre époque sans être déjà des superproductions mythologiques, à un art qui saurait déchiffrer la modernité sans s'y abolir.

Le kitsch.

Une des catégories majeures de l'objet moderne, avec le gadget, c'est le kitsch. L'objet-kitsch, c'est communément toute cette population d'objets « tocards », en stuc, en toc, d'accessoires, de bimbeloterie folklorique, de « souvenirs », d'abat-jour ou de masques nègres, tout le musée de pacotille qui prolifère partout, avec une préférence pour les lieux de vacances et de loisir. Le kitsch, c'est l'équivalent du « cliché » dans le discours. Et ceci doit nous faire comprendre que, tout comme pour le gadget, il s'agit là d'une *catégorie*, difficilement définissable, mais qu'il ne faut pas confondre avec tels ou tels objets *réels*. Le kitsch peut être partout, dans le détail d'un objet comme dans le plan d'un grand ensemble, dans la fleur artificielle comme dans le roman-photo. Il se définira de préférence comme *pseudo-objet*, c'est-à-dire comme simulation, copie, objet factice, stéréotype, comme pauvreté de signification réelle et surabondance de signes, de références allégoriques, de connotations disparates, comme exaltation du détail et saturation par les détails. Il y a d'ailleurs une relation étroite entre son organisation interne (surabondance inarticulée de signes) et son apparition sur le marché (prolifération d'objets disparates, amoncellement de série). Le kitsch est une *catégorie culturelle*.

Cette prolifération du kitsch, qui résulte de la multiplication industrielle, de la vulgarisation, au niveau de l'objet, des signes distinctifs empruntés à tous les registres (le passé, le néo, l'exotique, le folklorique, le futuriste) et d'une surenchère désordonnée de signes « tout faits », a son fondement, comme la « culture de masse », dans la réalité *sociologique* de la société de consommation. Celle-ci est une société mobile : de larges couches de la population procèdent le long de l'échelle sociale, accèdent à un statut supérieur et en même temps à la demande culturelle, qui n'est que la nécessité de manifester ce statut par des signes. A tous les niveaux de la société, les générations de « parvenus » veulent leur panoplie. Inutile donc d'accuser la « vulgarité » du public ou la tactique « cynique » des industriels qui veulent écouter leur pacotille. Encore que cet aspect soit important, il ne peut *expliquer* l'excroissance cancéreuse du parc des « pseudo-objets ». Il faut pour cela une demande, et cette demande est fonction de la mobilité sociale. Pas de kitsch dans une société sans mobilité sociale : un parc limité d'objets de luxe suffit comme matériel distinctif à la caste privilégiée. Même la copie d'une œuvre d'art a encore valeur « authentique » à l'époque classique. Par contre, ce sont les grandes époques de mobilité sociale qui voient fleurir l'objet sous d'autres espèces : c'est avec la bourgeoise ascendante de

la Renaissance et du XVIIᵉ qu'émergent la préciosité et
le Baroque, qui, sans être les ancêtres directs du kitsch,
témoignent déjà de l'éclatement et de l'excroissance du
matériel distinctif dans une conjoncture de pression
sociale et de mixité relative des classes supérieures.
Mais c'est surtout avec Louis-Philippe et, en Allemagne,
avec les « Gründerjahre » (1870/1890), et, dans toutes
les sociétés occidentales, depuis la fin du XIXᵉ siècle et
l'ère des Grands Magasins, que l'universelle bimbeloterie est devenue une des manifestations majeures de
l'objet et une des branches les plus fécondes du commerce. Cette ère-là est sans fin, puisque nos sociétés
sont, cette fois, virtuellement en phase de mobilité
continuelle.

Le kitsch revalorise évidemment l'objet rare, précieux, unique (dont la production peut se faire industrielle elle aussi). Kitsch et objet « authentique » organisent ainsi à eux deux le monde de la consommation,
selon la logique d'un matériel distinctif aujourd'hui
toujours mouvant et en expansion. Le kitsch a une valeur distinctive pauvre, mais cette valeur pauvre est
liée à une rentabilité statistique maximale : des classes
entières s'en emparent. A cela s'oppose la qualité distinctive maximale des objets rares, liée à leur corpus
limité. Il ne s'agit pas ici de « beauté » : il s'agit de dis-
tinctivité, et ceci est une fonction *sociologique*. Dans ce
sens, tous les objets se classent, selon leur disponibilité
statistique, leur corpus plus ou moins limité, hiérarchiquement comme valeurs. Cette fonction définit à chaque
instant, pour tel état de la structure sociale, la possibilité pour telle catégorie sociale de se distinguer, de
marquer son statut à travers telle catégorie d'objets ou
de signes. L'accession de couches plus nombreuses à
telle catégorie de signes oblige les classes supérieures à
se distancer par d'autres signes en nombre restreint

(soit de par leur origine, comme les objets anciens authentiques, les tableaux, soit systématiquement limité, comme les éditions de luxe, les voitures hors série). Dans cette logique de la distinction, le kitsch n'innove jamais : il se définit par sa valeur dérivée et pauvre. Cette valence faible est à son tour une des raisons de sa multiplication illimitée. Il *se multiplie en extension*, alors que, en haut de l'échelle, les objets « de classe » *se démultiplient en qualité* et se renouvellent en se raréfiant.

Cette fonction dérivée est là aussi liée à sa fonction « esthétique », ou anti-esthétique. A l'esthétique de la beauté et de l'originalité, le kitsch oppose son *esthétique de la simulation* : partout il reproduit les objets plus petits ou plus grands que nature, il imite les matériaux (stuc, plastique, etc.), il singe les formes ou les combine de façon disparate, il *répète la mode* sans l'avoir vécue. En tout cela, il est homologue du gadget sur le plan technique : le gadget est aussi cette parodie technologique, cette excroissance des fonctions inutiles, cette *simulation* continuelle de la fonction sans référent pratique réel. Cette esthétique de la simulation est profondément liée à la fonction socialement assignée au kitsch de traduire l'aspiration, l'anticipation sociale de classe, l'affiliation magique à une culture, aux formes, aux mœurs et aux signes de la classe supérieure [1], une esthétique de l'acculturation résultant en une subculture de l'objet.

---

1. Il y a quelque relation, dans ce sens, entre le kitsch et le snobisme. Mais le snobisme est plutôt lié au processus d'acculturation aristocratie/bourgeoisie, le kitsch résulte, lui, pour l'essentiel, de la montée des classes « moyennes » dans une société bourgeoise industrielle.

Le gadget et le ludique.

La machine fut l'emblème de la société industrielle. Le gadget est l'emblème de la société post-industrielle. Il n'y a pas de définition rigoureuse du gadget. Mais si l'on admet de définir l'objet de consommation par la disparition relative de sa fonction objective (ustensile) au profit de sa fonction de signe, si l'on admet que l'objet de consommation se caractérise par une espèce d'*inutilité fonctionnelle* (ce qu'on consomme, c'est précisément autre chose que de l'« utile »), alors *le gadget est bien la vérité de l'objet en société de consommation.* Et à ce titre, *tout peut devenir gadget* et tout l'est potentiellement. Ce qui définirait le gadget serait son inutilité potentielle et sa valeur combinatoire ludique [1]. Gadgets sont donc aussi bien les badges, qui ont eu leur heure de gloire, que « Venusik », cylindre de métal poli parfaitement « pur » et inutile (sinon comme presse-papiers, mais c'est la fonction à laquelle on voue tous les objets qui ne servent à rien!). « Amateurs de beauté formelle et d'inutilité potentielle, le fabuleux " Venusik " est arrivé! »

Mais c'est aussi bien — car où va commencer l'inutilité « objective »? — cette machine à écrire qui peut écrire sur treize registres différents de caractères, « selon que vous écrivez à votre banquier ou à votre notaire, à un client très important ou à un vieil ami ». C'est le bijou sauvage pas cher, mais c'est aussi le bloc-notes I. B. M. : « Imaginez un petit appareil de 12 cm sur 15 cm, qui vous accompagne partout, en voyage, au

---

1. Mais ce n'est pas un jouet, car le jouet a une fonction symbolique pour l'enfant. Cependant un jouet « new look », un jouet à la mode redevient gadget par là même.

bureau, en week-end. Vous le prenez d'une seule main, un coup de pouce, et vous lui chuchotez vos décisions, lui dictez vos directives, lui clamez vos victoires. Tout ce que vous dites est consigné dans sa mémoire... Que vous soyez à Rome, à Tokyo, à New York, votre secrétaire ne perdra pas une seule de vos syllabes... » Rien de plus utile, rien de plus inutile : l'objet technique lui-même redevient gadget, lorsque la technique est rendue à une pratique mentale de type magique ou à une pratique sociale de mode.

Dans une voiture, les chromes, l'essuie-glace à deux vitesses, les glaces à commande électrique, sont-ils gadgets ? Oui et non : ils ont quelque utilité au regard du prestige social. La connotation méprisante qui entre dans le terme vient tout simplement d'une perspective *morale* sur l'ustensilité des objets : certains seraient censés servir à quelque chose, d'autres à rien. En fonction de quels critères ? Il n'est pas d'objet, même le plus marginal et décoratif, qui ne serve à quelque chose, ne serait-ce que parce qu'il ne sert à rien et redevient ainsi signe distinctif [1]. Il n'est inversement pas d'objet qui ne serve de quelque façon à rien (c'est-à-dire à autre chose que sa destination). On n'en sortira pas, à moins de définir comme gadget ce qui est explicitement voué à des fonctions secondaires. Ainsi non seulement les chromes, mais le poste de pilotage et la voiture entière sont gadgets s'ils entrent dans une logique de la mode et du prestige ou dans une logique fétichiste. Et la systématique des objets les pousse aujourd'hui tous dans ce sens.

L'univers du pseudo-environnement, du pseudo-objet, fait les délices de tous les « créateurs » « fonction-

---

1. Le gadget *pur*, défini par l'inutilité totale pour qui que ce soit, serait un non-sens.

nels ». Témoin André Faye, « technicien de l'art de
vivre », qui crée des meubles Louis XVI où on découvre,
derrière une porte de style, la surface lisse et brillante
d'une platine d'électrophone, ou les bafles d'une chaîne
Hi-Fi... « Ses objets bougent, tels les mobiles de Calder :
ils servent aussi bien à concevoir des objets usuels que
de véritables œuvres d'art, dont la mise en mouvement
coordonnée avec les projections chromophoniques cer-
neront de plus en plus près le *spectacle total* auquel il
aspire... Meubles cybernétiques, bureaux à orientation
et à géométrie variables, téléscripteur calligraphique...
Téléphone devenu enfin partie intégrante de l'homme,
et qui permet d'appeler New York ou de répondre à
Honolulu du bord d'une piscine ou du fond d'un parc. »
Tout ceci, pour Faye, représente un « asservissement de
la technique à l'art de vivre ». Et tout ceci évoque irrésistiblement le concours Lépine. Entre le bureau vidéo-
phone et le système de chauffage par l'eau froide ima-
giné par tel illustre inventeur, quelle différence ? Il y
en a pourtant une. C'est que la bonne vieille trouvaille
artisanale était une excroissance curieuse, la poésie un
peu délirante d'une technique héroïque. Le gadget, lui,
fait partie d'une logique systématique qui saisit toute
la quotidienneté sur le mode spectaculaire et, par contre-
coup, rend suspect d'artificialité, de truquage et d'inutilité tout l'environnement d'objets, et, par extension,
tout l'environnement de relations humaines et sociales.
Dans son acception la plus large, le gadget essaie de
dépasser cette crise généralisée de la *finalité* et de l'utilité *sur le mode ludique*. Mais il n'atteint pas, et ne peut
atteindre, à la liberté symbolique du jouet pour l'enfant.
Il est pauvre, c'est un effet de mode, c'est une sorte
d'accélérateur artificiel des autres objets, il est pris dans
un circuit, où l'utile et le symbolique se résolvent dans
une sorte d'inutilité combinatoire, comme dans ces spec-

tacles optiques « totaux », où la fête elle-même est gadget, c'est-à-dire pseudo-événement social — un jeu sans joueurs. La résonance péjorative que le terme a prise aujourd'hui (« Tout ça, c'est des gadgets! ») reflète sans doute, en même temps qu'un jugement moral, l'angoisse que provoque la disparition généralisée de la valeur d'usage et de la fonction symbolique.

Mais l'inverse est vrai aussi. C'est-à-dire qu'au « *new look* » combinatoire du gadget peut s'opposer — et ceci pour n'importe quel objet, fût-il lui-même gadget — *l'exaltation de la nouveauté*. La nouveauté est en quelque sorte la période sublime de l'objet et peut atteindre en certains cas l'intensité, sinon la qualité de l'émotion amoureuse. Ce stade est celui d'un discours symbolique, où ne joue pas la mode ni la référence aux autres. C'est sur ce mode de relation intense que l'enfant vit ses objets et ses jouets. Et ce n'est pas le moindre charme plus tard d'une auto neuve, d'un livre neuf, d'un vêtement neuf ou d'un gadget que de nous replonger dans une enfance absolue. C'est là la logique inverse de celle de la consommation.

Le gadget se définit en fait par la pratique qu'on en a, qui n'est ni de type utilitaire, ni de type symbolique, mais LUDIQUE. C'est le ludique qui régit de plus en plus nos rapports aux objets, aux personnes, à la culture, au loisir, au travail parfois, à la politique aussi bien. C'est le ludique qui devient la tonalité dominante de notre habitus quotidien, dans la mesure précisément où tout, objets, biens, relations, services, y devient gadget. Le ludique correspond à un type d'investissement très particulier : non économique (objets inutiles), non symbolique (l'objet-gadget n'a pas d' « âme »), il consiste en un jeu avec les combinaisons, en modulation combinatoire — jeu sur les variantes ou virtualités techniques de l'objet, *jeu avec les règles du jeu* dans l'in-

novation, jeu avec la vie et la mort comme combinaison
ultime dans la destruction. Ici, nos gadgets domestiques
rejoignent les machines à sous, les tirlipots et les jeux
radiophoniques culturels, le computer des drugstores, le
tableau de bord de l'automobile et tout l'appareillage
technique « sérieux », du téléphone à l'ordinateur, qui
constitue l' « ambiance » moderne du travail — tout ce
avec quoi nous *jouons*, plus ou moins consciemment,
fascinés par le fonctionnement, la découverte enfantine
et la manipulation, la curiosité vague ou passionnée
pour le « jeu » des mécanismes, le jeu des couleurs, le
jeu des variantes : c'est l'âme même du jeu-passion,
mais généralisée et diffuse, et par là même moins prégnante, vidée de son pathétique et retombée à la *curiosité* — quelque chose entre l'indifférence et la fascination, et qui se définirait par opposition à la *passion*.
La passion peut se comprendre comme relation concrète
à une *personne totale*, ou à quelque objet pris comme
personne. Elle implique un investissement total et prend
une valeur symbolique intense. Alors que la curiosité
ludique n'est qu'intérêt — même s'il est violent — pour
le *jeu des éléments*.

Voyez le billard électrique : le joueur s'absorbe dans
le bruit, les secousses et les clignotements de la machine.
Il joue avec l'électricité. En appuyant sur les boutons,
il a conscience de déchaîner influx et courants à travers
un univers de fils multicolores, aussi compliqué qu'un
système nerveux. Il y a dans son jeu un effet de participation magique à la science. Il faut observer pour
s'en convaincre, dans un café, la foule recueillie qui
entoure le réparateur dès qu'il ouvre la machine. Personne ne comprend ces connexions et ces réseaux, mais
tout le monde accepte ce monde étrange comme une
donnée première et indiscutable. Rien de commun avec
le rapport du cavalier à son cheval, ou de l'ouvrier à

son outil, ou de l'amateur à l'œuvre d'art : ici le rapport de l'homme à l'objet est proprement magique, c'est-à-dire fasciné et manipulatoire.

Cette activité ludique peut prendre l'allure d'une passion. Mais elle ne l'est jamais. Elle est consommation, ici manipulation abstraite de spots, de flippers et de chronaxies électriques, ailleurs manipulation abstraite de signes de prestige dans les variantes de mode. La consommation est investissement combinatoire : elle est exclusive de la passion.

Le Pop : un art de la consommation ?

La logique de la consommation, nous avons vu, se définit comme une manipulation de signes. Les valeurs symboliques de création, la relation symbolique d'intériorité en sont absentes : elle est toute en extériorité. L'objet perd sa finalité objective, sa fonction, il devient le terme d'une combinatoire beaucoup plus vaste, d'ensembles d'objets où sa valeur est de relation. Par ailleurs, il perd son sens symbolique, son statut millénaire anthropomorphique et tend à s'épuiser en un discours de connotations, elles aussi relatives les unes aux autres dans le cadre d'un système culturel totalitaire, c'est-à-dire pouvant intégrer toutes les significations d'où qu'elles viennent.

Nous nous sommes fondé sur l'analyse des objets *quotidiens*. Mais il est un autre discours sur l'objet, celui de l'art. Une histoire de l'évolution du statut des objets et de leur représentation en art et littérature serait à elle seule révélatrice. Après avoir joué dans tout l'art traditionnel des figurants symboliques et décoratifs, les objets ont cessé au xxe siècle de s'indexer sur les valeurs morales, psychologiques, ils ont cessé de vivre par procuration à l'ombre de l'homme et ont commencé de

prendre une importance extraordinaire comme éléments
autonomes d'une analyse de l'espace (cubisme, etc.).
Par là même, ils ont éclaté, jusque dans l'abstraction. Ayant fêté leur résurrection parodique dans Dada
et le Surréalisme, déstructurés et volatilisés par l'Abstrait, les voilà apparemment réconciliés avec leur
image dans la Nouvelle Figuration et le Pop'Art. C'est
ici que se pose la question de leur statut contemporain :
elle nous est imposée d'ailleurs par cette soudaine montée des objets au zénith de la figuration artistique.

En un mot : le Pop'Art est-il la forme d'art contemporaine de cette logique des signes et de la consommation dont nous parlons, ou bien n'est-il qu'un effet de
mode, et donc lui-même un pur objet de consommation ?
Les deux ne sont pas contradictoires. On peut admettre
que le Pop'Art transpose un monde-objet tout en
aboutissant lui-même (selon sa propre logique) en
objets purs et simples. La publicité participe de la
même ambiguïté.

Formulons la question en d'autres termes : la logique
de la consommation élimine le statut sublime traditionnel de la représentation artistique. En toute rigueur, il
n'y a plus de privilège d'essence ou de signification de
l'objet sur l'image. L'un n'est plus la vérité de l'autre :
ils coexistent en étendue et dans le même espace logique,
où ils « jouent » également comme signes [1] (dans leur
relation différentielle, réversible, combinatoire). Alors
que tout l'art jusqu'au Pop se fonde sur une vision du
monde « en profondeur [2] », le Pop, lui, se veut homogène

---

1. Cf. Boorstin : *L'Image.*
2. Les Cubistes : c'est encore l'« essence » de l'espace qu'ils cherchent,
un dévoilement de la « géométrie secrète », etc. Dada ou Duchamp ou
les Surréalistes : on arrache les objets à leur fonction (bourgeoise),
on les dresse dans leur banalité subversive, dans un rappel de l'essence
perdue et d'un ordre de l'authentique qu'on évoque par l'absurde.

à cet *ordre immanent de signes* : homogène à leur production industrielle et sérielle, et donc au caractère artificiel, fabriqué, de tout l'environnement, homogène à la
saturation en étendue en même temps qu'à l'abstraction culturalisée de ce nouvel ordre de choses.

Réussit-il à « rendre » cette sécularisation systématique des objets, à « rendre » ce nouvel environnement
signalétique tout en extériorité — tel qu'il ne reste rien
de la « lumière intérieure » qui fit les prestiges de toute
la peinture antérieure ? Est-il un *art du non-sacré*, c'est-à-
dire un art de la manipulation pure ? Est-il lui-même
un art non-sacré, c'est-à-dire producteur d'objets, et
non créateur ?

Certains diront (et les Pop eux-mêmes) : les choses
sont bien plus simples ; ils font ça parce qu'ils en ont
envie, au fond ils s'amusent bien, ils regardent autour
d'eux, ils peignent ce qu'ils voient, c'est du réalisme spontané, etc. Ceci est faux : le Pop signifie la fin de la perspective, la fin de l'évocation, la fin du témoignage, la fin
du gestuel créateur et, ce qui n'est pas le moindre, la
fin de la subversion du monde et de la malédiction de
l'art. Il vise non seulement l'immanence du monde « civi-
lisé », mais son intégration totale à ce monde. Il y a là
une ambition folle : celle d'abolir les fastes (et les fondements) de toute une culture, celle de la transcendance.
Il y a peut-être aussi tout simplement une idéologie.
Déblayons deux objections : « C'est un art américain »
— dans son matériel d'objets (y compris l'obsession des
« stars and stripes »), dans sa pratique empirique prag-
matique, optimiste, dans l'engouement incontestablement chauvin de certains mécènes et collectionneurs qui

— Ponge : dans sa saisie de l'objet nu et concret, c'est encore une conscience ou une perception en acte, poétique. Bref, poétique ou critique,
tout l'art « sans qui les choses ne seraient que ce qu'elles sont » s'alimente (avant le Pop) à la transcendance.

s'y sont « reconnus », etc. Encore que cette objection
soit tendancieuse, répondons objectivement : si tout cela
est *l'américanité*, les Pop, selon leur propre logique, ne
peuvent que l'assumer. Si les objets fabriqués « parlent
américain », c'est qu'ils n'ont d'autre vérité que cette
mythologie qui les submerge — et la seule démarche
rigoureuse est d'intégrer ce discours mythologique et
de s'y intégrer soi-même. Si la société de consommation
est enlisée dans sa propre mythologie, si elle est sans
perspective critique sur elle-même, et *si c'est justement
là sa définition* [1], il ne peut y avoir d'art contemporain
que compromis, complice, dans son existence même et
sa pratique, de cette évidence opaque. C'est bien pourquoi les Pop peignent les objets selon leur apparence
réelle, puisque c'est *ainsi, comme signes tout faits,*
« *fresh from the assembly line* », *qu'ils fonctionnent mytho-
logiquement.* C'est pour cela qu'ils peignent de préférence les sigles, les marques, les slogans que véhiculent
ces objets et qu'à la limite, ils peuvent ne peindre que
cela (Robert Indiana). Ce n'est ni par jeu, ni par
« réalisme » : c'est reconnaître l'évidence de la société
de consommation, à savoir que la vérité des objets et
des produits, c'est leur *marque.* Si c'est cela l' « américanité », alors l'américanité est la logique même de la culture contemporaine, et on ne saurait reprocher aux Pop
de la mettre en évidence.

Non plus qu'on ne saurait leur reprocher leur succès
commercial, et de l'accepter sans honte. Le pire serait
d'être maudit, et de se réinvestir ainsi d'une fonction
sacrée. Il est logique pour un art qui ne contredit pas au
monde des objets, mais en explore le système, de rentrer
lui-même dans le système. C'est même la fin d'une hypocrisie et d'un illogisme radical. Par opposition à la pein-

---

1. Cf. plus loin : Consommation de la Consommation.

ture antérieure (depuis la fin du xixe siècle), que sa génialité et sa transcendance n'empêchaient pas d'être objet *signé* et commercialisé en fonction de la signature (les Expressionnistes abstraits ont porté au plus haut point cette génialité triomphante et cet opportunisme honteux), les Pop réconcilient l'objet de la peinture et la peinture-objet. Cohérence ou paradoxe ? A travers sa prédilection pour les objets, à travers cette figuration indéfinie d'objets « marqués » et de matières comestibles — comme à travers son succès commercial — le Pop est le premier à explorer son propre statut d'art-objet « signé » et « consommé ».

Pourtant cette entreprise logique, qu'on ne peut qu'approuver jusque dans ses conséquences extrêmes, dussent celles-ci contrevenir à notre *morale* esthétique traditionnelle, se double d'une idéologie où elle n'est pas loin de sombrer. Idéologie de Nature, du « Réveil » (Wake Up) et de l'authenticité, qui évoque les meilleurs moments de la spontanéité bourgeoise.

Ce « radical empiricism », « incompromising positivism », « antiteleologism » (*Pop as Art*, Mario Amaya) revêt parfois une allure dangereusement *initiatique*. Oldenburg : « Je roulais un jour en ville avec Jimmy Dine. Par hasard, nous sommes passés dans Orchard Street — des deux côtés une enfilade de petits magasins. Je me souviens avoir eu une vision du " Magasin ". Je vis en imagination un environnement total basé sur ce thème. Il me sembla avoir découvert un monde nouveau. Je me mis à circuler parmi les magasins — partout et de toutes sortes — *comme s'ils étaient des musées.* Les objets déployés dans les vitrines et sur les comptoirs m'apparaissaient comme de précieuses œuvres d'art. » Rosenquist : « Alors soudain il me sembla que les idées affluaient vers moi par la fenêtre. Tout ce que j'avais à faire était de les saisir au vol et de me mettre

à peindre. Tout prenait spontanément sa place — l'idée,
la composition, les images, les couleurs, tout se mettait
de lui-même à travailler. » Comme on voit, sur le
thème de l' « Inspiration » les Pop ne le cèdent en rien
aux générations antérieures. Or, ce thème sous-entend,
depuis Werther, l'idéalité d'une *Nature* à laquelle il
suffit d'être fidèle pour être vrai. Il faut simplement la
réveiller, la révéler. Nous lisons chez John Cage, musi-
cien et théoricien inspirateur de Rauschenberg et de
Jasper Johns : « ... art should be an affirmation of life
— not an attempt to bring other... but simply a way of
waking up to the very life we are living, which is so
excellent, once one gets one's mind one's desires out of
the way and lets it act of its own accord. » Cet assentiment à un ordre révélé — l'univers des images et des
objets fabriqués transparaissant au fond comme une
nature — aboutit aux professions de foi mystico-réa-
listes : « A flag was just a flag, a number was simply a
number » (Jasper Johns), ou John Cage encore : We
must set about discovering a means to let sounds be
themselves » — ce qui suppose une essence de l'objet, un
niveau de réalité absolue qui n'est jamais celui de l'environnement quotidien, et qui constitue tout bonnement
par rapport à celui-ci une surréalité. Wesselmann parle
ainsi de la « superréalité » d'une cuisine banale.

Bref, on est en pleine confusion, et on se retrouve
devant une espèce de béhaviourisme fait d'une juxtaposition de choses vues (quelque chose comme un impres-
sionnisme de la société de consommation) doublé d'une
vague mystique zen ou bouddhiste de dépouillement de
l'Ego et du Superego pour retrouver le « Ça » du monde
environnant. Il y a aussi de l'américanité dans ce curieux
mélange!

Mais il y a surtout une équivoque et une inconséquence
graves. Car en donnant à voir le monde environnant non

pour ce qu'il est, c'est-à-dire d'abord un champ artificiel de signes manipulables, un artefact culturel total
où entrent en jeu non la sensation ni la vision, mais la
perception différentielle et le jeu tactique des significations — en le donnant à voir comme nature révélée,
comme essence, le Pop se connote doublement : d'abord
comme idéologie d'une société intégrée (société actuelle = nature = société idéale — mais nous avons vu
que cette collusion fait partie de sa logique) ; d'autre
part il réinstaure tout le *processus sacré de l'art*, ce qui
anéantit son objectif fondamental.

Le Pop veut être l'art du banal (c'est même pour cela
qu'il s'appelle Art populaire) : mais qu'est-ce que le
banal, sinon une catégorie métaphysique, version
moderne de la catégorie du sublime ? L'objet n'est banal
que dans son usage, dans le moment où il sert (le tran-
sistor « qui marche », chez Wesselmann). L'objet
cesse d'être banal dès qu'il signifie : or, nous avons vu
que la « vérité » de l'objet contemporain n'est plus de
servir à quelque chose, mais de signifier, ce n'est plus
d'être manipulé comme instrument, mais comme signe.
Et c'est la réussite du Pop, dans les meilleurs des cas,
que de nous le montrer comme tel.

Andy Warhol, dont la démarche est la plus radicale,
est aussi celui qui résume le mieux la contradiction
théorique dans l'exercice de cette peinture et les difficultés pour celle-ci d'envisager son véritable objet. Il
dit : « La toile est un objet absolument quotidien, au
même titre que cette chaise ou cette affiche. » (Toujours
cette volonté d'absorption, de résorption de l'art, où
l'on retrouve à la fois du pragmatisme américain — terrorisme de l'utile, chantage à l'intégration — et comme
un écho de la mystique du sacrifice.) Il ajoute : « La
réalité n'a pas besoin d'intermédiaire, il faut simplement l'isoler de l'environnement et la porter sur la

toile. » Or, toute la question est là : car la quotidienneté de cette chaise (ou de tel hamburger, aile de voiture ou visage de pin-up), c'est justement son contexte, et singulièrement le contexte sériel de toutes les chaises semblables, ou légèrement dissemblables, etc. La quotidienneté, *c'est la différence dans la répétition*. En isolant la chaise sur la toile, je lui ôte toute quotidienneté, et, du même coup, j'ôte à la toile tout caractère d'objet quotidien (par où elle devait, selon Warhol, ressembler absolument à la chaise). Cette impasse est bien connue : ni l'art ne peut s'absorber dans le quotidien (toile = chaise) ni non plus saisir le quotidien en tant que tel (chaise isolée sur la toile = chaise réelle). Immanence et transcendance sont également impossibles : ce sont les deux aspects d'un même rêve.

Bref, il n'y a pas d'essence du quotidien, du banal, et donc pas d'art du quotidien : c'est une aporie mystique. Si Warhol (et d'autres) y croient, c'est qu'ils s'abusent sur le statut même de l'art et de l'acte artistique, — ce qui n'est pas rare du tout chez les artistes. Même nostalgie mystique d'ailleurs au niveau de l'acte, du geste producteur : « Je voudrais être une machine », dit Andy Warhol, qui peint en effet au pochoir, par sérigraphie, etc. Or, il n'est de pire orgueil pour l'art que de se poser comme machinal, ni de plus grande affectation pour celui qui jouit, qu'il le veuille ou non, du statut de créateur, que de se vouer à l'automatisme sériel. Pourtant on ne saurait accuser Warhol ni les Pop de mauvaise foi : leur exigence logique se heurte à un statut sociologique et culturel de l'art auquel ils ne peuvent rien. C'est cette impuissance que traduit leur idéologie. Quand eux essayent de désacraliser leur pratique, la société les sacralise d'autant plus. Et on aboutit à ceci que leur tentative — la plus radicale qui soit — de sécularisation de l'art, dans ses thèmes et dans sa pratique, débouche

sur une exaltation et une évidence jamais vue du sacré
dans l'art. Tout simplement, les Pop oublient que pour
que le tableau cesse d'être un super-signe sacré (objet
unique, signature, objet d'un trafic noble et magique) il
ne suffit pas du contenu ou des intentions de l'auteur :
ce sont les structures de production de la culture qui
en décident. A la limite, seule la rationalisation du
marché de la peinture comme de n'importe quel autre
industriel pourrait la désacraliser et rendre le tableau
aux objets quotidiens [1]. Ce n'est peut-être ni pensable,
ni possible, ni même souhaitable, qui sait ? En tout cas,
ceci est la condition limite : arrivé là, ou bien on s'arrête
de peindre, ou bien on continue au prix d'une régression dans la mythologie traditionnelle de la création
artistique. Et par cette faille on récupère les valeurs
picturales classiques : facture « expressionniste » chez
Oldenburg, fauve et matissienne chez Wesselmann, mo-
dern style et calligraphie japonaise chez Lichtenstein, etc.
Qu'avons-nous à faire de ces résonances « légendaires »?
Qu'avons-nous à faire de ces effets qui font dire que
« c'est quand même bien là de la peinture »? La
logique du Pop est ailleurs, non dans une computation
esthétique ni dans une métaphysique de l'objet.

On pourrait définir le Pop comme un *jeu*, et une manipulation, des différents niveaux de perception mentale :
une espèce de cubisme mental, qui chercherait à diffrac-
ter les objets non selon une analytique spatiale, mais
selon les modalités de perception élaborées au cours
des siècles par toute une culture à partir de son appareillage intellectuel et technique : réalité objective, image-
reflet, figuration dessinée, figuration technique (la
photo), schématisation abstraite, énoncé discursif, etc.

---

1. Dans ce sens, la vérité du Pop, ce serait le salariat et le panneau
d'affichage, non le contrat et la galerie de peinture.

D'autre part, l'usage de l'alphabet phonétique et les techniques industrielles ont imposé les schèmes de division, de dédoublement, d'abstraction, de répétition (les ethnographes rapportent l'ahurissement des Primitifs lorsqu'ils découvrent plusieurs livres *absolument* semblables : toute leur vision du monde en est bousculée). On peut voir dans ces divers modes les mille figures d'une *rhétorique de la désignation*, de la reconnaissance. Et c'est là où le Pop entre en jeu : il travaille sur les différences entre ces différents niveaux ou modes, et sur la perception de ces différences. Ainsi la sérigraphie d'un lynchage n'est pas une évocation : elle suppose ce lynchage transmué en fait divers, en signe journalistique par la vertu des communications de masse, — signe repris à un autre niveau encore par la sérigraphie. La même photo répétée suppose la photo unique, et, au-delà, l'être réel dont elle est le reflet : cet être réel pourrait d'ailleurs figurer dans l'œuvre sans la faire éclater, — il ne serait qu'une combinaison de plus.

De même qu'il n'y a pas d'ordre de réalité dans le Pop, mais des niveaux de signification, il n'y a pas d'espace réel — le seul espace est celui de la toile, celui de la juxtaposition des différents éléments-signes et de leur relation — il n'y a pas non plus de temps réel — le seul temps est celui de la lecture, celui de la perception différentielle de l'objet et de son image, de telle image et de la même répétée, etc., c'est le temps nécessaire à la *correction mentale*, à l'*accommodation* sur l'image, sur l'artefact dans sa relation à l'objet réel (il ne s'agit pas d'une réminiscence, mais de la perception d'une différence *locale, logique*). Cette lecture ne sera pas non plus la recherche d'une articulation et d'une cohérence, mais un parcours en étendue, un constat de succession.

On voit que l'activité qu'impose (encore une fois dans

son ambition rigoureuse) le Pop est loin de notre « sentiment esthétique ». Le Pop est un art « cool » : il n'exige ni l'extase esthétique ni la participation affective ou symbolique (deep involvement), mais une espèce d'« abstract involvement », de *curiosité instrumentale*. Laquelle garde bien quelque chose d'une curiosité enfantine, d'un enchantement naïf de découverte, pourquoi pas ? on peut voir le Pop aussi comme des images d'Épinal, ou un Livre d'Heures de la consommation, mais qui met surtout en jeu des réflexes intellectuels de décodage, de déchiffrement, etc., ceux dont nous venons de parler.

Pour tout dire, le Pop-Art n'est pas un art populaire. Car l'ethos culturel populaire (si tant est qu'il existe) repose précisément sur un réalisme sans ambiguïté, sur la narration linéaire (et non sur la répétition ou la diffraction de niveaux), sur l'allégorie et le décoratif (ce n'est pas le Pop-Art, puisque ces deux catégories renvoient à « autre chose » d'essentiel), et sur la participation émotive liée à la péripétie morale [1]. C'est à un niveau vraiment rudimentaire que le Pop-Art peut être pris pour un art « figuratif » : une imagerie colorée, une chronique naïve de la société de consommation, etc. Il est vrai que les pop-artistes se sont plu aussi à le prétendre. Leur candeur est immense, leur ambiguïté aussi. Quant à leur humour, ou à celui qu'on leur prête, nous sommes là encore à des confins mouvants. Il serait instructif, à ce titre, d'enregistrer les réactions des spectateurs. Chez beaucoup les œuvres provoquent un rire (ou au moins la velléité d'un rire) moral et obscène

---

1. L'art « populaire » ne s'attache pas aux objets, mais toujours d'abord à l'homme et aux gestes. Il ne peindrait pas de la charcuterie ou le drapeau américain, mais un-homme-mangeant ou un-homme-saluant-le-drapeau-américain.

(ces toiles sont obscènes au regard classique). Puis, un
sourire de dérision, dont on ne sait s'il juge les objets
peints ou la peinture elle-même. Sourire qui se fait
volontiers complice : « Ça n'est pas très sérieux, mais
nous n'allons pas nous scandaliser, et au fond peut-être
que... » Le tout plus ou moins crispé dans la désola-
tion honteuse de ne savoir par où le prendre. Ceci dit,
le Pop est à la fois plein d'humour et sans humour. En
toute logique il n'a rien à voir avec l'humour subversif,
agressif, avec le télescopage d'objets surréalistes. Il ne
s'agit justement plus de court-circuiter les objets
dans leur fonction, mais de les juxtaposer pour en
analyser les relations. Cette démarche n'est pas terroriste [1], elle comporte tout au plus des effets qui tiennent plutôt du dépaysement culturel. En fait, il s'agit
d'autre chose. N'oublions pas, en nous reportant au
système décrit, qu'un « *certain sourire* » fait partie des
signes obligés de la consommation : il ne constitue plus
un humour, une distance critique, mais seulement le
rappel de cette valeur critique transcendante, aujour-
d'hui matérialisée dans le clin d'œil. Cette fausse distance
est partout présente, dans les films d'espionnage, chez
Godard, dans la publicité moderne, qui l'utilise continuellement comme allusion culturelle, etc. A la limite,
dans ce sourire « cool », on ne peut plus distinguer le
sourire de l'humour de celui de la complicité commerciale. C'est aussi ce qui se passe dans le Pop — et son
sourire résume au fond toute son ambiguïté : ce n'est
pas celui de la distance critique, c'est le sourire de la
collusion.

---

1. En fait, nous y lisons souvent cet humour « terroriste ». Mais par
nostalgie critique de notre part.

L'orchestration des messages.

T. V., radio, presse, publicité : c'est un discontinuum
de signes et de messages où tous les ordres s'équivalent.
Séquence radiophonique prise au hasard :
— une publicité pour le rasoir Remington,
— un résumé de l'agitation sociale des quinze derniers jours,
— une publicité pour les pneus Dunlop SP-Sport,
— un débat sur la peine de mort,
— une publicité pour les montres Lip,
— un reportage sur la guerre au Biafra,
— et une publicité pour la lessive Crio au tournesol.

Dans cette litanie où alternent l'histoire du monde
et la figuration d'objets (l'ensemble constituant une
espèce de poème à la Prévert, avec pages noires et
pages roses alternées — celles-ci publicitaires évidemment) le temps fort est apparemment celui de l'information. Mais c'est aussi, paradoxalement, celui de la
neutralité, de l'impersonnalité : le discours sur le monde
ne veut pas concerner. Cette « blancheur » tonale con-
traste avec la forte valorisation du discours sur l'objet
— enjouement, exaltation, vibrato —, tout le pathétique
du réel, de la péripétie, de la persuasion est transféré
sur l'objet et son discours. Ce dosage soigneux du discours
d' « information » et du discours de « consommation »
au profit émotionnel exclusif de ce dernier tend à assigner à la publicité une fonction de toile de fond, de réseau
de signes litanique, donc sécurisant, où viennent s'inscrire par intermède les vicissitudes du monde. Celles-
ci, neutralisées par le découpage, tombent alors elles-
mêmes sous le coup de la consommation simultanée. Le
journal parlé n'est pas le pot-pourri qu'il semble : son

alternance systématique impose un schème unique de réception, qui est un schème de consommation.

Non pas tellement parce que la valorisation tonale publicitaire suggère qu'au fond l'histoire du monde est indifférente et que seuls valent d'être investis les objets de consommation. Ceci est secondaire. L'efficace réel est plus subtil : c'est d'imposer par la succession systématique des messages *l'équivalence* de l'histoire et du fait divers, de l'événement et du spectacle, de l'information et de la publicité *au niveau du signe*. C'est là qu'est le véritable effet de consommation, et non dans le discours publicitaire direct. C'est dans le découpage, grâce aux supports techniques, aux media techniques de la T. V. et de la radio, de l'événement et du monde en messages discontinus, successifs, non contradictoires, — signes juxtaposables et combinables à d'autres signes dans la dimension abstraite de l'émission. Ce que nous consommons alors, ce n'est pas tel spectacle ou telle image en soi : c'est la virtualité de la succession de tous les spectacles possibles — et la certitude que la loi de succession et de découpage des programmes fera que rien ne risque d'y émerger autrement que comme spectacle et signe parmi d'autres.

Medium is Message.

Ici, et dans ce sens au moins, il faut admettre comme un trait fondamental dans l'analyse de la consommation la formule de McLuhan : « Le medium, c'est le message. » Cela signifie que le véritable message que délivrent les media T. V. et radio, celui qui est décodé et « consommé » inconsciemment et profondément, ce n'est pas le contenu manifeste des sons et des images, c'est le schème contraignant, lié à l'essence technique même de ces media, de désarticulation du réel en signes successifs et équiva-

lents : c'est la transition *normale*, programmée, miraculeuse, du Vietnam au music-hall, sur la base d'une
abstraction totale de l'un comme de l'autre.

Et il y a comme une loi d'inertie technologique qui
fait que plus on se rapproche du document-vérité, du
« en direct avec », plus on traque le réel avec la couleur,
le relief, etc., plus se creuse, de perfectionnement en
perfectionnement technique, l'absence réelle au monde.
Plus s'impose cette « vérité » de la T. V. ou de la radio
qui est que chaque message a d'abord pour fonction
de renvoyer à un autre message, le Vietnam à la publicité, celle-ci au journal parlé, etc. — leur juxtaposition
systématique étant le mode discursif du medium, son
message, son sens. Mais en se parlant ainsi lui-même,
il faut bien voir qu'il impose tout un système de découpage et d'interprétation du monde.

Ce procès technologique des communications de masse
délivre une certaine sorte de message très impératif :
message de consommation du message, de découpage et
de spectacularisation, de méconnaissance du monde et
de mise en valeur de l'information comme marchandise,
d'exaltation du contenu en tant que signe. Bref, une
fonction de conditionnement (au sens publicitaire du
terme — en ce sens, la publicité est le medium « de
masse » par excellence, dont les schèmes imprègnent
tous les autres media) et de méconnaissance.

Ceci est vrai de tous les media, et même du medium-
livre, la « literacy », dont McLuhan fait une des arti-
culations majeures de sa théorie. Il entend que l'apparition du livre imprimé a été un tournant capital de
notre civilisation, non pas tant par les contenus qu'il a
véhiculés de génération en génération (idéologique,
informationnel, scientifique, etc.) que par *la contrainte
fondamentale de systématisation qu'il exerce à travers son
essence technique*. Il entend que le livre est d'abord un

modèle technique, et que l'ordre de la communication qui y règne (le découpage visualisé, lettres, mots, pages, etc.) est un modèle plus prégnant, plus déterminant à long terme que n'importe quel symbole, idée ou phantasme qui en fait le discours manifeste : « Les effets de la technologie ne se font pas voir au niveau des opinions et des concepts, mais altèrent les rapports sensibles et les modèles de perception continûment et inconsciemment. »

Ceci est évident : le contenu nous cache la plupart du temps la fonction réelle du medium. Il se donne pour message, alors que le message réel, en regard duquel le discours manifeste n'est peut-être que connotation, c'est le changement structurel (d'échelle, de modèles, d'habitus) opéré en profondeur sur les relations humaines. Grossièrement, le « message » du chemin de fer, ce n'est pas le charbon ou les voyageurs qu'il transporte, c'est une vision du monde, un nouveau statut des agglomérations, etc. Le « message » de la T. V., ce ne sont pas les images qu'elle transmet, ce sont les modes nouveaux de relation et de perception qu'elle impose, le changement des structures traditionnelles de la famille et du groupe. Plus loin encore, dans le cas de la T. V. et des mass media modernes, ce qui est reçu, assimilé, « consommé », c'est moins tel spectacle que la virtualité de tous les spectacles.

La vérité des media de masse est donc celle-ci : ils ont pour fonction de neutraliser le caractère vécu, unique, événementiel du monde, pour substituer un univers multiple de media homogènes les uns aux autres en tant que tels, se signifiant l'un l'autre et renvoyant les uns aux autres. A la limite, ils deviennent le contenu réciproque les uns des autres — et c'est là *le « message » totalitaire d'une société de consommation.*

Ce que véhicule le medium T. V., c'est, à travers son

organisation technique, l'idée (l'idéologie) d'un monde visualisable à merci, découpable à merci et lisible en images. Elle véhicule l'idéologie de *la toute-puissance d'un système de lecture sur un monde devenu système de signes*. Les images de la T. V. se veulent métalangage d'un monde absent. De même que le moindre objet technique, le moindre gadget est promesse d'une assomption technique universelle, ainsi les images/signes sont présomption d'une imagination exhaustive du monde, d'une assomption totale du mode réel à l'image qui en serait comme la mémoire, la cellule de lecture universelle. Derrière la « consommation d'images » se profile l'impérialisme d'un système de lecture : de plus en plus ne tendra à exister que ce qui peut être lu (ce qui *doit* être lu : le « légendaire »). Et il ne sera plus question alors de la vérité du monde, ou de son histoire, mais seulement de la cohérence interne du système de lecture. C'est ainsi qu'à un monde confus, conflictuel, contradictoire, chaque medium impose sa propre logique plus abstraite, plus cohérente, s'impose, lui, medium, comme message, selon l'expression de McLuhan. Et c'est la substance du monde morcelée, filtrée, réinterprétée selon ce code à la fois technique et « légendaire » que nous « consommons ». Toute la matière du monde, toute la culture traitée industriellement en produits finis, en matériel de signes, d'où toute valeur événementielle, culturelle ou politique s'est évanouie.

Si l'on considère le signe comme l'articulation d'un signifiant et d'un signifié, on peut définir deux types de confusion. Chez l'enfant, chez le « primitif », le signifiant peut s'effacer au profit du signifié (c'est l'enfant qui prend sa propre image pour un être vivant, ou les téléspectateurs africains qui se demandent où est passé l'homme qui vient de disparaître de l'écran). Inversement, dans l'image centrée sur elle-même, ou dans le message centré sur le code, le signifiant devient son propre signifié, il y a confusion circulaire des deux au profit du signifiant, abolition du signifié et *tautologie du signifiant*. C'est là ce qui définit la consommation, *l'effet de consommation* systématique au niveau des mass media. Au lieu d'aller au monde par la médiation de l'image, c'est l'image qui fait retour sur elle-même par le détour du monde (c'est le signifiant qui se désigne lui-même derrière l'alibi du signifié).

On passe du message centré sur le signifié — message transitif — à un message centré sur le signifiant. Dans le cas de la T. V. par exemple, des événements signifiés par l'image à la consommation de l'image en tant que telle (c'est-à-dire précisément en tant que différente de ces événements, en tant que substance spectaculaire, « culinaire », dirait Brecht, s'épuisant dans la durée même de son absorption, et ne renvoyant jamais au-delà). Différente aussi dans le sens où elle ne donne ni à voir ni à comprendre les événements dans leur spécificité (historique, sociale, culturelle), mais les livre tous indistinctement réinterprétés selon le même code, qui est tout à la fois *une structure idéologique* et une *structure technique* — c'est-à-dire, dans le cas de la T. V., le code idéologique de la culture de masse (système de valeurs morales, sociales et politiques) et le mode de découpage, d'articulation du medium lui-même, qui impose un certain type de discursivité, lequel neutralise le contenu multiple et mouvant des messages et lui substitue ses propres contraintes impératives de sens. Cette discursivité profonde du medium est, au contraire du discours manifeste des images, décodée *inconsciemment* par le spectateur.

Le medium publicitaire.

En ce sens, la publicité est peut-être le mass medium le plus remarquable de notre époque. De même que, parlant de tel objet, elle les glorifie virtuellement tous, de même qu'à travers tel objet et telle marque elle parle en fait de la totalité des objets et d'un univers totalisé par les objets et les marques, — de même elle vise à travers chacun des consommateurs tous les autres, et chacun à travers tous les autres, simulant ainsi une *totalité consommatrice*, retribalisant les consommateurs au sens macluhanesque du terme, c'est-à-dire à travers une complicité, une collusion immanente, immédiate au niveau du message, mais surtout au niveau du medium lui-même et du code. Chaque image, chaque annonce impose un consensus, celui de tous les individus virtuellement appelés à la déchiffrer, c'est-à-dire, en décodant le message, à adhérer automatiquement au code dans lequel elle a été codée.

La fonction de communication de masse de la publicité ne lui vient donc pas de ses contenus, de ses modes de diffusion, de ses objectifs manifestes (économiques et psychologiques), elle ne lui vient ni de son volume ni de son public réel (encore que tout ceci ait son importance et serve de support), mais de sa logique même de medium autonomisé, c'est-à-dire ne renvoyant pas à des objets réels, à un monde réel, à un référentiel, mais d'*un signe à l'autre*, d'*un objet à l'autre*, d'*un consommateur à l'autre*. De la même façon, le livre devient moyen de communication de masse s'il renvoie celui qui le lit à tous ceux qui le lisent (la lecture alors n'en est pas substance de sens, mais pur et simple signe de complicité culturelle), ou si l'objet/livre renvoie aux autres de la même collection, etc. On pourrait analyser com-

ment le langage lui-même, système symbolique, redevient mass medium au niveau de la marque et du
discours publicitaire. Partout la communication de
masse se définit par cette systématisation au niveau du
medium technique et du code, par la production systématique des messages, non pas à partir du monde, mais
mais à partir du medium lui-même [1], [2].

1. Il est facile de voir comment on peut, dans ce sens, « consommer »
du langage. A partir du moment où le langage, au lieu d'être véhicule
de sens, se charge de connotations d'appartenance, se charge en lexique
de groupe, en patrimoine de classe ou de caste (le style « snob », le jargon
intellectuel ; le jargon politique de parti ou de groupuscule), à partir
du moment où le langage, de *moyen d'échange*, devient *matériel d'échange*,
à usage interne, du groupe ou de la classe — sa fonction réelle devenant, derrière l'alibi du message, fonction de connivence et de reconnaissance, à partir du moment où, au lieu de faire circuler le sens, il
circule lui-même comme mot de passe, comme matériel de passe, dans
un processus de tautologie du groupe (le groupe se parle lui-même),
alors il est objet de consommation, fétiche.

Il n'est plus pratiqué comme langue, c'est-à-dire comme système
de signes distincts de dénotation, mais consommé comme système de
connotation, comme code distinctif.

2. Même processus pour la « consommation médicale ». On assiste
à une inflation extraordinaire de la demande/santé, en relation étroite
avec l'élévation du niveau de vie. La limite entre la demande « fondée »
(et d'ailleurs, sur quelle définition du minimum vital et de l'équilibre
bio-psychosomatique la fonder ?) et la compulsion consommatrice de
prestations médicales, chirurgicales, dentaires, cette limite s'efface.
La pratique médicale se change *en pratique du médecin lui-même*, et
cette pratique somptuaire, ostentatoire du médecin/objet, du médica-
ment/objet rejoint la résidence secondaire et l'automobile dans la
panoplie du standing. Là aussi, le médicament, et surtout le médecin
dans les classes plus aisées (Balint : « Le médicament le plus fréquemment
utilisé en médecine générale, c'est le médecin lui-même »), de medium
qu'ils étaient de la santé considérée comme bien final, deviennent
eux-mêmes le terme de la demande finale. Ils sont alors consommés,
selon le même schème de détournement de la fonction pratique objective vers une manipulation mentale, vers un calcul de signes de type
fétichiste.

A vrai dire, il faut distinguer deux niveaux de cette « consommation » : la demande « névrotique » de don de médicament, de sollicitude

Pseudo-événement et néo-réalité.

Nous entrons ici dans le monde du pseudo-événement, de la pseudo-histoire, de la pseudo-culture, dont a parlé Boorstin dans son livre *L'Image.* C'est-à-dire d'événements, d'histoire, de culture, d'idées produites non à partir d'une expérience mouvante, contradictoire, réelle, mais *produits comme artefacts à partir des éléments du code et de la manipulation technique du medium.* C'est cela, et rien d'autre, qui définit toute signification, quelle qu'elle soit, comme *consommable.* C'est cette généralisation de la *substitution du code au référentiel* qui définit la consommation mass médiatique.

L'événement brut est échange : il n'est pas matériel d'échange. Il ne devient « consommable » que filtré, morcelé, réélaboré par toute une chaîne industrielle de production, les mass media, en produit fini, en matériel de signes finis et combinés — analogues aux objets finis de production industrielle. C'est la même opération

médicale réductrice d'angoisse : cette demande est tout aussi objective que celle relevant d'une affection organique, mais elle introduit à une « consommation » dans la mesure où, au niveau de cette demande, le médecin n'a plus valeur spécifique : il est substituable, en tant que réducteur d'angoisse ou instance de sollicitude, à n'importe quel autre processus de régression partielle : alcool, shopping, collection (le consommateur « collectionne » le médecin et les médicaments). Le médecin est consommé en tant que signe-parmi-d'autres (de même que la machine à laver en tant que signe de confort et de statut). (Cf. plus haut.)

Profondément donc, ce qui institue la « consommation médicale » c'est, à travers la logique névrotique des individus, une logique sociale du statut qui intègre le médecin — au-delà de toute prestation objective et à l'égal de n'importe quel autre *attribut* de valeur — comme signe dans un système généralisé. On voit que c'est sur l'abstraction (la réduction) de la fonction médicale que s'institue la consommation médicale. Nous retrouvons partout ce schème de détournement systématique comme le principe même de la consommation.

que réalise le maquillage sur le visage : substitution systématique aux traits réels mais disparates d'un réseau de messages abstraits, mais cohérents, à partir d'éléments techniques et d'un code de significations imposées (le code de la « beauté »).

Il faut se garder d'interpréter cette gigantesque entreprise de production d'artefact, de make-up, de pseudo-objets, de pseudo-événements qui envahit notre existence quotidienne comme dénaturation ou falsification d'un « contenu » authentique. Par tout ce qui vient d'être dit, nous voyons que c'est bien au-delà de la réinterprétation « tendancieuse » du *contenu* que se situe le détournement du sens, la dépolitisation de la politique, la déculturation de la culture, la désexualisation du corps dans la consommation mass-médiatisée. C'est dans la *forme* que tout a changé : il y a partout substitution, en lieu et place du réel, d'un « néo-réel » tout entier produit à partir de la combinaison des éléments de code. C'est, sur toute l'étendue de la vie quotidienne, un immense *processus de simulation* qui a lieu, à l'image des « modèles de simulation » sur lesquels travaillent les sciences opérationnelles et cybernétiques. On « fabrique » un modèle en combinant des traits ou des éléments du réel, on leur fait « jouer » un événement, une structure ou une situation à venir, et on en tire des conclusions tactiques à partir desquelles on opère sur la réalité. Ce peut être un instrument d'analyse dans une procédure scientifique maîtrisée. Dans les communications de masse, cette procédure prend *force de réalité* : celle-ci est abolie, volatilisée, au profit de cette *néo-réalité du modèle* matérialisé par le medium lui-même.

Mais, encore une fois, méfions-nous du langage, qui parle automatiquement de « faux », de « pseudo », d' « artificiel ». Et revenons avec Boorstin à la publicité pour essayer de saisir cette nouvelle logique, qui est aussi une nouvelle pratique et une nouvelle « mentalité ».

Au-delà du vrai et du faux.

La publicité est un des points stratégiques de ce processus. C'est le règne du pseudo-événement par excellence. Elle fait de l'objet un événement. En fait elle le construit comme tel sur la base de l'élimination de ses caractéristiques objectives. Elle le construit comme *modèle*, comme fait divers spectaculaire. « La publicité moderne vit le jour lorsqu'une réclame ne fut plus une annonce spontanée, mais devint une " nouvelle fabriquée " » (c'est par là que la publicité devient homogène aux « nouvelles », elles-mêmes soumises au même travail « mythique » : publicité et « nouvelles » constituent ainsi une même substance visuelle, écrite, phonique et mythique dont la succession et l'alternance au niveau de tous les media nous paraît *naturelle* — elles suscitent la même « curiosité » et la même absorption spectaculaire/ludique [1]). Journalistes et publicitaires sont des *opérateurs mythiques* : ils mettent en scène, affabulent l'objet ou l'événement. Ils le « livrent réinterprété » — à la limite, ils le construisent délibérément. Il faut donc, si l'on veut en juger objectivement, leur appliquer les catégories du mythe : celui-ci n'est ni vrai ni faux, et la question n'est pas d'y croire ou de n'y pas croire. D'où les faux problèmes sans cesse débattus :

1. Les publicitaires croient-ils à ce qu'ils font ? (ils seraient à moitié pardonnés).

---

[1]. C'est pourquoi toutes les résistances à l'introduction de la publicité à la T. V. ou ailleurs ne sont que réactions moralisantes et archaïques. Le problème est au niveau de l'ensemble du système de signification.

2. Les consommateurs, au fond, ne croient-ils pas à la publicité? (ils seraient à moitié sauvés).

Boorstin émet ainsi l'idée qu'il faut disculper les publicitaires, — la persuasion et la mystification venant bien moins du manque de scrupules de ceux-ci que de notre plaisir à être trompés : elles procèdent moins de leur désir de séduire que de notre désir d'être séduits. Et il prend l'exemple de Barnum, dont « le génie fut de découvrir non pas combien il est facile d'abuser le public, mais plutôt combien le public aimait être trompé ». Hypothèse séduisante, mais fausse : l'ensemble ne repose pas sur quelque perversité réciproque — manipulation cynique ou masochisme collectif, tournant autour du vrai et du faux. Le vrai est que la publicité (et les autres mass media) ne nous trompe pas : *elle est au-delà du vrai et du faux*, comme la mode est au-delà du laid et du beau, comme l'objet moderne, dans sa fonction signe, est au-delà de l'utile et de l'inutile.

Le problème de la « véracité » de la publicité est à poser ainsi : si les publicitaires « mentaient » vraiment, ils seraient faciles à démasquer — mais ils ne le font pas — et s'ils ne le font pas, ce n'est pas qu'ils soient trop intelligents pour cela — c'est que « l'art publicitaire consiste surtout en l'invention d'exposés persuasifs qui ne soient ni vrais ni faux » (Boorstin). Pour la bonne raison qu'il n'y a plus d'original ni de référentiel réel, et que, comme tous les mythes et paroles magiques, la publicité se fonde sur un autre type de *vérification* — celui de la *selffulfilling prophecy* (la parole qui se réalise de par sa proférance même). « L'agent publicitaire à succès est le maître d'un art nouveau : l'art de rendre les choses vraies en affirmant qu'elles le sont. C'est un adepte de la technique des prophéties s'accomplissant elles-mêmes. »

La publicité est une parole prophétique dans la mesure

où elle ne donne pas à comprendre ni à apprendre, mais à espérer. Ce qu'elle dit ne suppose pas de vérité antérieure (celle de la valeur d'usage de l'objet), mais une confirmation ultérieure par la réalité du du signe prophétique qu'elle émet. Là est son mode d'efficacité. Elle fait de l'objet un pseudo-événement qui va devenir l'événement réel de la vie quotidienne à travers l'adhésion du consommateur à son discours. On voit que le vrai et le faux sont ici insaisissables — tout comme dans les sondages électoraux, où l'on ne sait plus si le vote réel ne fait qu'entériner les sondages (et alors il n'est plus un événement réel, il n'est plus que le succédané des sondages qui, de modèles de simulation *indiciels*, sont devenus agents *déterminants* de la réalité) ou si ce sont les sondages qui reflètent l'opinion publique. Il y a là une relation inextricable. Comme la nature imite l'art, ainsi la vie quotidienne finit par être la réplique du modèle.

Le mode de la « selffulfilling prophecy », c'est le mode tautologique. La réalité n'est plus que le modèle qui se parle lui-même. Ainsi de la parole magique, ainsi des modèles de simulation, ainsi de la publicité qui, entre autres manières de discours, joue, et de préférence, sur le discours tautologique. Tout y est « métaphore » d'une seule et même chose : la marque. Les expressions : « une bière meilleure » (que quoi ?), « Lucky Strike, « une cigarette torréfiée » (bien sûr : elles le sont toutes !) ne renvoient qu'à une évidence tournoyante. Quand Hertz (« n° 1 mondial de la location de voitures ») dit en conclusion d'une longue annonce : « Soyons logiques. Si vous ne trouviez pas chez nous un quelque chose de plus, nous ne serions pas arrivés à la position que nous occupons... Et c'est peut-être quelqu'un d'autre qui ferait paraître cette annonce », qu'y a-t-il là d'autre que pure tautologie, et que preuve par l'existence ? Partout ainsi

c'est la répétition même qui fait causalité efficace.
Comme dans certains laboratoires on opère la synthèse
artificielle de molécules, ainsi ici s'opère la « synthèse
artificielle » du vrai à partir de la parole efficiente. « Per-
sil-lave-plus-blanc » n'est pas une phrase, c'est le discours Persil. Celui-ci et les autres syntagmes publicitaires n'expliquent pas, ne proposent pas de sens, ils
ne sont donc ni vrais ni faux — mais ils éliminent précisément le sens et la preuve. Ils y substituent un indi-
catif sans phrases, qui est un impératif répétitif. Et cette
tautologie du discours, comme dans la parole magique,
cherche à induire la répétition tautologique *par l'événement*. Le consommateur par son achat ne fera que consacrer *l'événement du mythe*.

On pourrait pousser plus loin l'analyse du discours
publicitaire dans ce sens, mais aussi élargir cette analyse
aux différents media modernes, pour voir que partout,
selon une inversion radicale de la logique traditionnelle
de la signification et de l'interprétation, fondée sur le
vrai et le faux, c'est ici le mythe (ou le modèle) qui trouve
son événement, selon une production de la parole désormais industrialisée au même titre que la production des
biens matériels.

LE PLUS BEL OBJET DE CONSOMMATION : LE CORPS

Dans la panoplie de la consommation, il est un objet
plus beau, plus précieux, plus éclatant que tous — plus
lourd de connotations encore que l'automobile qui pourtant les résume tous : c'est le CORPS. Sa « redécouverte », après une ère millénaire de puritanisme, sous

le signe de la libération physique et sexuelle, sa toute-
présence (et spécifiquement du corps féminin, il faudra
voir pourquoi) dans la publicité, la mode, la culture de
masse — le culte hygiénique, diététique, thérapeutique
dont on l'entoure, l'obsession de jeunesse, d'élégance, de
virilité/féminité, les soins, les régimes, les pratiques
sacrificielles qui s'y rattachent, le Mythe du Plaisir qui
l'enveloppe — tout témoigne aujourd'hui que le corps
est devenu *objet de salut*. Il s'est littéralement substitué
à l'âme dans cette fonction morale et idéologique.

Une propagande sans relâche nous rappelle, selon les
termes du cantique, que nous n'avons qu'un corps et
qu'il faut le sauver. Pendant des siècles, on s'est acharné
à convaincre les gens qu'ils n'en avaient pas (ils n'en
ont d'ailleurs jamais été vraiment convaincus), on s'obs-
tine aujourd'hui systématiquement à les *convaincre de
leur corps*. Il y a là quelque chose d'étrange. Le corps
n'est-il pas l'évidence même ? Il semble que non : le
statut du corps est un fait de *culture*. Or, dans quelque
culture que ce soit, le mode d'organisation de la relation
au corps reflète le mode d'organisation de la relation
aux choses et celui des relations sociales. Dans une société capitaliste, le statut général de la propriété privée
s'applique également au corps, à la pratique sociale et
à la représentation mentale qu'on en a. Dans l'ordre
traditionnel, chez le paysan par exemple, pas d'investissement narcissique, pas de perception spectaculaire de
son corps, mais une vision instrumentale/magique, induite par le procès de travail et le rapport à la nature.

Ce que nous voulons montrer, c'est que les structures
actuelles de la production/consommation induisent chez
le sujet une pratique double, liée à une représentation
désunie (mais profondément solidaire) de son propre
corps : celle du corps comme CAPITAL, celle du corps
comme FÉTICHE (ou objet de consommation). Dans les

deux cas, il importe que le corps, loin d'être nié ou omis, soit délibérément *investi* (dans les deux sens : économique et psychique, du terme).

Les clefs secrètes de votre corps.

Un bel exemple de cette réappropriation dirigée du corps nous est donné par *Elle*, dans un article intitulé « Les Clefs Secrètes de votre Corps — celles qui ouvrent les chemins d'une vie sans complexes ».

« Votre corps est à la fois votre limite et votre sixième sens », dit le texte pour commencer, et se donne du sérieux en dressant la psycho-genèse romancée de l'appropriation du corps et de son image : « Vers six mois, vous avez commencé à percevoir, très obscurément encore, que vous aviez un corps distinct. » Une allusion au stade du miroir (« les psychologues appellent ça... »), une allusion frileuse aux zones érogènes (« Freud dit que... »), et on passe à l'essentiel : « Vous sentez-vous bien dans votre peau ? » Tout de suite, B. B. : elle « est bien dans sa peau ». « Chez elle, tout est beau, le dos, le cou, la chute des reins. » « Le secret de B. B. ? C'est qu'elle habite réellement son corps. Elle est comme un petit animal qui remplit exactement sa robe. » [Habite-t-elle son corps ou sa robe ? Quelle est, de la robe ou du corps, la résidence secondaire ? Exactement : elle porte son corps comme une robe, ce qui renvoie ici « habiter » à un effet de mode et de panoplie, à un principe ludique renforcé encore par « le petit animal ».] Si jadis c'était « l'âme qui enveloppait le corps », aujourd'hui c'est la peau qui l'enveloppe, mais non pas la peau comme irruption de la nudité (et donc du désir) : la peau comme vêtement de prestige et résidence secondaire, comme signe et comme référence de mode (et donc substituable à la robe sans changer de sens, comme on voit bien dans l'exploitation actuelle de la nudité au théâtre et ailleurs, où elle apparaît, en dépit du faux pathétique sexuel, comme un terme de plus dans le paradigme du vêtement de mode).

Revenons à notre texte. « Il faut être présent à soi-même, apprendre à lire son corps » (sinon, vous êtes anti-B. B.). « Étendez-vous sur le sol, ouvrez les bras. Et suivez très lentement avec le majeur de la main droite cette ligne invisible qui monte de l'annulaire tout au long du bras jusqu'au creux du coude, de l'aisselle. Une même ligne existe sur vos jambes. Ce sont des lignes de sensibilité. C'est votre carte du tendre. Il existe d'autres lignes de tendresse : le long de la colonne vertébrale, sur la nuque, le ventre, les épaules... Si vous ne les connaissez pas, alors se produit dans votre corps un refoulement, comme il s'en produit dans la psyché... Les territoires du corps que votre sensibilité n'habite pas, que votre pensée ne visite pas, sont des terres disgraciées... La circulation s'y fait mal, elles manquent de tonus. Ou encore la cellulite (!) tend à s'y installer définitivement... » Autrement dit : Si vous ne faites pas vos dévotions corporelles, si vous péchez par omission, vous serez punies. Tout ce dont vous souffrez, c'est par irresponsabilité coupable envers vous-même (votre propre salut). En dehors du singulier terrorisme moral qui souffle sur cette « carte du tendre » (et qui équivaut au terrorisme puritain, sinon qu'ici ce n'est plus Dieu qui vous punit, c'est votre propre corps — instance tout d'un coup maléfique, répressive, et qui se venge si vous n'êtes pas tendre avec lui). On voit comment ce discours, sous couleur de réconcilier chacun avec son propre corps, réintroduit bien, entre le sujet et le corps objectivé comme double menaçant, les mêmes relations qui sont celles de la vie sociale, les mêmes déterminations qui sont celles des rapports sociaux : chantage, répression, syndrome de persécution, névrose conjugale (les mêmes femmes qui lisent ceci liront quelques pages plus loin : Si vous n'êtes pas tendres avec votre mari, vous porterez la responsabilité de l'échec de votre mariage), en dehors donc de ce terrorisme latent qui s'adresse, dans *Elle*, plus particulièrement aux femmes, ce qui est intéressant, c'est la suggestion d'involuer dans votre propre corps et de l'investir narcissiquement « de l'intérieur », non pas du tout pour le connaître en profondeur, mais bien, selon une logique toute fétichiste et spectaculaire, pour le constituer, vers l'extérieur, comme objet plus lisse, plus parfait, plus fonctionnel. Cette relation narcissique, mais d'un narcissisme *dirigé*, tel qu'il opère sur le corps comme en « territoire » vierge et colonisé, tel qu'il explore « tendrement » le corps comme un gisement à exploiter pour en faire surgir les signes visibles du bonheur, de la santé, de la beauté, de l'animalité triomphante sur le marché de la mode, cette relation trouve son expression mystique dans les confessions de lectrices qui suivent : « Je découvrais mon corps. La sensation m'atteignait dans toute sa pureté. » Mieux encore : « ... Il y eut comme une embrassade entre mon corps et moi. Je me suis mise à l'aimer. Et, l'aimant, j'ai voulu m'occuper de lui avec la même tendresse que j'avais pour mes enfants. » Significative est cette involution régressive de l'affectivité vers le corps/enfant, le corps/bibelot — métaphore inépuisable d'un pénis choyé, bercé et... castré. Dans ce sens, le corps, devenu le plus bel objet de sollicitude, monopolise à son profit toute l'affectivité dite normale (envers d'autres personnes réelles), sans pour autant prendre de valeur propre, puisque, dans ce procès de détournement affectif, n'importe quel autre objet peut, selon la même logique fétichiste, jouer ce rôle. Le corps n'est que le plus beau de ces objets psychiquement possédés, manipulés, consommés.

Mais l'essentiel, c'est que ce réinvestissement narcissique, orchestré comme mystique de libération et d'accomplissement, est en fait toujours simultanément un investissement de type efficace, concurrentiel, économique. Le corps ainsi « réapproprié » l'est d'emblée en fonction d'objectifs « capitalistes » : autrement dit, s'il est investi, c'est pour le faire fructifier. Ce corps réapproprié ne l'est pas selon les finalités autonomes du sujet, mais selon un principe *normatif* de jouissance et de rentabilité hédoniste, selon une contrainte d'instrumentalité directement indexée sur le code et les normes d'une société de production et de consommation dirigée. Autrement dit, on gère son corps, on l'aménage comme un patrimoine, on le manipule comme un des multiples *signifiants de statut social*. La femme qui, plus haut, dit « s'occuper de lui avec la même tendresse qu'elle a pour ses enfants » ajoute aussitôt : « J'ai commencé à fréquenter les instituts de beauté... Les gens qui m'ont vue après cette crise m'ont trouvée plus heureuse, plus belle... » Récupéré comme instrument de jouissance et exposant de prestige, le corps est alors l'objet d'un *travail d'investissement* (sollicitude, obsession) qui, derrière le mythe de libération dont on veut bien le couvrir, constitue sans doute un travail plus profondément aliéné que l'exploitation du corps dans la force de travail [1].

1. Cf. encore ce texte exemplaire de *Vogue* : « Il souffle dans la beauté un vent neuf, plus libre, plus sain, moins hypocrite. Celui de la *fierté du corps*. Non pas la prétention, qui est vulgaire. Mais la conscience honnête que notre corps vaut la peine d'être accepté, aimé et soigné *pour être bien utilisé*. Nous sommes heureux que nos genoux soient plus souples, nous nous réjouissons de la longueur de nos jambes, de nos pieds plus légers... (nous utilisons, pour eux, un masque comme pour le visage... Nous massons les doigts avec une extraordinaire crème « supersonique », nous dénichons une bonne pédicure... voyez comment

La beauté fonctionnelle.

Dans ce long processus de sacralisation du corps comme valeur exponentielle, du corps *fonctionnel*, c'est-à-dire qui n'est plus ni « chair » comme dans la vision religieuse, ni force de travail comme dans la logique industrielle, mais repris dans sa matérialité (ou dans son idéalité « visible ») comme objet de culte narcissique ou élément de tactique et de rituel social — la beauté et l'érotisme sont deux leitmotive majeurs.

Ils sont inséparables et instituent à eux deux cette *nouvelle éthique de la relation au corps*. Valables pour l'homme comme pour la femme, ils se différencient cependant en un pôle féminin et un pôle masculin. PHRYNÉISME et ATHLÉTISME : ainsi pourrait-on désigner les deux modèles adverses dont, pour l'essentiel d'ailleurs, les données fondamentales s'échangent. Le modèle féminin détient pourtant une espèce de priorité, c'est un peu lui le schéma directeur de cette nouvelle éthique, et ce n'est pas un hasard si c'est dans *Elle* que nous trouvons le type de documents analysé ci-dessus [1].

page 72). Nous sommes enthousiastes des nouveaux parfums sous forme de voile qui satinent le corps jusqu'au bout des pieds. A gauche, mules en plumes d'autruche d'Afrique du Sud, rebrodées par Lamel (Christian Dior) », etc.

1. L'équivalent masculin du texte de *Elle*, c'est la publicité pour « Le Président » : « Pas de pitié pour les cadres? » (Texte admirable, qui résume tous les thèmes analysés [narcissisme, revanche du corps délaissé, appareillage technique, recyclage fonctionnel] — sinon qu'ici, le modèle masculin est centré sur la « forme physique » et la réussite sociale, au lieu que le modèle féminin l'était sur la « beauté » et la séduction.)

« Quarante ans : la civilisation moderne lui commande d'être jeune... La bedaine, jadis symbole de réussite sociale, est maintenant synonyme de déchéance, de mise au rancart. Ses supérieurs, ses subordonnés, sa femme, sa secrétaire, sa maîtresse, ses enfants, la jeune fille en microjupe avec qui il bavarde à la terrasse d'un café en se disant qui sait... Tous le jugent sur la qualité et le style de son vêtement, le choix de

La beauté est devenue, pour la femme, un impératif
absolu, religieux. Être belle n'est plus un effet de nature,
ni un surcroît aux qualités morales. C'est LA qualité
fondamentale, impérative, de celles qui soignent leur
visage et leur ligne comme leur âme. Signe d'élection
au niveau du corps comme la réussite au niveau des
affaires. D'ailleurs, beauté et réussite reçoivent dans
leurs magazines respectifs le même *fondement mystique :*
chez la femme, c'est la *sensibilité* explorant et évoquant
« de l'intérieur » toutes les parties du corps — chez l'entrepreneur, c'est l'*intuition* adéquate de toutes les vir-

sa cravate et de son eau de toilette, la souplesse et. la sveltesse de son
corps.

« Il est obligé de tout surveiller : pli de pantalon, col de chemise,
jeux de mots, ses pieds lorsqu'il danse, son régime lorsqu'il mange,
son souffle lorsqu'il grimpe les escaliers, ses vertèbres lorsqu'il fait un
effort violent. Si hier encore dans son travail l'efficacité suffisait, aujourd'hui *on exige de lui forme physique et élégance.*

« Le mythe du Healthy American Businessman, moitié James Bond,
moitié Henry Ford, sûr de lui, à l'aise dans sa peau, équilibré physi-
quement et psychiquement, s'est installé de plain-pied dans notre
civilisation. Trouver et conserver des collaborateurs *dynamiques*, qui
ont du « *punch* » et du « *tonus* », est le souci primordial de tous les chefs
d'entreprise.

« L'homme de quarante ans est complice de cette image. *Néo-Nar-
cisse des temps modernes*, il aime à s'occuper de lui-même et cherche à
se plaire. Il savoure son régime, ses médicaments, sa culture physique,
la difficulté de s'arrêter de fumer.

« Conscient que sa réussite sociale dépend entièrement de l'image
que les autres ont de lui, *que sa forme physique est la carte maîtresse
de son jeu*, l'homme de quarante ans cherche son second souffle et sa
deuxième jeunesse. »

Sur quoi suit la réclame pour « Le Président » : c'est surtout la forme
qu'on y dispense — la forme, mot magique, cette « fée des temps modernes » (après Narcisse, les fées!) que P.-D. G., cadres supérieurs,
journalistes et médecins viennent chercher, « dans une atmosphère
ouatée à l'air conditionné », ¬ grâce à l'utilisation de 37 appareils à
pédales, à roulettes. à poids, à vibrations, à leviers et à câbles d'acier
(comme on voit, l'athlétisme, comme le phrynéisme, la « forme », comme
la « beauté », sont friands de gadgets).

tualités du marché. Signe d'élection et de salut : l'éthique protestante n'est pas loin. Et il est vrai que la beauté n'est un impératif si absolu que parce qu'elle est une forme du capital.

Allons plus loin dans cette même logique : l'éthique de la beauté, qui est celle même de la mode, peut se définir comme la réduction de toutes les valeurs concrètes, les « valeurs d'usage » du corps (énergétique, gestuelle, sexuelle) en une seule « valeur d'échange » fonctionnelle, qui résume à elle seule, dans son abstraction, l'*idée* du corps glorieux, accompli, l'*idée* du désir et de la jouissance — et par là même bien sûr les nie et les oublie dans leur réalité pour s'épuiser dans un échange de signes. Car la beauté n'est rien de plus qu'un matériel de signes qui s'échangent. Elle *fonctionne* comme valeur/signe. C'est pourquoi on peut dire que l'impératif de beauté est une des modalités de l'impératif fonctionnel — ceci valable pour les objets comme pour les femmes (et les hommes) —, l'esthéticienne qu'est devenue chaque femme pour elle-même étant l'homologue du designer ou du styliste dans l'entreprise.

D'ailleurs, si l'on envisage les principes dominants de l'esthétique industrielle — le fonctionnalisme — on voit qu'ils s'appliquent à la charte de la beauté tout court : B. B. qui est « bien dans sa peau » ou qui « remplit exactement sa robe », c'est le même schème de « conjonction harmonieuse de la fonction et de la forme ».

L'érotisme fonctionnel.

Avec la beauté telle que nous venons de la définir, c'est la sexualité qui partout aujourd'hui oriente la « redécouverte » et la *consommation* du corps. L'impératif de beauté, qui est impératif de FAIRE-VALOIR le corps par le détour du réinvestissement narcissique, implique l'*érotique, comme faire-valoir sexuel.* Il faut distinguer clairement l'érotique, comme dimension généralisée de l'échange dans nos sociétés, de la sexualité proprement dite. Il faut distinguer le corps érotique, support des signes échangés du désir, du corps lieu du phantasme et habitacle du désir. Dans le corps/pulsion, le corps/phantasme prédomine la structure individuelle du désir. Dans le corps « érotisé », c'est la fonction sociale d'échange qui prédomine. Dans ce sens, l'impératif érotique, qui, comme la politesse ou tant d'autres rituels sociaux, passe par un code instrumental de signes, n'est (comme l'impératif esthétique dans la beauté) qu'une variante ou une métaphore de l'impératif fonctionnel.

La « chaleur » de la femme d'*Elle* est celle même de l'ensemble mobilier moderne : c'est une chaleur d' « ambiance ». Elle ne relève plus de l'intimité, du sensuel, mais de la signification sexuelle calculée. La sensualité est chaleur. Cette sexualité, elle, est *chaude et froide*, comme le jeu de couleurs chaudes et froides d'un intérieur « fonctionnel ». Elle a la même « blancheur » que les formes enveloppantes des objets modernes, « stylisés » et « habillés ». Ce n'est pas non plus d'ailleurs une « frigidité », comme on le dit, car la frigidité sous-entend encore une résonance sexuelle de viol. Le mannequin n'est pas frigide : c'est une *abstraction*.

Le corps du mannequin n'est plus objet de désir, mais objet fonctionnel, forum de signes où la mode et l'érotique se mêlent. Ce n'est plus une synthèse de gestes, même si la photographie de mode déploie tout son art à *recréer* du gestuel et du naturel par un processus de simulation [1], ce n'est plus à proprement parler un corps, mais une *forme*.

---

1. Au sens technique où on simule expérimentalement les conditions de l'apesanteur — ou encore des modèles de simulation mathématiques.

C'est là où tous les censeurs modernes se trompent (ou veulent bien se tromper) : c'est que dans la publicité et la mode, le corps nu (de la femme ou de l'homme) se refuse comme chair, comme sexe, comme finalité du désir, instrumentalisant au contraire les parties morcelées du corps [1] dans un gigantesque processus de *sublimation*, de conjuration du corps dans son évocation même.

Comme l'érotique est dans les signes, jamais dans le désir, la beauté fonctionnelle des mannequins est dans la « ligne », jamais dans l'expression. Elle est même et surtout absence d'expression. L'irrégularité ou la laideur feraient resurgir un sens : elles sont exclues. Car la beauté est tout entière dans l'abstraction, dans le vide, dans l'absence et la transparence extatiques. Cette désincarnation se résume à la limite dans le *regard*. Ces yeux fascinants/fascinés, en abîme, ce regard sans objet — à la fois sursignification du désir et absence totale du désir — sont beaux dans leur érection vide, dans l'exaltation de leur censure. C'est là leur fonctionnalité. Yeux de Méduse, yeux médusés, signes purs. Ainsi, tout au long du corps dévoilé, exalté, dans ces yeux spectaculaires, cernés par la mode, et non par le plaisir, c'est le sens même du corps, c'est la vérité du corps qui s'abolit dans un processus hypnotique. C'est dans cette mesure que le corps, celui de la femme surtout, et plus particulièrement celui du modèle absolu qu'est le mannequin,

C'est tout autre chose que la simple « artificialité » (la dissimulation) opposée à la nature.

2. La vérité du corps, c'est le désir. Celui-ci, qui est manque, n'est pas montrable. L'exhibition la plus poussée ne fait que le souligner comme absence, et au fond ne fait que le censurer. Viendra-t-on un jour à des photos « en érection » ? Celle-ci se ferait encore sous le signe de la mode. Les censeurs n'ont donc au fond rien à craindre, sinon de leur propre désir.

se constitue en objet homologue des autres objets asexués
et fonctionnels que véhicule la publicité.

Principe de plaisir et force productive.

Inversement, le moindre des objets, investi implicitement sur le modèle du corps/objet de la femme, se
fétichise de la même façon. D'où l'imprégnation généralisée de tout le domaine de la « consommation » par l'érotisme. Ce n'est pas là *une* mode au sens léger du terme,
c'est la logique propre, et rigoureuse, de *la* mode. Corps
et objets constituent un réseau de signes homogènes,
qui peuvent, sur la base de l'abstraction dont on vient
de parler, échanger leurs significations (c'est là proprement leur « valeur d'échange ») et se « faire-valoir » réciproquement.

Cette *homologie du corps et des objets* introduit aux
mécanismes profonds de la consommation dirigée. Si la
« redécouverte du corps » est toujours celle du corps/
objet dans le contexte généralisé des autres objets, on
voit combien la transition est facile, logique et nécessaire, de l'appropriation fonctionnelle du corps à l'appropriation de biens et d'objets dans l'achat. On sait de
reste combien l'érotique et l'esthétique moderne du
corps baignent dans un environnement foisonnant de
produits, de gadgets, d'accessoires, sous le signe de la
sophistication totale. De l'hygiène au maquillage, en
passant par le bronzage, le sport et les multiples « libé-
rations » de la mode, la redécouverte du corps passe
d'abord par les objets. Il semble même que la seule
pulsion vraiment libérée soit la *pulsion d'achat*. Citons,
encore une fois, la femme qui, ayant eu le coup de foudre
pour son corps, se précipite vers l'institut de beauté.
Le cas inverse est plus fréquent d'ailleurs, de toutes

celles qui se vouent aux eaux de toilette, aux massages, aux cures, dans l'espoir de « redécouvrir leur corps ». L'équivalence théorique du corps et des objets comme signes permet en effet l'équivalence magique : « Achetez — et vous serez bien dans votre peau. »

C'est là où toute la psycho-fonctionnalité analysée ci-dessus prend tout son sens économique et idéologique. Le corps fait vendre. La beauté fait vendre. L'érotisme fait vendre. Et ce n'est pas là la moindre des raisons qui, en dernière instance, orientent tout le processus historique de « libération du corps ». Il en est du corps comme de la force de travail. Il *faut* qu'il soit « libéré, émancipé » pour pouvoir être exploité rationnellement à des fins productivistes. De même qu'il faut que jouent la libre détermination et l'intérêt personnel — principes formels de la liberté individuelle du travailleur — pour que la force de travail puisse se muer en demande salariale et valeur d'échange, de même il faut que l'individu puisse redécouvrir son corps et l'investir narcissiquement — *principe formel de plaisir* — pour que la force du désir puisse se muer en demande d'objets/signes manipulables rationnellement. *Il faut que l'individu se prenne lui-même comme objet, comme le plus beau des objets, comme le plus précieux matériel d'échange, pour que puisse s'instituer au niveau du corps déconstruit, de la sexualité déconstruite, un processus économique de rentabilité.*

Stratégie moderne du corps.

Pourtant, cet objectif productiviste, ce processus économique de rentabilité par lequel se généralisent au niveau du corps les structures sociales de production, est sans doute encore secondaire par rapport aux finalités d'intégration et de contrôle social mises en place à travers tout le dispositif mythologique et psychologique centré autour du corps.

Dans l'histoire des idéologies, celles relatives au corps ont eu longtemps valeur critique offensive contre les idéologies de type spiritualiste, puritaines, moralisantes, centrées sur l'âme ou quelque autre principe immatériel. Dès le Moyen Age, toutes les hérésies ont de quelque façon pris un tour de revendication charnelle, de résurrection anticipée des corps face au dogme rigide des Églises (c'est la tendance « adamique » toujours renaissante, toujours condamnée par l'orthodoxie). Depuis le XVIIIᵉ siècle, la philosophie sensualiste, empiriste, matérialiste a battu en brèche les dogmes spiritualistes traditionnels. Il serait intéressant d'analyser de près le très long processus de désagrégation historique de cette valeur fondamentale appelée âme, autour duquel s'organisait tout le schème individuel de salut et bien sûr aussi tout le procès d'intégration sociale. Cette longue désacralisation, sécularisation au profit du corps a traversé toute l'ère occidentale : les valeurs du corps furent des valeurs subversives, foyer de la contradiction idéologique la plus aiguë. Qu'en est-il aujourd'hui où ces valeurs ont droit de cité et se sont imposées comme une nouvelle éthique (il y aurait beaucoup à dire là-dessus, nous sommes plutôt dans une phase de télescopage des idéologies puritaine et hédoniste, mêlant leur discours à tous les niveaux) ? Nous voyons que le corps aujourd'hui, apparemment triomphant, au lieu de constituer encore une instance vivante et contradictoire, une instance de « démystification », a tout simplement pris le relais de l'âge comme instance mythique, comme dogme et comme schème de salut. Sa « découverte », qui fut longtemps une critique du sacré, vers plus de liberté, de vérité, d'émancipation, bref un combat pour l'homme contre Dieu, se fait aujourd'hui sous le signe de *la resacralisation*. Le culte du corps n'est plus en contradiction avec celui de l'âme : il lui succède et il hérite de sa fonction idéologique. Comme dit Norman Brown (*Eros et Thanatos*, p. 304) : « Il convient de ne pas se laisser égarer par l'antinomie absolue entre le sacré et le profane et de ne pas interpréter comme une " sécularisation " ce qui n'est qu'une métamorphose du sacré. »

L'évidence matérielle du corps « libéré » (mais nous avons vu : libéré comme objet/signe et censuré dans sa vérité subversive du désir, aussi bien dans l'érotisme que dans le sport et l'hygiène) ne doit pas nous tromper — elle traduit simplement la substitution à une idéologie périmée, celle de l'âme, inadéquate à un système productiviste évolué et incapable désormais d'assurer l'intégration idéologique d'une idéologie moderne plus fonctionnelle, qui pour l'essentiel préserve le système de valeurs individualiste et les structures sociales qui lui sont liées. Elle les renforce même, leur donne une assise presque définitive, puisqu'elle substitue à la transcendance de l'âme l'immanence totale, l'évidence spontanée du corps. Or, cette évidence est fausse. Le corps tel que l'institue la mythologie moderne n'est pas plus matériel que l'âme. Il est, comme elle, une *idée*, ou plutôt, car le terme d'idée ne veut pas dire grand-chose : un objet partiel hypostasié, un double privilégié, et investi comme tel. Il est devenu, ce qu'était l'âme en son temps, le support privilégié de l'objectivation, — *le mythe directeur d'une éthique de la consommation*. On voit combien le corps est étroitement mêlé aux finalités de la production comme support (économique), comme principe d'intégration (psychologique) dirigée de l'individu, et comme stratégie (politique) de contrôle social.

Le corps est-il féminin ?

Revenons à la question réservée au début : celle du rôle dévolu à la femme et au corps de la femme, comme véhicule privilégié de la Beauté, de la Sexualité, du Narcissisme dirigé. Car s'il est évident que ce processus de réduction du corps à la valeur d'échange esthétique/érotique touche aussi bien le masculin que le féminin [nous avons proposé pour cela deux termes : athlétisme et phrynéisme, le phrynéisme étant grossièrement défini par la femme d'*Elle* et des magazines de mode — l'athlétisme masculin trouvant son modèle le plus large dans l' « athlétisme » du cadre (supérieur), tel que le proposent partout la publicité, le film, la littérature de masse : l'œil vif, l'épaule large, le muscle délié et la voiture de sport. Ce modèle athlétique englobe l'athlétisme sexuel : le haut cadre technique des petites annonces du *Monde* est aussi l'homme de *Lui*. Mais enfin, quelle que soit la part qui revienne là-dedans au modèle masculin [1] ou aux modèles hermaphrodites de transition, les « jeunes » constituant une espèce de tiers sexe, lieu d'une sexualité « polymorphe et perverse [2] »] — c'est cependant la femme qui orchestre, ou plutôt sur laquelle s'orchestre ce grand Mythe Esthétique/Érotique. Il faut trouver à cela une raison autre que celles, archétypales, du type : « La Sexualité, c'est la Femme, parce que c'est la Nature, etc. ». Il est vrai que dans l'ère historique qui nous concerne, la femme s'est trouvée confondue avec la sexualité maléfique et condamnée comme telle. Mais cette con-

---

1. Sur ce point, voir plus haut : Narcissisme et modèles structuraux.
2. La sexualité n'est plus une fête — elle est festival érotique avec tout ce que cela comporte d'organisation. Dans le cadre de ce festival, tout est fait pour ressusciter aussi la sexualité « polymorphe et perverse ». Cf. la première Foire mondiale de la pornographie à Copenhague.

damnation morale/sexuelle est tout entière sous-tendue, par une servitude *sociale :* la femme et le corps ont partagé la même servitude, la même relégation tout au long de l'histoire occidentale. La définition sexuelle de la femme est d'origine *historique :* le refoulement du corps et l'exploitation de la femme sont placés sous le même signe qui veut que toute catégorie exploitée (donc menaçante) prenne automatiquement une définition sexuelle. Les Noirs sont « sexualisés » pour la même raison, non parce qu'ils « seraient plus proches de la Nature », mais parce qu'ils sont serfs et exploités. La sexualité refoulée, sublimée, de toute une civilisation se conjugue forcément avec la catégorie dont le refoulement social, la sujétion constitue la base même de cette culture.

Or, de même que femme et corps furent solidaires dans la servitude, l'émancipation de la femme et l'émancipation du corps sont logiquement et historiquement liées. (Pour des raisons proches, l'émancipation des jeunes leur est contemporaine.) Mais nous voyons que cette émancipation simultanée se fait *sans que soit du tout levée la confusion idéologique fondamentale entre la femme et la sexualité —* l'hypothèque puritaine pèse encore de tout son poids. Mieux : elle prend aujourd'hui seulement toute son ampleur, puisque la femme, jadis asservie en tant que sexe, aujourd'hui est « LIBÉRÉE » en tant que sexe. Si bien qu'on voit s'approfondir sous toutes les formes cette confusion presque irréversible désormais puisque *c'est à mesure qu'elle se « libère » que la femme se confond de plus en plus avec son propre corps.* Mais nous avons vu dans quelles conditions : en fait, c'est la femme apparemment libérée qui se confond avec le corps apparemment libéré. On peut dire des femmes comme du corps, comme des jeunes et de toutes les catégories dont l'émancipation constitue le leitmotiv de la société démocratique moderne : tout ce au nom de quoi ils sont « émancipés » — la liberté sexuelle, l'érotisme, le jeu, etc. — s'institue en système de valeurs « *de tutelle* ». Valeurs « irresponsables », orientant en même temps des conduites de consommation et de *relégation* sociale — l'exaltation même, l'excès d'honneur barrant la responsabilité économique et sociale réelle.

Les femmes, les jeunes, le corps, dont l'émergence après des millénaires de servitude et d'oubli constitue en effet la virtualité la plus révolutionnaire, et donc le risque le plus fondamental pour quelque ordre établi que ce soit — sont intégrés et récupérés comme « mythe d'émancipation ». On donne à consommer de la Femme aux femmes, des Jeunes aux jeunes, et, dans cette émancipation formelle et narcissique, on réussit à conjurer leur libération réelle. Ou encore : en assignant les Jeunes à la Révolte (« Jeunes = révolte ») on fait d'une pierre deux coups : on conjure la révolte diffuse dans toute la société en l'affectant à une catégorie particulière, et on neutralise cette catégorie en la circonscrivant dans un rôle particulier : la révolte. Admirable cercle vicieux de l' « émancipation » dirigée, qu'on retrouve pour la femme : en confondant la femme et la libération sexuelle, on les neutralise l'une par l'autre. La femme se « consomme » à travers la libération sexuelle, la libération sexuelle se « consomme » à travers la femme. Ce n'est pas là un jeu de mots. Un des mécanismes fondamentaux de la consommation est cette autonomisation formelle de groupes, de classes, de castes (et de l'individu) à partir de et grâce à l'autonomisation formelle de systèmes de signes ou de rôles.

Il n'est pas question de nier l'évolution « réelle » du statut des femmes et des jeunes comme catégories sociales : ils sont plus libres en effet ; ils votent, ils acquièrent des droits, ils travaillent plus et plus tôt. De même il serait vain de nier l'importance objective dévolue au corps, à ses soins et à ses plaisirs, le « supplément de corps et de sexualité » dont bénéficie aujourd'hui l'individu moyen. Nous sommes loin du « dégagement rêvé » dont parlait Rimbaud, mais enfin, admettons qu'il y ait dans tout cela une plus grande liberté de manœuvre et une plus grande intégration positive des femmes, des jeunes, des problèmes du corps. Ce que nous voulons dire, c'est que cette relative émancipation concrète, parce qu'elle n'est que l'émancipation des femmes, des jeunes, du corps *en tant que catégories* immédiatement indexées sur une pratique fonctionnelle, se double d'une transcendance mythique, ou plutôt se dédouble en une transcendance mythique, en une *objectivation comme mythe*. L'émancipation de certaines femmes (et celle relative de toutes, pourquoi pas ?) n'est en quelque sorte que le bénéfice secondaire, la retombée, l'alibi de cette immense opération stratégique qui consiste à *circonscrire dans l'idée de la femme et de son corps tout le péril social de la libération sexuelle*, à circonscrire dans l'*idée* de la libération sexuelle (dans l'érotisme) le péril de la libération de la femme, à conjurer sur la Femme/Objet tous les périls de la libération sociale des femmes [1].

Le culte médical : la « forme ».

De la relation actuelle au corps, qui est moins celle au corps propre qu'au corps fonctionnel et « personnalisé »,

1. Même processus dans la « consommation » de la Technique. Sans vouloir contester l'impact énorme du progrès technologique sur le progrès social, on voit comment la technique elle-même tombe dans le domaine de la consommation, se dédoublant en une pratique quotidienne « libérée » par d'innombrables gadgets « fonctionnels » et un mythe transcendant de la Technique (avec une majuscule) — la conjonction des deux permettant de conjurer toutes les virtualités révolutionnaires, d'une pratique *sociale totale* de la technique. (Cf. *Utopie*, nᵒˢ 2-3, mai 1969, « La Pratique Sociale de la Technique ».)

se déduit la relation à la santé. Celle-ci se définit comme fonction générale d'équilibre du corps lorsqu'elle est médiée par une représentation instrumentale du corps. Médiée par une représentation du corps comme bien de prestige, elle devient exigence fonctionnelle de statut. A partir de là, elle entre dans la logique concurrentielle et se traduit par une demande virtuellement illimitée de services médicaux, chirurgicaux, pharmaceutiques — demande compulsive liée à l'investissement narcissique du corps/objet (partiel), et demande statutaire liée aux processus de personnalisation et de mobilité sociale —, demande qui, de toute façon, n'a plus qu'un lointain rapport avec le « droit à la santé », extension moderniste des droits de l'homme, complémentaire du droit à la liberté et à la propriété. La santé est moins aujourd'hui un impératif biologique lié à la survie qu'un impératif social lié au statut. C'est moins une « valeur » fondamentale qu'un faire-valoir. C'est la « *forme* », dans la mystique du faire-valoir, qui rejoint immédiatement la beauté. Leurs signes s'échangent dans le cadre de la personnalisation, cette manipulation anxieuse et perfectionniste de la fonction/signe du corps. Ce syndrome corporel du faire-valoir, qui lie le narcissisme et le prestige social, se lit très clairement aussi à l'inverse, dans le fait actuel très général, et qu'on doit tenir pour un des éléments essentiels de l'éthique moderne : n'importe quelle déception de prestige, n'importe quel revers social ou psychologique est immédiatement *somatisé*.

Il est donc superficiel de prétendre qu'aujourd'hui la pratique médicale (la pratique du médecin) s'est « désacralisée », que les gens, parce qu'ils vont plus souvent, plus librement chez leur médecin, parce qu'ils usent et abusent sans complexe (ce qui n'est pas vrai) de cette prestation sociale démocratisée, se rapprochent d'une pratique « objective » de la santé et de la médecine. La médecine « démocratiquement consommée » n'a rien perdu de son sacré et de sa fonctionnalité magique. Mais ce n'est évidemment plus celle, traditionnelle, qui s'attachait, dans la personne du médecin-prêtre, du sorcier, du guérisseur, à l'opération du corps *pratique*, du corps instrumental guetté par les fatalités étrangères, tel qu'il apparaît encore dans la vision paysanne et « primaire », où le corps n'est pas intériorisé comme valeur personnelle, « personnalisé ». On ne fait pas son salut, on ne signe pas son statut à travers son corps. Celui-ci est outil de travail et mana, c'est-à-dire force efficiente. S'il se détraque, le médecin restitue le mana du corps. Ce type de magie, et le statut correspondant du médecin, tend à disparaître. Mais il ne laisse pas place, dans la « vision » moderne, à une représentation objective du corps. Il laisse place à deux modalités complémentaires : investissement narcissique et faire-valoir : dimension « psychique » et dimension statutaire. C'est dans ces deux sens que se réélabore le statut du médecin et de la santé. Et c'est maintenant seulement, à travers la « redécouverte » et la sacralisation *individuelle* du corps, c'est maintenant seulement que *la médicalité prend toute son envergure* (de même que c'est avec la cristallisation mythique d'une « âme individuelle » que la cléricalité comme institution transcendante avait pris tout son essor).

Les « religions » primitives ne connaissent pas de « sacrement », elles connaissent une pratique collective. C'est avec l'individualisation du principe de salut (principalement dans la spiritualité chrétienne) que s'instituent les sacrements et les « officiants » qui en ont la charge. C'est avec l'individualisation encore plus poussée de la conscience que s'institue la confession individuelle, le sacrement par excellence. Toutes proportions gardées, et en toute conscience des risques de l'analogie, il en est de même pour nous avec le corps et la médecine : c'est avec la « somatisation » (au sens le plus large, non clinique, du terme) individuelle généralisée, c'est avec le corps comme objet de prestige et de salut, comme valeur fondamentale, que le médecin devient « confesseur », « absoluteur », « officiant », et que le corps médical s'installe dans le surprivilège social qui est le sien actuellement.

Sur le corps privatisé, personnalisé, convergent de plus belle toutes sortes de conduites sacrificielles d'autosollicitude et de conjuration maligne, de gratification et de répression, — tout un faisceau de consommations secondes, « irrationnelles », sans finalité thérapeutique-pratique, et qui vont jusqu'à transgresser les impératifs économiques (la moitié des achats de médicaments se fait sans ordonnance, y compris chez les assurés sociaux) : à quoi obéit cette conduite, sinon à la pensée profonde qu'il faut (et qu'il suffit) que ça vous coûte quelque chose pour que la santé vous advienne *en échange :* consommation rituelle, sacrificielle plus que médication. Demande compulsive de médicaments dans les classes « inférieures », demande du médecin dans les classes aisées, que le médecin soit pour ces dernières plutôt le « psychanalyste du corps », ou pour les premières dispensateur de biens et de signes matériels — de toute façon médecin et médicament ont une *vertu* culturelle plus qu'une fonction thérapeutique, et ils sont consommés comme mana « virtuel ». Ceci selon une éthique toute moderne, qui, à l'inverse de l'éthique traditionnelle qui veut que *le corps serve,* enjoint à chaque individu *de se mettre au service de son propre corps* (voir l'article d'*Elle*). On se doit de se soigner comme de se cultiver : c'est un trait de respectabilité en quelque sorte. La femme moderne est à la fois la vestale et le manager de son propre corps, elle veille à le garder beau et compétitif. Le fonctionnel et le sacré se mêlent ici inextricablement. Et le médecin cumule sur sa personne la révérence due à l'expert avec celle due au sacerdoce.

L'obsession de la minceur : la « ligne ».

L'obsession de garder la ligne peut se comprendre selon le même impératif catégorique. Bien sûr (il n'est que de jeter un coup d'œil sur les autres cultures) beauté et minceur n'ont aucune façon d'affinité naturelle. La graisse et l'obésité furent belles aussi, ailleurs et en d'autres temps. Mais *cette* beauté impérative, universelle et démocratique, inscrite comme le droit et le devoir de tous au fronton de la société de consommation, celle-là est *indissociable de la minceur*. La beauté ne saurait être grasse *ou* mince, lourde *ou* svelte comme elle le pouvait dans une définition traditionnelle fondée sur l'*harmonie* des formes. Elle ne saurait être que mince et svelte, selon sa définition actuelle de logique combinatoire de signes, régie par la même économie algébrique que la fonctionnalité des objets ou l'élégance d'un diagramme. Elle sera même plutôt maigre et décharnée dans le profil des modèles et des mannequins, qui sont en même temps la négation de la chair et l'exaltation de la mode.

Le fait peut sembler étrange : car si nous définissons, entre autres, la consommation comme généralisation des processus combinatoires de la mode, nous savons que la mode peut jouer sur tout, sur les termes inverses, indifféremment sur l'ancien et le nouveau, le « beau » et le « laid » (dans leur définition classique), le moral et l'immoral. Mais *elle ne peut pas jouer sur le gras et sur le mince.* Il y a là comme une limite absolue.

Serait-ce qu'en société de surconsommation (alimentaire), la sveltesse devient un signe distinctif en soi ? Même si la minceur joue comme telle par rapport à toutes les cultures et les générations antérieures, par rapport aux classes paysannes et « inférieures », on sait qu'il n'y a pas de signes distinctifs *en soi*, mais seulement les signes formels inverses (l'ancien et le nouveau, le long et le court [jupes], etc.) qui se *relaient* comme signes distinctifs et alternent pour renouveler le matériel, sans qu'aucun n'évince définitivement l'autre. Or dans le domaine de la « ligne », domaine par excellence de la mode, paradoxalement le cycle de la mode ne joue plus. Il faut qu'il y ait quelque chose de plus fondamental que la distinction. Et qui *doit* être lié au mode même de complicité avec son propre corps que nous avons vu s'instituer à l'ère contemporaine.

La « libération » du corps a pour effet de le constituer en objet de sollicitude. Or cette sollicitude, comme tout ce qui touche au corps et à la relation du corps, est *ambivalente*, jamais seulement positive, mais tout ensemble négative. Le corps est toujours « libéré » comme objet simultané de cette *double sollicitude* [1]. En conséquence, l'immense processus de sollicitude gratifiante que nous avons décrit comme institution moderne du corps se double d'un investissement égal et tout aussi considérable de *sollicitude répressive*.

C'est cette sollicitude répressive qui s'exprime dans toutes les obsessions collectives modernes relatives au corps. L'hygiène sous toutes ses formes, avec ses phantasmes de stérilité, d'asepsie, de prophylaxie, ou, à l'inverse, de promiscuité, de contamination, de pol-

---

1. Ambiguïté du terme « solliciter », tantôt sollicitation : demande exigence, et même manipulation (solliciter des textes) — tantôt sollicitude et gratification. Voir plus loin : La Mystique de la Sollicitude.

lution — tendant à conjurer le corps « organique » et
en particulier les fonctions d'excrétion et de sécrétion —
vise à une définition du corps négative, par élimination,
comme d'un objet lisse, sans défaut, asexué, retranché
de toute agression externe et par là protégé contre lui-
même. L'obsession de l'hygiène n'est pourtant pas
l'héritière directe de la morale puritaine. Celle-ci niait,
réprouvait, refoulait le corps. De façon plus subtile,
l'éthique contemporaine le sanctifie dans son abstraction hygiénique, dans toute sa pureté de signifiant
désincarné — de quoi ? du désir oublié, censuré. C'est
pourquoi la compulsion hygiénique (phonique, obses-
sionnelle) est toujours proche. Dans l'ensemble pourtant, la préoccupation hygiénique ne fonde pas une
morale pathétique, mais ludique : elle « élude » les
phantasmes profonds au profit d'une religion superficielle, cutanée, du corps. Prenant soin, « amoureux » de
celui-ci, elle prévient toute collusion du corps et du
désir. Elle est plus proche, somme toute, des techniques
sacrificielles de « préparation » du corps, techniques
ludiques de contrôle, et non de répression, des sociétés
primitives, que de l'éthique répressive de l'ère puritaine.

Beaucoup plus que dans l'hygiène, c'est dans l'ascèse
des « régimes » alimentaires que se lit la pulsion agressive envers le corps, pulsion « libérée » en même temps
que le corps lui-même. Les sociétés anciennes avaient
leurs pratiques rituelles de jeûne. Pratiques collectives
liées à la célébration des fêtes (avant ou après — jeûne
avant la communion — jeûne de l'Avent — Carême après
le Mardi gras), elles avaient pour fonction de drainer
et de résorber dans l'observance collective toute cette
pulsion agressive diffuse envers le corps (toute l'ambivalence du rapport à la nourriture et à la « consommation »). Or, ces institutions diverses de jeûne et de
mortification sont tombées en désuétude comme autant

d'archaïsmes incompatibles avec la libération totale
et démocratique du corps. Notre société de consommation ne supporte évidemment plus, elle exclut même
par principe toute norme restrictive. Mais, libérant
le corps dans toutes ses virtualités de satisfaction, elle
a cru libérer un rapport harmonieux préexistant naturellement chez l'homme entre lui et son corps. Il se
trouve qu'il y a là *une erreur fantastique*. Toute la pulsion
agressive antagoniste libérée en même temps, et non
canalisée désormais par des institutions sociales, reflue
aujourd'hui au cœur même de la sollicitude universelle
pour le corps. C'est elle qui anime la véritable entreprise d'autorépression qui affecte aujourd'hui un tiers
des populations adultes des pays surdéveloppés (et
50 % des femmes : enquête américaine : 300 adoles-
centes sur 446 suivent un régime). C'est cette pulsion
qui, au-delà des déterminations de la mode (encore une
fois incontestables), alimente cet acharnement auto-
destructif irrépressible, irrationnel, où la beauté et
l'élégance, qui étaient visées à l'origine, ne sont plus
qu'alibi à un exercice disciplinaire quotidien, obsédant.
Le corps devient, dans un retournement total, cet objet
menaçant qu'il faut surveiller, réduire, mortifier à des
fins « esthétiques », les yeux fixés sur les modèles
efflanqués, décharnés de *Vogue*, où l'on peut déchiffrer
toute l'agressivité inverse d'une société d'abondance
envers son propre triomphalisme du corps, toute la
dénégation véhémente de ses propres principes.

Cette conjonction de la beauté et de la répression
dans le culte de la ligne, — où le corps, dans sa matérialité et dans sa sexualité, n'a au fond plus rien à voir,
mais joue comme support de deux logiques tout à fait
différentes de celle de la satisfaction : l'*impératif de
mode*, principe d'organisation sociale, et l'*impératif
de mort*, principe d'organisation psychique — cette

conjonction est un des grands paradoxes de notre « civilisation ». La mystique de la ligne, la fascination de la minceur ne jouent si profondément que parce que ce sont des formes de la VIOLENCE, que parce que le corps y est proprement *sacrifié*, à la fois figé dans sa perfection et violemment vivifié comme dans le sacrifice. Toutes les contradictions de cette société sont résumées là au niveau du corps.

Scandi-Sauna vous apportera « par son action remarquable » tour de taille — tour de hanches — tour de cuisses — tour de mollet — ventre plat — tissus régénérés — chairs raffermies — peau lisse — silhouette nouvelle.
« Après trois mois d'utilisation de Scandi-Sauma... j'ai perdu mes kilos superflus, j'ai gagné par la même occasion une forme physique et un équilibre nerveux remarquables. »

Aux États-Unis, les « aliments basses calories », les sucres artificiels, les beurres sans graisse, les régimes lancés à grand renfort publicitaire font la fortune de leurs investiteurs ou de leurs fabricants. On estime que 30 millions d'Américains sont obèses ou se jugent tels.

Le Sex Exchange Standard.

Sexualisation automatique des objets de première nécessité.
« Que l'article à catapulter dans l'espace commercial soit une marque de pneus ou un modèle de cercueil, c'est toujours au même endroit qu'on essaie d'atteindre le client éventuel : au-dessous de la ceinture. L'érotisme pour l'élite, la pornographie pour le grand public. » (Jacques Sternberg, *Toi ma nuit*, Losfeld.)

Théâtre nu (Broadway ; *Ho Calcutta*) : La police a autorisé les représentations à condition qu'il n'y ait sur scène ni érection ni pénétration.

Première foire de la pornographie à Copenhague : « Sex 69 ». Il s'agit d'une « foire » et non d'un festival, comme l'avaient annoncé les journaux — c'est-à-dire d'une manifestation essentiellement commerciale destinée à permettre aux fabricants de matériel pornographique de poursuivre la conquête des marchés... Il semble que les dirigeants de Christiansborg, pensant généreusement ôter tout mystère à ce domaine, et donc beaucoup d'attrait, en levant les barrières, aient sous-estimé l'aspect financier de l'affaire. Des gens avisés, à l'affût d'investissements fructueux, n'ont pas tardé à comprendre quelle aubaine pouvait être pour eux l'exploitation poussée de ce secteur de consommation appartenant désormais au commerce libre. Aussi, s'étant promptement organisés, sont-ils en train de faire de la pornographie une des industries les plus rentables du Danemark (les journaux).

Pas un millimètre de zone érogène laissé en friche (J.-F. Held).

Partout il est question de l' « explosion sexuelle », de l' « escalade de l'érotisme ». La sexualité est « à la une » de la société de consommation, surdéterminant spectaculairement tout le domaine signifiant des communications de masse. Tout ce qui est donné à voir et à entendre prend ostensiblement le vibrato sexuel. Tout ce qui est donné à consommer est affecté de l'exposant sexuel. En même temps bien sûr, *c'est la sexualité elle-même qui est donnée à consommer*. C'est là encore la même opération que nous signalions à propos de la jeunesse et de la révolte, de la femme et de la sexualité :

en indexant de plus en plus systématiquement la sexualité sur les objets et les messages commercialisés et industrialisés, on détourne ceux-ci de leur rationalité objective, et on détourne celle-là de sa finalité explosive. La mutation sociale et sexuelle se fait ainsi selon des voies frayées, dont l'érotisme « culturel » et publicitaire demeure le terrain expérimental.

Certes cette explosion, cette prolifération est contemporaine de changements profonds dans les rapports mutuels des sexes, dans le rapport individuel au corps et au sexe. Elle traduit plus encore l'urgence réelle, et nouvelle à bien des égards, des problèmes sexuels. Mais il n'est pas sûr non plus que cette « affiche » sexuelle de la société moderne ne soit pas un gigantesque alibi à ces problèmes mêmes, et, en les « officialisant » systématiquement, ne leur donne une évidence trompeuse de « liberté » qui en masque les contradictions profondes.

Nous sentons que cette érotisation est démesurée, et que cette démesure a un sens. Traduit-elle seulement une crise de désublimation, de décompression des tabous traditionnels? Auquel cas on pourrait penser qu'une fois atteint le seuil de saturation, une fois apaisée cette fringale des héritiers du puritanisme, la sexualité libérée retrouve son équilibre, devenue autonome et dégagée de la spirale industrielle et productiviste. On peut penser aussi que l'escalade ainsi amorcée continuera comme celle du P. N. B., comme celle de la conquête de l'espace, comme celle de l'innovation en matière de mode et d'objets, *et pour les mêmes raisons* (J.-F. Held) : dans cette perspective, la sexualité est *définitivement impliquée dans le processus illimité de production et de différenciation marginale*, parce que c'est la logique même de ce système qui l'a « libérée » en tant que *système érotique* et en tant que fonction, individuelle et collective, de consommation.

Récusons toute espèce de censure morale : il ne s'agit pas ici de « corruption » et, d'ailleurs, nous savons que la pire « corruption » sexuelle peut être signe de vitalité, de richesse, d'émancipation : elle est alors révolutionnaire et manifeste l'épanouissement historique d'une classe nouvelle consciente de sa victoire — telle fut la Renaissance italienne. Cette sexualité est signe de fête. Mais ce n'est plus celle-là, c'est son spectre qui resurgit sur le déclin d'une société en signe de mort. La décomposition d'une classe ou d'une société finit toujours par la dispersion individuelle de ses membres et (entre autres) par une véritable contagion de la sexualité comme mobile individuel et comme ambiance sociale : telle fut la fin de l'Ancien Régime. Il semble qu'une collectivité gravement dissociée, parce qu'elle est coupée de son passé et sans imagination sur l'avenir, renaisse à un monde presque pur des pulsions, mêlant dans la même insatisfaction fiévreuse les déterminations immédiates du profit et celles du sexe. L'ébranlement des rapports sociaux, cette collusion précaire et cette concurrence acharnée qui font l'ambiance du monde économique se répercutent sur les nerfs et sur les sens, et la sexualité, cessant d'être un facteur de cohésion et d'exaltation commune, devient une frénésie individuelle de profit. Elle isole chacun en l'obsédant. Et, trait caractéristique, en s'exacerbant, elle devient *anxieuse* d'elle-même. Ce n'est plus la honte, la pudeur ou la culpabilité qui pèsent sur elle, marques des siècles et puritanisme : celles-ci disparaissent peu à peu avec les normes et les interdits officiels. C'est l'instance individuelle de répression, la *censure* intériorisée qui sanctionne cette libération sexuelle. La censure n'est plus *instituée* (religieusement, moralement, juridiquement) en opposition formelle avec la sexualité, elle plonge désormais dans l'inconscient individuel et s'alimente aux mêmes sources que la sexualité. Toutes les gratifications sexuelles qui vous environnent portent en elles leur propre censure continuelle. Il n'y a plus (il y a moins) de répression, mais la censure est devenue une fonction de la quotidienneté.

« Nous implanterons une débauche inouïe », disait Rimbaud dans ses « Villes ». Mais l'escalade de l'érotisme, la libération sexuelle n'ont rien à voir avec le « dérèglement de tous les sens ». Le dérèglement orchestré et l'angoisse sourde qui l'imprègne, loin de « changer la vie », composent tout juste une « ambiance » collective, où la sexualité devient en fait affaire *privée*, c'es -à-dire férocement consciente d'elle-même, narcissique et ennuyée d'elle-même — l'idéologie même d'un système qu'elle couronne dans les mœurs et dont elle est un rouage *politique*. Car au-delà des publicitaires qui « jouent » la sexualité pour mieux faire vendre, il y a l'ordre social existant qui « joue » la libération sexuelle (même s'il la condamne moralement) contre la dialectique menaçante de la totalité.

Symboles et phantasmes dans la publicité.

Cette censure généralisée qui définit la sexualité *consommée*, il ne faut surtout pas la confondre avec une censure *morale*. Elle ne sanctionne pas les comportements sexuels conscients au nom d'impératifs conscients : dans ce domaine, le laxisme apparent est de rigueur, tout le provoque et y encourage, même les perversions peuvent librement s'accomplir (tout cela est relatif, bien sûr, mais les choses vont dans ce sens). La censure que notre société institue dans son hyperesthésie sexuelle est plus subtile : *elle joue au niveau des phantasmes eux-mêmes et de la fonction symbolique.* Contre celle-là, toutes les actions militantes contre la censure traditionnelle ne peuvent rien : elles combattent un ennemi désuet, de même que les forces puritaines (encore virulentes) brandissent, avec leur censure et leur morale, des armes désuètes. Le processus fondamental se déroule ailleurs, et non au niveau conscient et manifeste des prestiges, bénéfiques ou maléfiques, du sexe. Il y a là-dessus une terrible naïveté, chez les pourfendeurs comme chez les défenseurs de la liberté sexuelle, à droite comme à gauche.

Prenons quelques exemples publicitaires sur le champagne Henriot (J.-F. Held). « Une bouteille et une rose. La rose rougit, s'entrouvre, avance vers l'écran, grossit, devient tumescente ; le bruit amplifié d'un cœur qui bat emplit la salle, s'accélère, se fait fiévreux, fou ; le bouchon commence à sortir du goulot de la bouteille, lentement, inexorablement, il grandit, s'approche de la caméra, ses entraves de fils d'archal cèdent une à une ; le cœur tape, tape, la rose gonfle, encore le bouchon — ah! et soudain, le cœur s'arrête, le bouchon saute, la mousse de champagne coule en petites pulsations le long du goulot, la rose pâlit et se referme, la tension va decrescendo. »

Souvenons-nous aussi de cette publicité pour robinetterie, où une vamp mimait avec force contorsions, et de plus en plus gros plans, l'orgasme progressif avec des manettes, des tuyauteries, toute une machinerie phallique et spermatique — et des milliers d'exemples semblables où joue à fond la soi-disant « persuasion clandestine », celle qui manipule « si dangereusement » nos « pulsions et nos phantasmes » et défraie sans doute bien davantage la chronique intellectuelle que l'imagination des consommateurs. Lancinante et culpabilisante, la publicité érotique provoque en nous des remous si profonds... Une blonde toute nue avec des bretelles noires, ça y est, c'est gagné, le marchand de bretelles est riche.

Et même s'il constate qu' « il suffit de lever vers le ciel le plus anodin parapluie pour en faire un symbole phallique », Held ne met en doute ni qu'il s'agisse d'un symbole, ni l'efficacité de ce symbole en tant que tel sur la demande solvable. Plus loin, il compare deux projets publicitaires pour la lingerie Weber : les fabricants ont choisi le premier, et ils ont eu raison car, dit-il, « le garçon pâmé est comme immolé. Pour une femme, grande est la tentation d'être dominatrice... mais c'est aussi une tentation qui fait peur... Si la fille-sphinx et sa victime étaient devenues l'image de marque de Weber, la culpabilité ambiguë des éventuelles clientes eût été si forte qu'elles auraient choisi des soutiens-gorge moins compromettants. »

Ainsi les analystes vont-ils se pencher doctement, avec un frisson délicieux, sur les phantasmes publicitaires, sur ce qu'il y a d'oralité dévorante, d'analité ou de phallique ici ou là — tout cela branché sur un inconscient du consommateur qui n'attendait que ça pour se faire manipuler (cet inconscient, bien sûr, on le suppose déjà là, donné d'avance, puisque Freud l'a dit — une essence cachée dont l'aliment préféré est le symbole ou le phantasme). Même circularité vicieuse entre l'inconscient et les phantasmes que jadis entre le sujet et l'objet au niveau de la conscience. On indexe l'un sur l'autre, on définit l'un par l'autre un inconscient stéréotypé comme fonction individuelle et des phantasmes livrés comme produits finis par les agences publicitaires. On élude par là tous les véritables problèmes posés par la logique de l'inconscient et la fonction symbolique, en les matérialisant spectaculairement dans un processus mécanique de signification et d'efficacité des signes : « Il y a de l'inconscient, et puis voilà des phantasmes qui l'accrochent, et cette conjonction miraculeuse fait vendre. » C'est la même naïveté que celle des ethnolo-

gues qui croyaient aux mythes que leur rapportaient
les indigènes et les prenaient au pied de la lettre, en même
temps que la superstition indigène en l'efficacité magique
de ces mythes et de ces rites — le tout afin de pouvoir
entretenir eux-mêmes leur mythe rationaliste de la
« mentalité primitive ». On commence à mettre en doute
l'impact direct de la publicité sur les ventes : il serait
temps de mettre aussi radicalement en question cette
mécanique phantasmatique naïve — alibi des analystes
aussi bien que des publicitaires.

Grossièrement, la question est celle-ci : y a-t-il vraiment de la libido là-dedans ? Qu'y a-t-il de sexuel, de
libidinal dans l'érotisme déployé ? La publicité (mais
aussi tous les autres systèmes mass-médiatiques) est-
elle une véritable « scène » phantasmatique ? Ce contenu
symbolique et phantasmatique *manifeste* est-il au fond
à prendre plus à la lettre que le contenu manifeste des
rêves ? Et l'injonction érotique n'a-t-elle au fond pas
plus de valeur ni d'efficacité symbolique que l'injonction commerciale directe n'a d'efficacité marchande ?
De quoi parle-t-on ?

On est en réalité, dans toute cette affaire, en face
d'une mythologie au niveau second, qui s'ingénie à
faire prendre pour du *phantasme* ce qui n'est que de la
phantasmagorie, à piéger les individus, à travers une
symbolique truquée, au *mythe* de leur inconscient
individuel, pour le leur faire investir comme fonction de
consommation. Il faut que les gens croient qu'ils « ont »
un inconscient, que cet inconscient est là, projeté,
objectivé dans la symbolique « érotique » publicitaire — preuve qu'il existe, qu'ils ont raison d'y croire,
et donc de vouloir l'assumer, d'abord au niveau de la
« lecture » des symboles, ensuite à travers l'appropriation des biens désignés par ces « symboles » et chargés
de ces « phantasmes ».

En fait, il n'y a dans tout ce festival érotique ni symbole ni phantasme, et on se bat contre des moulins à vent en taxant tout cela de « stratégie du désir ». Lors même que les messages phalliques ou autres ne sont pas ironisés, « en clin d'œil », franchement ludiques, on peut admettre sans risque de se tromper que tout le matériel érotique qui nous environne est entièrement *culturalisé*. Ce n'est pas un matériel phantasmatique ni symbolique, c'est un matériel *d'ambiance*. Ce n'est ni du Désir ni de l'Inconscient qui parle, c'est de la culture, de la subculture psychanalytique tombée dans le lieu commun, dans le répertoire, dans la rhétorique de foire. De l'affabulation au second niveau, proprement de l'*allégorie*. Ça (l'inconscient) n'y parle pas, ça renvoie tout simplement à la psychanalyse telle qu'elle est instituée, intégrée et récupérée aujourd'hui dans le système culturel, bien sûr pas à la psychanalyse comme pratique analytique, mais à la fonction/signe de la psychanalyse, culturalisée, esthétisée, mass-médiatisée. Il ne faudrait quand même pas confondre une combinatoire formelle et allégorique de thèmes mythologisés avec le discours de l'inconscient, pas plus que le feu de bois artificiel avec le symbole du feu. Rien de commun entre ce feu « signifié » et la substance poétique du feu analysée par Bachelard. Ce feu de bois est un signe culturel, rien de plus, et il n'a qu'une valeur de *référence* culturelle. Ainsi, toute la publicité, l'érotique moderne sont faites de signes, et non de sens.

Il ne faut pas se laisser prendre à l'escalade érotique de la publicité (pas plus qu'à l'escalade de l'« ironie » publicitaire, du jeu, de la distance, de la « contre-publicité » qui, significativement, va de pair avec elle) : tous ces contenus ne sont que des signaux juxtaposés, qui culminent tous dans le super-signe qu'est la MARQUE, et qui est, elle, le seul véritable message. Nulle part il n'y a langage, et surtout pas de l'inconscient : c'est pourquoi les cinquante culs féminins cuistrement juxtaposés par Airborne dans sa récente publicité (« Eh oui, tout est là... c'est lui notre premier terrain d'étude, et dans toutes les attitudes où il a obligation de se poser... car nous pensons avec Mme de Sévigné, etc.), c'est pourquoi ces cinquante culs, et bien d'autres encore, sont possibles — il n'attentent à rien du tout, et ne réveillent rien du tout « en profondeur ». Ils ne sont que connotations culturelles, un métalangage de connotations : ils parlent le mythe sexualiste d'une culture « dans le vent », et n'ont rien à voir avec l'analité réelle — c'est bien pour cela qu'ils sont inoffensifs — et consommables immédiatement en image.

Le vrai phantasme n'est pas représentable. S'il *pouvait* être représenté, il serait insupportable. La publicité pour les lames Gillette représentant deux lèvres veloutées de femme encadrées par une lame de rasoir n'est regardable que parce qu'elle ne parle pas réellement le phantasme de vagin castrateur auquel elle fait « allusion », phantasme insoutenable, et parce qu'elle se contente d'associer des signes vidés de leur syntaxe, des signes isolés, répertoriés, qui ne suscitent aucune association inconsciente (qui les élude au contraire systématiquement), mais seulement des associations « culturelles ». C'est le musée Grévin des symboles, une végétation pétrifiée de phantasmes/signes, qui ne retiennent plus rien du *travail* pulsionnel.

En résumé, c'est donc lui faire bien de l'honneur que de faire procès à la publicité pour manipulation affective. Mais sans doute cette gigantesque mystification où se prennent à l'envi censeurs et défenseurs a-t-elle une fonction bien précise, qui est de faire oublier le véritable procès, c'est-à-dire l'analyse radicale des processus de censure qui « jouent », eux, très efficacement derrière toute cette fantasmagorie. Le conditionnement véritable auquel nous sommes soumis par le dispositif érotique publicitaire, ce n'est pas la persuasion « abyssale », la suggestion inconsciente, c'est *au contraire* la censure du sens profond, de la fonction symbolique, de l'expression phantasmatique dans une syntaxe articulée, bref de l'émanation vivante des signifiants sexuels. C'est tout cela qui est rayé, censuré, aboli dans un jeu de signes sexuels codifié, dans l'évidence opaque du sexuel partout déployé, mais où la déstructuration subtile de la syntaxe ne laisse place qu'à une manipulation fermée et tautologique. C'est dans ce terrorisme systématique qui joue au niveau même de la signification que toute sexualité vient se vider de sa substance et devient matériel de consommation. C'est là qu'a lieu le « procès » de consommation, et ceci est autrement plus grave que l'exhibitionnisme naïf, le phallisme de foire et le freudisme de vaudeville.

La poupée sexuée.

C'est un nouveau jouet. Mais les jouets s'adressant aux enfants à partir des phantasmes de l'adulte engagent toute une civilisation. Cette nouvelle poupée témoigne de la généralité de notre rapport au sexe, comme à toute autre chose, en société de consommation, lequel est régi par un *processus de simulation et de restitution*. Le principe en est un vertige artificiel de réalisme : la sexualité est ici confondue avec la réalité « objective » des organes sexuels.

Si on y regarde de près, il en est de même de la couleur à la télévision, de la nudité du corps dans la publicité ou ailleurs, comme de la participation dans les usines ou de celle, « organique et active », des spectateurs dans le spectacle « total » du théâtre d'avant-garde : partout, il s'agit de la restitution artificielle d'une « vérité » ou d'une « totalité », de la restitution *systématique* d'une totalité sur la base de la division préalable du travail ou des fonctions.

Dans le cas de la poupée sexuée (équivalent du sexe comme *jouet,* comme manipulation infantile) : il faut avoir dissocié la sexualité comme totalité, dans sa fonction symbolique d'échange total, pour pouvoir la circonscrire dans les *signes sexuels* (organes génitaux, nudité, attributs sexuels secondaires, signification érotique généralisée de tous les objets) et les *assigner à l'individu* comme propriété privée ou comme attributs.

La poupée « traditionnelle » remplissait pleinement sa fonction symbolique (et donc sexuelle *aussi*). L'affubler du signe sexuel spécifié, c'est en quelque sorte barrer cette fonction symbolique, et restreindre l'objet à une fonction spectaculaire. Ceci n'est pas un cas particulier : ce sexe *ajouté* à la poupée comme attribut secondaire, comme affabulation sexuelle et en fait comme *censure* de la fonction symbolique, c'est l'équivalent, au niveau de l'enfant, de l'affabulation nudiste et érotique, de l'exaltation des signes du corps dont nous sommes partout entourés.

La sexualité est une structure d'échange totale et symbolique :

1. *On la destitue comme symbolique* en lui substituant les significations réalistes, évidentes, spectaculaires, du sexe et les « besoins sexuels ».

2. *On la destitue comme échange* (ceci est fondamental) en individualisant l'Éros, en assignant le sexe à l'individu et l'individu au sexe. C'est ici l'aboutissement de la division technique et sociale du travail. Le sexe devient fonction parcellaire et, dans le même mouvement, il est affecté à l'individu en propriété « privée » (de même pour l'inconscient).

On voit qu'il s'agit au fond d'une seule et même chose : la dénégation de la sexualité comme échange symbolique, c'est-à-dire comme processus total au-delà de la division *fonctionnelle* (c'est-à-dire comme subversive).

Une fois déconstruite et perdue sa fonction totale et symbolique d'échange, la sexualité tombe dans le double schème Valeur d'usage/Valeur d'échange (qui sont toutes deux ensemble caractéristiques de la notion d'*objet*). Elle s'objective comme fonction séparée, à la fois :

1. Valeur d'usage pour l'individu (à travers son propre sexe, sa « technique sexuelle » et ses « besoins sexuels » — car il s'agit cette fois de technique et de besoins, non de désir).

2. Valeur d'échange (non plus symbolique, mais soit économique et marchande — prostitution sous toutes ses formes — soit, beaucoup plus significative aujourd'hui, valeur/signe ostentatoire — le « standing sexuel »).

C'est tout ceci que raconte, sous un air de jouet « progressiste », la poupée sexuée. Comme la croupe nue d'une femme offerte en prime pour une publicité d'électrophone ou d'Air-India, ce sexe poupin est une aberration *logique*. Il est aussi grotesque qu'un soutien-gorge sur une fille impubère (on peut voir ça sur les plages). Sous des apparences inverses, il a d'ailleurs le même sens. L'un voile, l'autre « dévoile », mais les deux sont d'une affectation égale, et d'un puritanisme égal. Dans l'un et l'autre cas, c'est une *censure* qui joue à travers l'artefact, à travers la *simulation* ostentatoire, toujours fondée sur une *métaphysique du réalisme* — le réel étant ici le réifié et l'inverse du vrai.

Plus on rajoute de signes/attributs du réel, plus on perfectionne l'artefact, plus on censure la vérité en détournant la charge symbolique vers la métaphysique cultu-

relle du sexe réifié. Tout ainsi — et non seulement les
poupées — sera aujourd'hui artificiellement sexualisé
pour mieux exorciser le libidinal et la fonction symbolique. Mais ce cas particulier est admirable, car ce sont
ici les parents qui, de bonne foi (?) et sous couleur d'éducation sexuelle, opèrent sur l'enfant une véritable
castration, par surexposition de signes sexuels là où ils
n'ont rien à faire.

LE DRAME DES LOISIRS
OU L'IMPOSSIBILITÉ DE PERDRE SON TEMPS

Dans la profusion réelle ou imaginaire de la « société
de consommation », le Temps occupe une espèce de
place privilégiée. La demande de ce bien tout particulier balance presque celle de tous les autres pris ensemble.
Il n'y a bien sûr pas plus d'égalité des chances, de
démocratie du temps libre qu'il n'y en a pour les autres
biens et services. Par ailleurs, on sait que la compta-
bilisation du temps libre en unités chronométriques,
si elle est significative d'une époque à l'autre ou d'une
culture à l'autre, ne l'est plus du tout pour nous en
valeur absolue : la *qualité* de ce temps libre, son rythme,
ses contenus, s'il est résiduel par rapport aux contraintes
de travail ou « autonome », tout ceci redevient distinctif d'un individu, d'une catégorie, d'une classe à l'autre.
Et même le surcroît de travail et le manque de loisir
peut redevenir le privilège du manager ou du respon-
sable. En dépit de ces disparités, qui ne prendraient
tout leur sens que dans une théorie différentielle des
signes de statut (dont le temps libre « consommé » fait
partie), il reste que le temps garde une valeur mythique
particulière d'égalisation des conditions humaines,

valeur fortement reprise et thématisée de nos jours par
le temps de loisir. Le vieil adage, où se concentrait jadis
toute la revendication de justice sociale, selon lequel
« tous les hommes sont égaux devant le temps et devant
la mort », survit aujourd'hui dans le mythe, soigneusement entretenu, que tous se retrouvent égaux dans le
loisir.

« La chasse sous-marine et le vin de Samos qu'ils
pratiquaient en commun éveillèrent entre eux une
profonde camaraderie. Sur le bateau du retour, ils
s'aperçurent qu'ils ne connaissaient l'un de l'autre que
leur prénom et, voulant échanger leurs adresses, ils
découvrirent avec stupeur qu'ils travaillaient dans la
même usine, le premier comme directeur technique et
l'autre comme veilleur de nuit. »

Ce délicieux apologue, où se résume toute l'idéologie
du Club Méditerranée, implique plusieurs postulats
métaphysiques :

1. Le loisir, c'est le règne de la liberté.

2. Chaque homme est, par nature, substantiellement
libre et égal aux autres : il n'est que de le replacer
à l'état de « nature » pour qu'il récupère cette substan-
tielle liberté, égalité, fraternité. Ainsi les îles grecques
et les fonds sous-marins sont-ils héritiers des idéaux
de la Révolution française.

3. Le temps est une dimension *a priori*, transcendante,
préexistante à ses contenus. Il est là, il vous attend.
S'il est aliéné, asservi dans le travail, alors « on n'a pas
le temps ». S'il est hors travail ou hors contrainte, alors
« on a le temps ». Dimension absolue, inaliénable,
comme l'air, l'eau, etc., il redevient, dans le loisir, la
propriété privée de tout le monde.

Ce dernier point est essentiel : il laisse entrevoir que
le temps pourrait bien n'être que le produit d'une
certaine culture, et plus précisément d'un certain mode

de production. Dans ce cas, il est *nécessairement* soumis
au même statut que tous les biens produits ou disponibles dans le cadre de ce système de production : celui
de la propriété, privée ou publique, celui de l'appropriation, celui d'objet, possédé et aliénable, aliéné ou
libre, et participant, comme tous les objets produits
selon ce mode systématique, de l'abstraction réifiée
de la valeur d'échange.

Encore peut-on dire que la plupart des objets ont
malgré tout une certaine valeur d'usage, dissociable
en théorie de leur valeur d'échange. Mais le temps ?
Où est sa valeur d'usage, définissable par quelque fonction objective ou pratique spécifique ? Car c'est là l'exigence qui est au fond du temps « libre » : *restituer au
temps sa valeur d'usage*, le libérer comme dimension
vide, pour le remplir de sa liberté individuelle. Or,
dans notre système, le temps ne peut être « libéré »
que comme objet, comme *capital* chronométrique d'années, d'heures, de jours, de semaines, à « investir » par
chacun « selon son gré ». Il n'est donc déjà plus « libre »
en fait, puisque régi dans sa chronométrie par l'abstraction totale qui est celle du système de production.

L'exigence, qui est au fond du loisir, est donc prise
dans des contradictions insolubles, et proprement désespérée. Son espérance violente de liberté témoigne de
la puissance du système des contraintes, qui n'est nulle
part aussi totale, précisément, qu'au niveau du temps.
« Quand je parle du temps, c'est qu'il n'est déjà plus »,
disait Apollinaire. Du loisir on peut dire : « Quand on
" a " le temps, c'est qu'il n'est déjà plus libre. » Et la
contradiction n'est pas dans les termes, elle est au fond.
C'est là le paradoxe *tragique* de la consommation. Dans
chaque objet possédé, consommé, comme dans chaque
minute de temps libre, chaque homme veut faire passer,
croit avoir fait passer son désir — mais de chaque objet

approprié, de chaque satisfaction accomplie, comme de chaque minute « disponible », le désir est déjà absent, nécessairement absent. Il n'en reste que du « consommé » de désir.

Il n'y a pas de temps dans les sociétés primitives. La question de savoir si on y « a » le temps ou non n'a pas de sens. Le temps n'y est rien que le rythme des activités collectives répétées (rituel de travail, de fêtes). Il n'est pas dissociable de ces activités pour être projeté dans l'avenir, prévu et manipulé. Il n'est pas individuel, c'est le rythme même de l'échange, qui culmine dans l'acte de la fête. Il n'y a pas de nom pour le nommer, il se confond avec les verbes de l'échange, avec le cycle des hommes et de la nature. Il est donc « lié », mais non contraint, et cette « ligation » (Gebundenheit) ne s'oppose pas à une quelconque « liberté ». Il est proprement symbolique, c'est-à-dire non isolable abstraitement. Dire ceci : « Le temps est symbolique », n'a d'ailleurs pas de sens : il n'y existe tout simplement pas plus que l'argent.

L'analogie du temps avec l'argent est par contre fondamentale pour analyser « notre » temps, et ce que peut impliquer la grande coupure significative entre temps de travail et temps libre, coupure décisive, puisque c'est sur elle que se fondent les options fondamentales de la société de consommation.

Time is money : cette devise inscrite en lettres de feu sur les machines à écrire Remington l'est aussi au fronton des usines, dans le temps asservi de la quotidienneté, dans la notion de plus en plus importante de « budget-temps ». Elle régit même — et c'est ce qui nous intéresse ici — le loisir et le temps libre. C'est encore elle qui définit le temps vide et qui s'inscrit au cadran solaire des plages et sur le fronton des clubs de vacances.

Le temps est une denrée rare, précieuse, soumise aux lois de la valeur d'échange. Ceci est clair pour le temps de travail, puisqu'il est vendu et acheté. Mais de plus en plus le temps libre lui-même doit être, pour être « consommé », directement ou indirectement acheté. Norman Mailer analyse le calcul de production opéré sur le jus d'orange, livré congelé ou liquide (en carton). Ce dernier coûte plus cher parce qu'on inclut dans le prix les deux minutes gagnées sur la préparation du produit congelé : *son propre temps libre est ainsi vendu au consommateur*. Et c'est logique, puisque le temps « libre » est en fait du temps « gagné », du capital rentabilisable, de la force productive virtuelle, qu'il faut donc racheter pour en disposer. Pour s'étonner ou s'indigner de cela, il faut en être resté à l'hypothèse naïve d'un temps « naturel », idéalement neutre et disponible pour tous. L'idée pas du tout absurde de pouvoir, en mettant un franc dans le juke-box, « racheter » deux minutes de silence, illustre la même vérité.

Le temps découpable, abstrait, chronométré, devient ainsi homogène au système de la valeur d'échange : il y rentre au même titre que n'importe quel objet. Objet de calcul temporel, il peut et doit s'échanger contre n'importe quelle autre marchandise (l'argent en particulier). D'ailleurs, la notion de temps/objet a valeur réversible : tout comme le temps est objet, ainsi tous les objets produits peuvent être considérés comme du temps cristallisé — non seulement du temps de travail dans le calcul de leur valeur marchande, mais aussi du temps de loisir, dans la mesure où les objets techniques « économisent » du temps à ceux qui s'en servent, et se paient en fonction de cela. La machine à laver, c'est du temps libre pour la ménagère, du temps libre virtuel transformé en objet pour pouvoir être vendu et acheté (temps libre qu'elle mettra éventuel-

lement à profit pour regarder la T. V., et la publicité
qu'on y fera pour d'autres machines à laver!).

   Cette loi du temps comme valeur d'échange et comme
force productive ne s'arrête pas au seuil du loisir, comme
si miraculeusement celui-ci échappait à toutes les
contraintes qui règlent le temps de travail. Les lois
du système (de production) ne prennent pas de vacances.
Elles reproduisent continuellement et partout, sur les
routes, sur les plages, dans les clubs, *le temps comme
force productive*. L'apparent dédoublement en temps
de travail et temps de loisir — ce dernier inaugurant
la sphère transcendante de la liberté — est un mythe.
Cette grande opposition, de plus en plus fondamentale
au niveau vécu de la société de consommation, n'en
reste pas moins formelle. Cette orchestration gigantesque du temps annuel en une « année solaire » et une
« année sociale », avec les vacances comme solstice
de la vie privée et le début du printemps comme solstice (ou équinoxe) de la vie collective, ce gigantesque
flux et reflux n'est qu'apparemment un rythme sai-
sonnier. Ce n'est *pas un rythme* du tout (succession
des moments naturels d'un cycle), c'est un *mécanisme
fonctionnel*. C'est un même processus systématique qui
se dédouble en temps de travail et temps de loisir. Nous
verrons qu'en fonction de cette commune logique objective, les normes et les contraintes qui sont celles du
temps de travail sont transférées sur le temps libre et
ses contenus.

   Revenons pour l'instant à l'idéologie propre du loisir.
Le repos, la détente, l'évasion, la distraction sont peut-
être des « besoins » : mais ils ne définissent pas en eux-
mêmes l'exigence propre du loisir, qui est la consommation du *temps*. Le temps libre, c'est peut-être toute
l'activité ludique dont on le remplit, mais c'est d'abord
la liberté de perdre son temps, de le « tuer » éventuelle-

ment, de le dépenser en pure perte. (C'est pourquoi
dire que le loisir est « aliéné » parce qu'il n'est que le
temps nécessaire à la reconstitution de la force de travail — est insuffisant. L' « aliénation » du loisir est plus
profonde : elle ne tient pas à sa subordination directe
au temps de travail, elle est liée à L'IMPOSSIBILITÉ
MÊME DE PERDRE SON TEMPS.)

La véritable valeur d'usage du temps, celle qu'essaie
désespérément de restituer le loisir, c'est d'être perdu [1].
Les vacances sont cette quête d'un temps qu'on puisse
perdre au sens plein du terme, sans que cette perte
n'entre à son tour dans un processus de calcul, sans
que ce temps ne soit (en même temps) de quelque façon
« gagné ». Dans notre système de production et de forces
productives, on ne peut que *gagner* son temps : cette
fatalité pèse sur le loisir comme sur le travail. On ne
peut que « *faire valoir* » son temps, fût-ce en en faisant
un usage spectaculairement vide. Le temps libre des
vacances reste la propriété privée du vacancier, un
objet, un bien gagné par lui à la sueur de l'année, possédé par lui, dont il jouit comme de ses autres objets —
et dont il ne saurait se dessaisir pour le donner, le sacrifier (comme on fait de l'objet dans le cadeau), pour
le rendre à une disponibilité totale, à l'absence de temps
qui serait la véritable liberté. Il est rivé à « son » temps
comme Prométhée à son rocher, rivé au mythe pro-
méthéen du temps comme force productive.

Sisyphe, Tantale, Prométhée : tous les mythes exis-
tentiels de l' « absurde liberté » caractérisent assez bien

1. On pourrait penser qu'en ceci, le temps s'oppose à tous les autres
objets, dont la « valeur d'usage » est, traditionnellement, d'être possédés, pratiqués et mis en valeur. Mais c'est sans doute là une erreur
profonde, la véritable valeur d'usage des objets est sans doute aussi
d'être consumés, dépensés « en pure perte » — valeur d'usage « symbolique » partout barrée et remplacée par la valeur d'usage « utilitaire ».

l'estivant dans son décor, tous ses efforts désespérés pour mimer une « vacance », une gratuité, une dépossession totale, un vide, une perte de lui-même et de son temps qu'il NE PEUT PAS atteindre — objet pris qu'il est dans une dimension définitivement objectivée du temps.

Nous sommes à une époque où les hommes n'arriveront jamais à perdre assez de temps pour conjurer cette fatalité de passer leur vie à en gagner. Mais on ne se débarrasse pas du temps comme d'un sous-vêtement. On ne peut plus ni le tuer ni le perdre, pas plus que l'argent, car ils sont tous deux l'expression même du système de la valeur d'échange. Dans la dimension symbolique, l'argent, l'or sont de l'*excrément*. Il en est de même pour le temps objectivé. Mais en fait, il est très rare, et, dans le système actuel, logiquement impossible de rendre ni l'argent ni le temps à leur fonction « archaïque » et sacrificielle d'excrément. Ce qui serait vraiment s'en délivrer sur le mode symbolique. Dans l'ordre du calcul et du capital, c'est d'une certaine façon précisément l'inverse : objectivés par lui, manipulés par lui comme valeur d'échange, *c'est nous qui sommes devenus l'excrément de l'argent, c'est nous qui sommes devenus l'excrément du temps.*

Partout ainsi, et en dépit de la fiction de liberté dans le loisir, il y a impossibilité logique du temps « libre », il ne peut y avoir que du temps contraint. Le temps de la consommation est celui de la production. Il l'est dans la mesure où il n'est jamais qu'une parenthèse « évasive » dans le cycle de la production. Mais encore une fois, cette complémentarité fonctionnelle (diversement partagée selon les classes sociales) n'est pas sa détermination essentielle. Le loisir est contraint dans la mesure où derrière sa gratuité apparente il reproduit fidèlement toutes les contraintes mentales et pratiques qui sont celles du temps productif et de la quotidienneté asservie.

Il ne se caractérise pas par des activités créatrices : l'œuvre, la création, artistique ou autre, n'est jamais une activité *de loisir*. Il se caractérise généralement par des activités régressives, d'un type antérieur aux formes modernes de travail (bricolage, artisanat, collection, pêche à la ligne). Le modèle directeur du temps libre est le seul vécu jusque-là : celui de l'enfance. Mais il y a ici confusion entre l'expérience enfantine de la liberté dans le jeu et la nostalgie d'un stade social antérieur à la division du travail. Dans l'un et l'autre cas, la totalité et la spontanéité que veut restituer le loisir, parce qu'elles adviennent dans un temps social marqué pour l'essentiel par la division moderne du travail, prennent la forme objective de l'évasion et de l'*irresponsabilité*. Or, cette irresponsabilité dans le loisir est homologue et structurellement complémentaire de l'irresponsabilité dans le travail. « Liberté » d'une part, contrainte de l'autre : en fait, la structure est la même.

C'est le fait même de la division fonctionnelle entre ces deux grandes modalités du temps qui fait système et qui fait *du loisir l'idéologie même du travail aliéné*. La dichotomie institue de part et d'autre les mêmes manques et les mêmes contradictions. Ainsi retrouve-t-on partout dans le loisir et les vacances le même acharnement moral et idéaliste d'accomplissement que dans la sphère du travail, la même ÉTHIQUE DU FORCING. Pas plus que la consommation dont il participe totalement, le loisir n'est une praxis de satisfaction. Du moins il ne l'est qu'en apparence. En fait, l'obsession du bronzage, cette mobilité effarée au fil de laquelle les touristes « font » l'Italie, l'Espagne et les musées, cette gymnastique et cette nudité de rigueur sous un soleil obligatoire, et surtout ce sourire et cette joie de vivre sans défaillance, tout témoigne d'une assignation totale au principe de devoir, de sacrifice et d'ascèse. C'est la « *fun-morality* » dont parle Riesman, cette dimension proprement éthique de salut dans le loisir et le plaisir, dont nul désormais ne peut se dispenser — sauf à trouver son salut dans d'autres critères d'accomplissement.

Du même principe de contrainte homologue de celle du travail relève la tendance de plus en plus sensible — et en contradiction formelle avec la motivation de liberté et d'autonomie — à la concentration touristique et vacancière. La solitude est une valeur parlée, mais non pratiquée. On fuit le travail, mais non la concentration. Là aussi bien sûr, la discrimination sociale joue (*Communications*, nº 8). Mer, sable, soleil et présence de la foule sont beaucoup plus nécessaires aux vacanciers situés au bas de l'échelle sociale qu'aux classes aisées : question de moyens financiers, mais surtout d'aspirations culturelles : « Assujettis aux vacances passives, ils ont besoin de la mer, du soleil et de la foule pour se donner une contenance. » (*Ibidem*, Hubert Macé.)

« Le loisir est une vocation collective » : ce titre journalistique résume parfaitement le caractère d'institution, de norme sociale intériorisée qu'est devenu le temps libre et sa consommation, où le privilège de la neige, du farniente et de la cuisine cosmopolite ne fait que voiler l'obéissance profonde :

1. A une morale collective de maximisation des besoins et des satisfactions, qui reflète point par point dans la sphère privée et « libre » le principe de maximisation de la production et des forces productives dans la sphère « sociale ».

2. A un code de distinction, à une structure de dif-

férenciation — le critère distinctif, qui fut longtemps
l' « oisivité » pour les classes aisées aux époques antérieures, étant devenu la « consommation » de temps
inutile. C'est la contrainte de ne rien faire (d'utile)
qui régit le loisir, et très tyranniquement, de même
qu'elle régissait le statut des privilégiés dans les sociétés
traditionnelles. Le loisir, encore très inégalement ré-
parti, reste, dans nos sociétés démocratiques, un facteur de sélection et de distinction culturelle. On peut
cependant envisager que la tendance s'inverse (au moins
l'imaginer) : dans le *Meilleur des Mondes* d'A. Huxley,
les Alphas sont les seuls qui travaillent, la masse des
autres étant vouée à l'hédonisme et au loisir. On peut
admettre qu'avec l'avancement des loisirs et la « promotion » généralisée du temps libre, le privilège s'inverse et que la fin du fin soit de réserver de moins en
moins de temps à la *consommation obligatoire*. Si les
loisirs, en se développant, tombent de plus en plus,
comme il est probable, et à l'inverse de leur projet
idéal, dans la concurrence et l'éthique disciplinaire,
alors on peut supposer que le travail (un certain type
de travail) redevienne le lieu et le temps où se remettre
de ses loisirs. En tout cas, le travail peut d'ores et déjà
redevenir un signe de distinction et de privilège : c'est
la « servitude » affectée des hauts cadres et des P.-D. G.,
qui se doivent de travailler quinze heures par jour.

On arrive ainsi au terme paradoxal où c'est le travail
lui-même qui est *consommé*. Dans la mesure où il est
préféré au temps libre, où il y a demande et satisfaction
« névrotique » à travers le travail, où le surcroît de travail est indice de prestige, nous sommes dans le champ
de la consommation du travail. Mais nous savons que
tout peut devenir objet de consommation.

Il reste qu'aujourd'hui et pour longtemps la valeur
distinctive du loisir demeure. Même la valorisation réac-

tionnelle du travail ne fait que prouver *a contrario* la force du loisir comme *valeur noble* dans la représentation profonde. « Conspicuous abstention from labour becomes the conventional index of reputability », dit Vablan dans sa *Théorie de la classe de loisir* (« S'abstenir ostensiblement de travailler est l'indice partout reçu de réputation et de statut »). Le travail productif est vil : cette tradition vaut toujours. Peut-être même se renforce-t-elle avec la concurrence statutaire accrue qui est celle des sociétés « démocratiques » modernes. Cette loi de la valeur/loisir prend la force d'une prescription sociale absolue.

Le loisir n'est donc pas tellement une fonction de *jouissance* du temps libre, de satisfaction et de repos fonctionnel. Sa définition est celle d'une consommation de temps improductive. Nous revenons ainsi à la « perte du temps » dont nous parlions au début mais pour montrer comment le temps libre *consommé* est en fait le temps d'une *production*. Économiquement improductif, ce temps est celui d'une production de *valeur* — valeur de distinction, valeur statutaire, valeur de prestige. Ne rien faire (ou ne rien faire de productif) est à ce titre une activité spécifique. Produire de la valeur (des signes, etc.) est une prestation sociale *obligatoire*, c'est tout le contraire de la passivité, même si cette dernière est le discours manifeste du loisir. En fait, le temps n'y est pas « libre », il y est *dépensé*, et non pas en pure perte, puisque c'est le moment, pour l'individu social, d'une production statutaire. Personne n'a besoin de loisir, mais tous sont sommés de faire la preuve de leur disponibilité vis-à-vis du travail productif.

La *consumation* du temps vide est donc une espèce de *potlatch*. Le temps libre y est matériel de signification et d'échange de signes (parallèlement à toutes les

activités annexes et internes au loisir). Comme dans
La Part maudite de Bataille, il prend valeur dans la destruction même, dans le sacrifice, et le loisir est le lieu
de cette opération « symbolique [1] ».

C'est donc dans la logique de la distinction et de la
production de la valeur que le loisir se *justifie* en dernière instance. On peut le vérifier presque expérimentalement : laissé à lui-même, en état de « disponibilité
créatrice », l'homme de loisir cherche désespérément un
clou à enfoncer, un moteur à démonter. Hors de la sphère
concurrentielle, point de besoins autonomes, nulle motivation spontanée. Mais il ne renonce pas pour autant
à ne rien faire, au contraire. Il a impérieusement « besoin » de ne rien faire, car ceci a valeur sociale distinctive.

Aujourd'hui encore, ce que revendique l'individu
moyen à travers les vacances et le temps libre, ce n'est
pas la « liberté de s'accomplir » (en tant que quoi ? Quelle
essence cachée va surgir ?), c'est d'abord de faire la
démonstration de l'inutilité de son temps, de l'excédent
de temps comme capital somptuaire, comme *richesse*.
Le temps des loisirs, comme celui de la consommation,
en général, devient le temps social fort et marqué, productif de valeur, dimension non de la *survie* économique,
mais du *salut* social.

On voit où se fonde en dernière analyse la « liberté »
du temps libre. Il faut la rapprocher de la « liberté » du
travail et de la « liberté » de consommer. De même qu'il
faut que le travail soit « libéré » comme force de travail
pour prendre une valeur d'échange économique — de
même qu'il *faut* que le consommateur soit « libéré » en

---

1. Mais dont la finalité reste strictement individuelle. Dans la fête
archaïque, le temps n'est jamais dépensé « pour soi » : il est celui d'une
prodigalité collective.

tant que tel, c'est-à-dire laissé libre (formellement) de choisir et d'établir des préférences pour que puisse s'instituer le système de la consommation, ainsi il faut que le temps soit « libéré », c'est-à-dire dégagé de ses implications (symboliques, rituelles) pour devenir :

1) non seulement *marchandise* (dans le temps de travail) dans le cycle de l'échange économique,

2) mais aussi *signe* et matériel de signes prenant, dans le loisir, valeur d'échange social (valeur ludique de prestige).

C'est cette dernière modalité seulement qui définit le temps *consommé*. Le temps de travail, lui, n'est pas « consommé », ou plutôt il ne l'est qu'au sens où un moteur consomme de l'essence, acception qui n'a rien à voir avec la *logique* de la consommation. Quant au temps « symbolique », celui qui n'est ni économiquement contraint, ni « libre » comme fonction/signe, mais *lié*, c'est-à-dire indissociable du cycle concret de la nature ou de l'échange social réciproque, ce temps-là n'est évidemment pas « consommé ». En fait, ce n'est que par analogie et projection de notre conception chronométrique que nous l'appelons « temps »; c'est un rythme d'échange.

Dans un système intégré et total comme l'est le nôtre, il ne saurait y avoir de disponibilité du temps. Et le loisir n'est pas la disponibilité du temps, il en est l'AFFICHE. Sa détermination fondamentale est la *contrainte de différence vis-à-vis du temps de travail*. Il n'est donc pas autonome : il se définit par l'absence du temps de travail. Cette différence faisant la valeur profonde du loisir, elle est partout connotée, marquée avec redondance, surexposée. Dans tous ses signes, dans toutes ses attitudes, dans toutes ses pratiques, et dans tous les discours où il se parle, le loisir vit de cette exposition et

surexposition de lui-même en tant que tel, de cette ostentation continuelle, de cette MARQUE, de cette AF-
FICHE. On peut tout lui ôter, tout en retrancher, sauf
cela. Car c'est cela qui le définit.

LA MYSTIQUE DE LA SOLLICITUDE

La société de consommation ne se désigne pas seulement par la profusion des biens et des services, mais
par le fait, plus important, que TOUT EST SERVICE,
que ce qui est donné à consommer ne se donne jamais
comme produit pur et simple, mais bien comme *service
personnel*, comme gratification. Depuis « Guinness is
good for you » jusqu'à la profonde sollicitude des
hommes politiques pour leurs concitoyens en passant
par le sourire de l'hôtesse et les remerciements du dis-
tributeur automatique de cigarettes, chacun de nous
est environné d'une formidable serviabilité, entouré
d'une coalition de dévouement et de bonne volonté. La
moindre savonnette se donne comme le fruit de la réflexion de tout un concile d'experts penchés depuis des
mois sur le velouté de *votre* peau. Airborne met tout son
état-major au service de votre « cul » : « Car tout est là.
C'est lui notre premier terrain d'étude... Notre métier
est de vous asseoir. Anatomiquement, socialement, et
presque philosophiquement. Tous nos sièges sont nés
d'une observation minutieuse de votre personne... Si un
fauteuil a une coque en polyester, c'est pour mieux
épouser votre galbe délicat, etc. » Ce siège n'est plus un
siège, c'est une prestation sociale totale en votre faveur.
Rien n'est aujourd'hui purement et simplement consommé, c'est-à-dire acheté, possédé, utilisé à telle fin.
Les objets ne servent pas tellement *à quelque chose*,

d'abord et surtout ils *vous* servent. Sans ce complément d'objet direct, le « vous » personnalisé, sans cette idéologie totale de prestation personnelle, la consommation ne serait que ce qu'elle est. C'est la chaleur de la *gratification*, de l'allégeance personnelle qui lui donne tout son sens, ce n'est pas la *satisfaction* pure et simple. C'est au soleil de la *sollicitude* que bronzent les consommateurs modernes.

Transfert social et transfert maternel.

Ce système de gratification et de sollicitude a, dans toutes les sociétés modernes, des supports officiels : ce sont toutes les institutions de redistribution sociale (Sécurité sociale, Caisse de retraite, allocations multiples, subventions, assurances, bourses) par où, dit F. Perroux, « les pouvoirs publics sont amenés à corriger les excès des pouvoirs des monopoles par les flux des prestations sociales destinées à satisfaire des besoins et non pas à rémunérer des services productifs. Ces derniers transferts, sans contrepartie apparente, diminuent, sur une longue période, l'agressivité des classes dites dangereuses ». Nous ne discuterons pas ici l'efficacité réelle de cette redistribution ni ses mécanismes économiques. Ce qui nous intéresse, c'est le mécanisme psychologique collectif qu'elle fait jouer. Grâce à ses prélèvements et à ses transferts économiques, l'instance sociale (c'est-à-dire l'ordre établi) se donne le bénéfice psychologique de la générosité, se donne comme instance secourable. Tout un lexique maternel, protectionniste désigne ces institutions : Sécurité sociale, assurances, protection de l'enfance, de la vieillesse, allocation chômage. Cette « charité » bureaucratique, ces mécanismes de « solidarité collective » — et qui sont tous des « conquêtes sociales » — jouent ainsi, à travers l'opération *idéologique* de redistribution, comme mécanismes de *contrôle social*. Tout se passe comme si une certaine part de la plus-value était sacrifiée pour préserver l'autre — le système global de pouvoir se soutenant de cette idéologie de la munificence, où le « bienfait » cache le bénéfice. D'une pierre deux coups : le salarié est bien content de recevoir sous les apparences du don ou de la prestation « gratuite » une partie de ce dont il a été auparavant dessaisi.

C'est, pour résumer, ce que J. M. Clark désigne sous le terme de « pseudo-market-society ». Malgré l'esprit marchand, les sociétés d'Occident protègent leur cohésion par les attributions prioritaires, les législations de la Sécurité sociale, la correction des inégalités de départ. Le principe de toutes ces mesures est une solidarité extra-mercantile. Les moyens en sont l'usage judicieux d'une certaine dose de contrainte pour des transferts qui n'obéissent pas d'eux-mêmes aux principes d'équivalence, mais aux règles d'une économie redistributive qui se rationalise peu à peu.

Plus généralement, il est vrai de toute marchandise, selon F. Perroux, qu' « elle est le nœud de processus relationnels, institutionnels, transférentiels, culturels, et non seulement industriels. Dans une société organisée, les hommes ne peuvent échanger purement et simplement des marchandises. Ils échangent, à cette occasion, des symboles, des significations, des services et des informations. Chaque marchandise doit être considérée comme le noyau de services non imputables, et qui la qualifient socialement ». — Or, ceci, qui est juste, veut dire réversiblement que nul échange, nulle prestation dans notre société, de quelque type qu'elle soit, n'est « gratuite », que la vénalité des échanges, même les plus désintéressés apparemment, est universelle. Tout

1. 20 % du revenu national pour la France.

s'achète, tout se vend, mais la société marchande ne peut le concéder ni en principe ni en droit. D'où l'importance idéologique capitale du mode « social » de la redistribution : celle-ci induit dans la mentalité collective le mythe d'un ordre social tout entier dévoué au « service » et au bien-être des individus [1].

Le pathos du sourire.

Pourtant, à côté des institutions économiques et politiques, c'est tout un autre système de relations sociales, plus informel, non institutionnel celui-là, qui nous intéresse plus précisément ici. C'est tout le réseau de communication « personnalisée » qui envahit la quotidienneté de la consommation. Car c'est bien de consommation qu'il s'agit — consommation de relation humaine, de solidarité, de réciprocité, de chaleur et de participations sociales standardisées sous forme de services — consommation continuelle de sollicitude, de sincérité et de chaleur, mais bien sûr consommation des *signes* seulement de cette sollicitude — vitale pour l'individu, plus encore que l'alimentation biologique, dans un système où la distance sociale et l'atrocité des rapports sociaux sont la règle objective.

La perte de la relation humaine (spontanée, réciproque, symbolique) est le fait fondamental de nos sociétés. C'est sur cette base qu'on assiste à la réinjection systématique de relation humaine — sous forme de *signes* — dans le circuit social, et à la *consommation* de cette relation, de cette chaleur humaine *signifiées*. L'hôtesse d'accueil, l'assistante sociale, l'ingénieur en relations pu-

1. La publicité elle-même, au titre de processus économique, peut être considérée comme une « fête gratuite », financée par le travail social, mais délivrée à tous « sans contrepartie apparente », et se donnant comme gratification collective (voir plus loin).

bliques, la pin-up publicitaire, tous ces apôtres fonc-
tionnaires ont pour mission séculière la gratification, *la
lubrification des rapports sociaux par le sourire institutionnel.* On voit partout la publicité mimer les modes de communication proches, intimistes, personnels. Elle essaie
de parler à la ménagère le langage de la ménagère d'en
face, elle essaie de parler au cadre ou à la secrétaire
comme son patron ou son collègue, elle essaie de parler
à chacun de nous comme son ami, ou son surmoi, ou
comme une voix intérieure, sur le mode de la confession.
Elle produit ainsi, là où il n'y en a pas, ni entre les
hommes ni entre eux et les produits, de l'intimité, selon
un véritable processus de simulation. Et c'est cela entre
autres (mais peut-être d'abord) qui est consommé dans
la publicité.

Toute la dynamique de groupe, et les pratiques analogues relèvent du même objectif (politique) ou de la
même nécessité (vitale) : le psycho-sociologue patenté
est payé cher pour réinjecter de la solidarité, de l'échange,
de la communication, dans les rapports opaques de l'entreprise.

Ainsi de tout le secteur tertiaire des SERVICES : le
commerçant, l'employé de banque, la vendeuse de magasin, le représentant de commerce, les services de rensei-
gnements, de promotion des ventes, tous ces emplois
de conditionnement, de marketing et de merchandizing
de la relation humaine, sans oublier le sociologue, l'inter-
viewer, l'imprésario et le salesman, à qui la règle professionnelle impose le « contact », la « participation »,
l' « intéressement psychologique » des autres — dans
tous ces secteurs d'emplois et de rôles, la connotation
de réciprocité, de « chaleur » est incluse dans la program-
mation et l'exercice de la fonction. Elle constitue l'atout
essentiel dans la promotion, dans le recrutement et le
salaire. « Avoir des qualités humaines », « les qualités

de contact », « chaleur relationnelle », etc. Partout c'est
un déferlement de spontanéité truquée, de discours personnalisé, d'affectivité et de relation personnelle orchestrée. « Keep smiling! Scid nett miteinander! » « Le sourire de Sofitel-Lyon, c'est celui que nous espérons voir
fleurir sur vos lèvres quand vous passerez notre porte,
c'est celui de tous ceux qui ont déjà apprécié un des
hôtels de notre chaîne... c'est la démonstration de notre
philosophie en matière d'hôtellerie : le sourire. »

« Opération : verre de l'amitié... Des " verres de l'amitié " dédicacés par les plus grands noms de la scène, de
l'écran, du sport et du journalisme serviront de prime
à la vente des produits des firmes désireuses de faire un
don à la Fondation pour la recherche médicale française... Parmi les personnalités qui ont signé et décoré
les " verres de l'amitié " figurent notamment le coureur
J.-P. Beltoise, Louison Bobet, Yves Saint-Martin, Bour-
vil, Maurice Chevalier, Bernard Buffet, Jean Marais et
l'explorateur Paul-Émile Victor. »

T. W. A. : « Nous distribuons un million de dollars
de primes à tous ceux de nos employés qui savent se
surpasser en s'occupant de vous! Cette distribution
dépend de vous, heureux passagers, à qui nous deman-
dons de voter pour les employés T. W. A. dont le service
vous aura vraiment comblés! »

Superstructure tentaculaire, qui dépasse de loin la
simple fonctionnalité des échanges sociaux pour se constituer en « philosophie », en système de valeurs de notre
société technocratique.

Playtime, ou la parodie des services.

Cet immense système de sollicitude vit sur une contradiction totale. Non seulement il ne saurait masquer la
loi d'airain de la société marchande, la vérité objective

des rapports sociaux, qui est la concurrence, la distance sociale croissante avec la promiscuité et la concentration urbaine et industrielle, mais surtout la généralisation de l'abstraction de la valeur d'échange au sein même de la quotidienneté et des relations les plus personnelles — mais ce système, en dépit des apparences, est LUI-MÊME UN SYSTÈME DE PRODUCTION — production de communication, de relation humaine de services. Il produit de la sociabilité. Or, en tant que système de production, il ne peut qu'obéir aux mêmes lois qui sont celles du mode de production des biens matériels, il ne peut que reproduire dans son fonctionnement même les rapports sociaux qu'il a pour objectif de dépasser. Destiné à produire de la sollicitude, il est voué à produire et à reproduire simultanément de la distance, de la non-communication, de l'opacité et de l'atrocité.

Cette contradiction fondamentale est sensible dans tous les domaines de relation humaine « fonctionnalisée ». Parce que cette socialité nouvelle, cette sollicitude « rayonnante », cette « ambiance » chaleureuse n'a justement plus rien de spontané, parce qu'elle est produite institutionnellement et industriellement, il serait étonnant que ne transparaisse pas, dans sa *tonalité* même, sa vérité sociale et économique. Et c'est bien cette distorsion qu'on éprouve partout : partout ce fonctionnariat de la sollicitude est biaisé et transi par l'agressivité, le sarcasme, l'humour (noir) involontaire, partout les services rendus, la serviabilité sont subtilement associés à la frustration, à la parodie. Et partout on éprouve, liée à cette contradiction, la *fragilité* de ce système général de gratification, et qu'il est toujours au bord de se détraquer et de s'écrouler (c'est d'ailleurs ce qui se produit de temps en temps).

Nous touchons là à une des contradictions profondes de notre société dite « d'abondance » : celle entre la notion de « service », d'origine et de tradition féodale, et les valeurs démocratiques dominantes. Le serf ou le serviteur féodal ou traditionnel servent « de bonne foi », sans réserve mentale : le système apparaît pourtant déjà en pleine crise chez Swift, dans les *Instructions aux domestiques*, où ceux-ci constituent une société pour soi, tout entière solidaire en marge de la société des maîtres, société parasitaire et cynique, parodique et sarcastique. C'est l'effondrement dans les mœurs de la société féale du « service » : elle aboutit à une hypocrisie féroce, à une espèce de lutte des classes latente, honteuse, à une exploitation réciproque éhontée des maîtres et des serviteurs, sous le couvert d'un système de valeurs qui formellement n'a pas changé.

Aujourd'hui les valeurs sont démocratiques : il en résulte une contradiction insoluble au niveau des « services », dont la pratique est inconciliable avec l'égalité formelle des personnes. Seule issue : un JEU social généralisé (car chacun aujourd'hui, non seulement dans sa vie privée, mais dans sa pratique sociale et professionnelle, est assigné à recevoir ou à rendre des services — chacun est plus ou moins le « tertiaire » de l'autre). Ce jeu social de la relation humaine en société bureaucratique est différent de l'hypocrisie féroce des valets de Swift. C'est un gigantesque « modèle de simulation » de la réciprocité absente. Ce n'est plus de la dissimulation, c'est de la simulation fonctionnelle. Le minimum vital de la communication sociale n'est atteint qu'au prix de ce « forcing » relationnel, où chacun est impliqué — magnifique trompe-l'œil destiné à pacifier la relation objective d'hostilité et de distance qui va de chacun à tous.

Notre monde des « services » est encore largement celui de Swift. La hargne du fonctionnaire, l'agressivité du bureaucrate sont des formes archaïques, encore swiftiennes d'inspiration. Ainsi la servilité du coiffeur de dames, l'importunité délibérée, sans scrupules, du représentant de commerce — tout cela est encore une forme violente, forcée, caricaturale, de la relation de service. Rhétorique de la servilité, où transparaît malgré tout, — comme entre les maîtres et les valets de Swift — une forme aliénée de relation *personnelle*. La façon qu'ont l'employé de banque, le groom ou la demoiselle des postes d'exprimer soit par leur acrimonie, soit par leur hyper-dévotion, qu'ils sont payés pour le faire — c'est cela qu'il y a en eux d'humain, de personnel et d'irréductible au système. La grossièreté, l'insolence, la distance affectée, la lenteur calculée, l'agressivité ouverte, ou inversement le respect excessif, c'est cela qui en eux résiste à la contradiction d'avoir à incarner *comme si c'était naturel* une dévotion systématique, et pour laquelle ils sont payés, un point c'est tout. D'où l'ambiance visqueuse, toujours au bord de l'agression voilée, de cet échange de « services », où *les personnes réelles résistent à la « personnalisation » fonctionnelle des échanges.*

Mais ceci n'est qu'un résidu archaïque : la véritable relation fonctionnelle aujourd'hui a résolu toute tension, la relation « fonctionnelle » de service n'est plus violente, hypocrite, sado-masochiste, elle est ouvertement chaleureuse, spontanément personnalisée et définitivement pacifiée : c'est l'extraordinaire atonalité vibrante des speakerines d'Orly ou de la T. V., c'est le sourire atonal, « sincère » et calculé (mais au fond, ni l'un ni l'autre, car ce n'est plus une question de sincérité, ou de cynisme, c'est de la relation humaine « fonctionnalisée », épurée de tout aspect caractériel ou psychologique, épurée de tout harmonique réel et affectif, mais reconstituée à partir des vibrations calculées de la relation idéale — bref, dégagée de toute dialectique morale violente de l'être et de l'apparence et restituée à la seule fonctionnalité du *système* de relations).

Nous sommes encore, dans notre société de consommation de services, au carrefour de ces deux ordres. C'est ce qu'illustrait très bien le film de Jacques Tati : *Playtime*, où l'on passait du sabotage traditionnel et cynique, de la parodie méchante des services (tout l'épisode du cabaret de prestige, le poisson refroidi qui va d'une table à l'autre, l'installation qui se détraque, toute la perversion des « structures d'accueil » et la désagrégation d'un univers trop neuf) à la fonctionnalité instrumentale et inutile des salons de réception, fauteuils et plantes vertes, des façades de verre et de la communication sans rivages, dans la sollicitude glaciale des innombrables gadgets et d'une ambiance impeccable.

La publicité et l'idéologie du don.

La fonction sociale de la publicité est à saisir dans la même perspective extra-économique de l'idéologie du don, de la gratuité et du service. Car la publicité n'est pas seulement promotion des ventes, suggestion à des fins économiques. Elle n'est peut-être même pas cela *d'abord* (on s'interroge de plus en plus sur son efficacité économique) : le propre du « discours publicitaire » c'est de nier la rationalité économique de l'échange marchand sous les auspices de la gratuité [1].

Cette gratuité a des aspects économiques mineurs : ce sont les rabais, les soldes, les cadeaux d'entreprise, tous les mini-gadgets offerts à l'occasion d'un achat, les « gimmicks ». La profusion de primes, de jeux, de

1. Cf. G. Lagneau, dans le *Faire-Valoir* : « La publicité, c'est l'enrobage d'une logique économique insoutenable par les mille prestiges de la gratuité qui la nient pour mieux permettre son exercice. »

concours, d'affaires exceptionnelles constitue l'avant-
scène de la promotion, son aspect extérieur tel qu'il
apparaît à la ménagère de base. Description-robot : « Le
matin, la ménagère consommatrice ouvre les volets de
sa maison, la maison du bonheur gagnée au grand
concours Floraline. Elle prend son thé dans de splen-
dides déjeuners au décor persan qu'elle a obtenus grâce
aux Triscottes (contre cinq preuves d'achat et 9,90 F)...
Elle enfile une petite robe... une affaire des 3J (20 % de
réduction) pour se rendre au Prisunic. Elle n'oublie pas
sa carte Prisu qui lui permet de faire ses achats sans
argent... Plat de résistance tout trouvé ! Au Supermarché, elle a joué au jeu de la lanterne magique Buitoni,
et elle a gagné 0,40 F de réduction sur une boîte de pou-
let impérial (5,90 F). Pour son fils, du culturel : le tableau
de Peter Van Hought avec la poudre à laver Persil. Grâce
aux corn-flakes Kellog's, il s'est monté un aéroport.
L'après-midi pour se détendre, elle met un disque, un
concerto brandebourgeois. Ce 33 tours lui a coûté 8 F
avec le Tri Pack San Pellegrino. Ce soir, grande nouveauté : la T. V. en couleurs gracieusement prêtée pendant trois jours par Philips (sur simple demande sans
obligation d'achat), etc. » « Je vends de moins en moins
de lessive, et de plus en plus de cadeaux », soupire le
directeur commercial d'une fabrique de détergents.

Ceci n'est que le clin d'œil, le menu fretin des public
relations. Mais il faut voir que toute la publicité n'est
que l'extrapolation gigantesque de ce « quelque chose
en plus ». Les petites gratifications quotidiennes prennent dans la publicité la dimension d'un fait social total.
La publicité est « dispensée », c'est une offre gratuite et
continuelle à tous et pour tous. Elle est l'image prestigieuse de l'abondance, mais surtout le gage répété du
miracle virtuel de la gratuité. Sa fonction sociale est
donc celle d'un secteur des relations publiques. On sait

comment procèdent celles-ci : visite d'usines (Saint-Gobain, stages de recyclage des cadres dans les châteaux Louis XIII, sourire photogénique du Directeur général, œuvres d'art dans les usines, dynamique du groupe : « La tâche d'un R. P. man est de maintenir une harmonie d'intérêts mutuels entre les publics et les managers »). De la même façon, la publicité sous toutes ses formes a pour fonction la mise en place d'un *tissu social* idéologiquement unifié sous les auspices d'un super-mécénat collectif, d'une super-féodalité gracieuse, qui vous offrent tout ça « en plus », comme les nobles donnaient la fête à leur peuple. A travers la publicité, qui est déjà en soi un service social, tous les produits se donnent comme services, tous les processus économiques réels sont mis en scène et réinterprétés socialement comme effets de don, d'allégeance personnelle et de relation affective. Que cette munificence, comme celle des potentats, ne soit jamais qu'une redistribution fonctionnelle d'une partie des bénéfices, ceci est sans conséquence. L'astuce de la publicité est justement de *substituer partout la magie du « Cargo »* (l'abondance totale et miraculeuse dont rêvent les indigènes) *à la logique du marché*.

Tous les jeux de la publicité vont dans ce sens. Voyez comme elle se fait partout discrète, bénévole, effacée, désintéressée. Une heure d'émission de radio pour une minute de flash sur la marque. Quatre pages de prose poétique et la marque de la firme, honteuse (?!), au bas d'une page. Et tous les jeux avec elle-même, surenchère d'effacement et de parodie « antipublicitaire ». La page blanche pour la 1 000 000ᵉ Volkswagen : « Nous ne pouvons pas vous la montrer, elle vient d'être vendue. » Tout cela, qui peut s'inscrire dans une histoire de la rhétorique publicitaire, se déduit d'abord logiquement de la nécessité pour la publicité de se dédouaner du plan des contraintes économiques et d'alimenter la fiction d'un jeu, d'une fête, d'une institution caritative, d'un service social désintéressé. L'ostentation du désintéressement joue comme fonction sociale de la richesse (Veblen) et comme facteur d'intégration. On jouera même, à la limite, l'agressivité envers le consommateur, l'antiphrase. Tout est possible et tout est bon, non pas tellement pour faire vendre que pour restituer du consensus, de la complicité, de la *collusion* — bref, là aussi, pour produire de la relation, de la cohésion, de la communication. Que ce consensus induit par la publicité puisse *ensuite* résulter en adhésion à des objets, en conduites d'achat et en obéissance implicite aux impératifs économiques de consommation, ceci est certain, mais ce n'est pas l'essentiel, et de toute façon, cette fonction économique de la publicité est *consécutive* à sa fonction sociale globale. C'est bien pourquoi elle n'est jamais assurée [1].

La vitrine.

La vitrine, toutes les vitrines, qui sont, avec la publicité, le foyer de convection de nos pratiques urbaines consommatrices, sont aussi par excellence le lieu de cette « opération-consensus », de cette communication et de cet échange des valeurs par où toute une société s'homogénéise par acculturation quotidienne incessante à la logique, silencieuse et spectaculaire, de la mode. Cet espace spécifique qu'est la vitrine, ni intérieur ni extérieur, ni privé ni tout à fait public, qui est déjà la rue tout en maintenant derrière la transparence du verre le statut opaque et la distance de la marchandise, cet espace spécifique est aussi le lieu d'une relation sociale

---

1. Cf. sur ce problème : *Revue Française de Sociologie*, 1969, X, 3, les articles de J. Marcus-Steiff et P. Kende.

spécifique. Le travelling des vitrines, leur *féerie calculée*
qui est toujours en même temps une frustration, cette
valse-hésitation du shopping, c'est la danse canaque
d'exaltation des biens avant l'échange. Les objets et les
produits s'y offrent dans une mise en scène glorieuse,
dans une ostentation sacralisante (ce n'est pas un faire-
part pur et simple, pas plus que dans la publicité, c'est,
comme dit G. Lagneau, un faire-valoir). Ce don symbolique que miment les objets mis en scène, cet échange
symbolique, silencieux, entre l'objet offert et le regard,
invite évidemment à l'échange réel, économique, à l'intérieur du magasin. Mais pas forcément, et, de toute façon,
la communication qui s'établit au niveau de la vitrine
n'est pas tellement celle des individus aux objets qu'une
communication généralisée de tous les individus entre
eux à travers non pas la contemplation des mêmes
objets, mais à travers la lecture et la reconnaissance,
dans les mêmes objets, du même système de signes et
du même code hiérarchique des valeurs. C'est cette
acculturation, c'est ce dressage qui a lieu à chaque instant partout dans les rues, sur les murs, dans les couloirs
du métro, sur les panneaux publicitaires et les enseignes
lumineuses. Les vitrines scandent ainsi le procès social
de la valeur : elles sont pour tous un test d'adaptation
continuel, un test de projection dirigée et d'intégration.
Les Grands Magasins constituent une sorte de sommet
de ce procès urbain, un véritable laboratoire et creuset
social, où « la collectivité (Durkheim, dans *Les Formes
élémentaires de la vie religieuse*) renforce sa cohésion,
comme dans les fêtes et les spectacles ».

La société thérapeutique.

L'idéologie d'une société qui prend continuellement
soin de vous culmine dans l'idéologie d'une société qui

vous soigne, et très précisément comme malade virtuel. Il faut croire en effet que le grand corps social est bien malade, et les citoyens consommateurs bien fragiles, toujours au bord de la défaillance et du déséquilibre, pour que partout chez les professionnels, dans les gazettes et chez les moralistes analystes se tienne ce discours « thérapeutique ».

Bleustein-Blanchet : « Je considère que les gallups sont un instrument indispensable de mesure que le publicitaire doit utiliser comme le *médecin* qui prescrit analyse et radiographie. »

Un publicitaire : « Ce que vient chercher le client, c'est une sécurité. Il a besoin d'être rassuré, pris en charge. Pour lui, vous êtes tantôt le père, ou la mère, ou le fils... » « Notre métier est proche de l'art médical. » « On est comme les toubibs, on donne des conseils, on n'impose rien. » « Mon métier, c'est un sacerdoce, comme celui du médecin. »

Architectes, publicitaires, urbanistes, designers, tous se veulent démiurges, ou plutôt *thaumaturges* de la relation sociale et de l'environnement. « Les gens vivent dans la laideur » : il faut guérir tout cela. Les psycho-sociologues eux aussi se veulent *thérapeutes* de la communication humaine et sociale. Jusqu'aux industriels qui se prennent pour des missionnaires du bien-être et de la prospérité générale. « La Société est malade » : c'est le leitmotiv de toutes les bonnes âmes au pouvoir. La Société de Consommation est un chancre, « il faut lui rendre un supplément d'âme », dit M. Chaban-Delmas. Il faut dire que de ce grand mythe de la Société Malade, mythe qui évacue toute analyse des contradictions réelles, les medicine-men contemporains que sont les intellectuels sont très largement complices. Ceux-ci cependant ont tendance à localiser le mal à un niveau fondamental, d'où leur pessimisme prophétique. Les professionnels, en général, tendent plutôt à entretenir le mythe de la Société Malade non pas tellement organiquement (dans ce cas, c'est incurable) que fonctionnellement, au niveau de ses échanges et du métabolisme. D'où leur optimisme dynamique : il suffit pour la guérir de rétablir la *fonctionnalité* des échanges, d'accélérer le métabolisme (c'est-à-dire encore une fois injecter de la communication, de la relation, du contact, de l'équilibre humain, de la chaleur, de l'efficacité et du sourire contrôlé). Ce à quoi ils s'emploient allégrement et avec profit.

Ambiguïté et terrorisme de la sollicitude.

Toute cette liturgie de la sollicitude, il faut insister sur son ambiguïté profonde. Laquelle recoupe très exactement le double sens du verbe « solliciter » :

1. L'acception qu'il prend dans « sollicitude » : prendre soin de, gratifier, materner, etc. C'est le sens manifeste, et le sens le plus courant. Le DON.

2. Le sens inverse qu'il prend de DEMANDE (sollicitant une réponse) d'exigence, de réquisition, à la limite (« J'ai été sollicité pour... »), sens plus évident encore dans l'acception moderne « solliciter les chiffres, solliciter les faits ». Ici, il s'agit franchement de dévier, capter, détourner à son profit. Exactement l'inverse de la sollicitude.

Or, la fonction de tout l'appareil, institutionnel ou non, de sollicitude (public relations, publicité, etc.) qui nous entoure et prolifère, c'est bien, tout à la fois, de gratifier et satisfaire, et de séduire et détourner subrepticement. Le consommateur moyen est toujours l'*objet* de cette double entreprise, il est sollicité dans tous les sens du terme — l'idéologie du DON que véhicule la

« sollicitude » étant toujours l'alibi du conditionnement réel qui est celui de la « sollicitation[1] ».

Cette rhétorique de la thaumaturgie et de la sollicitude qui marque la société de consommation et d'abondance d'une tonalité affective particulière a des fonctions sociales précises :

1. Recyclage affectif des individus isolés dans la société bureaucratique par la division technique et sociale du travail et par la division technique et sociale parallèle, *tout aussi totale et bureaucratique*, des pratiques de consommation.

2. Stratégie politique d'intégration formelle, qui vient doubler et compenser les défaillances des institutions politiques : tout comme le suffrage universel, les référendums, les institutions parlementaires sont destinés à mettre en place un consensus social par participation *formelle*, ainsi la publicité, la mode, les relations humaines et publiques peuvent s'interpréter comme une sorte de *référendum perpétuel* — où les citoyens consommateurs sont sollicités à chaque instant de se prononcer favorablement pour un certain code de valeurs, et le sanctionnent implicitement. Ce système *informel* de mobilisation de l'assentiment est plus sûr : il ne permet pratiquement pas de dire non (il est vrai que le référendum électoral est lui aussi une mise en scène démocratique du « oui »). Dans tous les pays, on voit aujourd'hui les processus de contrôle social *violents* (contraintes répressives, étatiques, policières) relayés par des modes d'intégration « participationnistes » — d'abord sous la forme parlementaire et électorale, ensuite par les processus informels de *sollicitation* dont

---

1. En allemand *Werben*, qui signifie solliciter la main de, briguer, rechercher en mariage, sollicitude amoureuse, signifie aussi la compétition, la concurrence et la publicité (la sollicitation publicitaire).

nous parlons. Il serait intéressant d'analyser dans ce sens l'opération « relations publiques » mise en place par Publicis/Saint-Gobain dans ce grand événement sociologique que fut l'O. P. A. de Boussois contre Saint-Gobain : l'opinion publique mobilisée, sollicitée comme témoin, requise comme « actionnaire psychologique » dans l'opération. Dans la restructuration objective de l'entreprise capitaliste, le public s'est trouvé, sous couleur d'information « démocratique », intégré comme jury, et, à travers le groupe symbole des actionnaires de Saint-Gobain, manipulé comme partie prenante. On voit comment l'action publicitaire, entendue au sens le plus large, peut modeler et totaliser des processus sociaux, comment elle peut se substituer quotidiennement, et sans doute plus efficacement encore, au système électoral, dans la mobilisation et le contrôle psychologique. Toute une nouvelle stratégie politique est en train de naître à ce niveau, contemporaine de l'évolution objective de la « technostructure » et du productivisme monopolistique.

3. Le contrôle « politique » par la sollicitation et la sollicitude se double d'un contrôle plus intime sur les motivations mêmes. C'est là où le verbe solliciter prend son sens double, et c'est en ce sens que toute cette sollicitude est au fond *terroriste*. Nous prendrons cet admirable exemple publicitaire qui s'intitule : « Quand une jeune fille vous dit qu'elle adore Freud, il faut comprendre qu'elle adore les bandes dessinées » : « Une jeune fille, c'est un " petit être farouche ", plein de contradictions. Or, au-delà de ces contradictions, il nous appartient à nous, publicitaires, de comprendre cette jeune fille. Plus généralement, de comprendre les gens auxquels nous désirons nous adresser. » Donc : les gens sont incapables de se comprendre, de savoir ce qu'ils sont et ce qu'ils veulent, mais *nous* sommes là pour ça.

Nous en savons bien plus long que vous sur vous-mêmes. Position répressive d'analyste paternaliste. Et les finalités de cette « compréhension supérieure » sont claires : « Comprendre les gens pour être compris d'eux. Savoir leur parler pour être entendu d'eux. Savoir leur plaire pour les intéresser. Bref, savoir leur vendre un produit — votre produit. C'est ce que nous appelons la « communication ». Astuce de commercialisation ? Pas seulement. Cette jeune fille *n'a pas le droit d'aimer Freud*, elle se trompe, et nous allons lui imposer, pour son bien, ce qu'elle aime en secret. Toute l'inquisition sociale est là, toute la répression psychologique. La publicité dans son ensemble n'avoue pas si clairement les choses. Elle met en œuvre cependant à tout instant les mêmes mécanismes de contrôle charitable et répressif.

Ainsi encore la T. W. A., « la Compagnie qui vous comprend ». Et voyez comme elle vous comprend : « Nous ne supportons pas l'idée de vous savoir tout seul dans votre chambre d'hôtel, manipulant frénétiquement les boutons de votre T. V... Nous allons tout faire pour vous permettre d'emmener votre chère moitié avec vous lors de votre prochain voyage d'affaires... tarif spécial famille, etc. Avec votre chère moitié près de vous, au moins vous aurez quelqu'un pour changer de chaîne... C'est ça l'amour... » Pas question d'être seul, vous n'avez pas le droit d'être seul : « Nous ne le supportons pas. » Si vous ne savez pas ce que c'est que d'être heureux, nous vous l'apprendrons. Nous le savons mieux que vous. Et même la façon de faire l'amour : votre « moitié », c'est votre « deuxième chaîne » érotique. Vous ne le saviez pas ? Nous vous l'apprenons aussi. Car nous sommes là pour vous comprendre, c'est notre rôle...

La compatibilité sociométrique.

La sociabilité, ou la capacité de « créer du contact », d'alimenter la relation, de promouvoir les échanges, d'intensifier le métabolisme social, devient dans cette société une marque de la « personnalité ». Les conduites de consommation, de dépense, de mode et, à travers elles, de communication avec les autres, sont une des pièces maîtresses de cette « personnalité » sociométrique contemporaine, telle que l'a esquissée D. Riesman dans *La Foule solitaire*. Tout le système de gratification et de sollicitude n'est en effet que la modulation affective elle-même fonctionnalisée, d'un système de relations où le statut de l'individu change totalement. Entrer dans le cycle de la consommation et de la mode, ce n'est pas seulement s'environner d'objets et de services au gré de son propre plaisir, c'est changer d'être et de détermination. C'est passer d'un principe individuel fondé sur l'autonomie, le caractère, la valeur propre du moi à un principe de recyclage perpétuel par indexation sur un code où la valeur de l'individu se fait rationnelle, démultipliée, changeante : c'est le code de la « personnalisation », dont nul individu en soi n'est dépositaire, mais qui traverse chaque individu dans sa relation signifiée aux autres. La « personne » comme instance de détermination disparaît au profit de la personnalisation. A partir de là, l'individu n'est plus un foyer de valeurs autonomes, il n'est plus que le terme de relations multiples dans un processus d'interrelations mouvantes. « L'extro-déterminé est en quelque sorte chez lui partout et nulle part, capable d'une intimité rapide, quoique superficielle, avec tout le monde » (Riesman). En fait, il est pris dans une sorte de graphe sociométrique, et perpétuellement redéfini par sa position sur ces toiles d'araignée bizarres (ces fils qui joignent A, B, C, D, E,

dans un réseau de relations positives, négatives, uni-
ou bilatérales). Bref, c'est un être sociométrique, dont
la définition est qu'il est *à l'intersection des autres*.

Ceci n'est pas seulement un modèle « idéal ». Cette
immanence des autres, et cette immanence aux autres régit
tous les comportements statutaires (donc tout le domaine de la consommation) selon un processus d'inter-
relation illimitée, où il n'y a pas à proprement parler
de Sujet individualisé dans sa « liberté », ni d' « Autres »
au sens sartrien du terme, mais une « *ambiance* » généralisée, où les termes relatifs ne prennent de sens que
par leur mobilité différentielle. C'est la même tendance
qu'on peut lire au niveau des objets-éléments et de leur
manipulation combinatoire dans les intérieurs modernes.
Il ne s'agit donc pas, dans ce type nouveau d'intégration, de « conformisme » ou de « non-conformisme »
(quoique le lexique journalistique use encore constamment de ces termes, ils sont relatifs à la société bourgeoise traditionnelle), mais de socialité optimale, de
compatibilité maximale aux autres, aux situations, aux
professions diverses (recyclage, polyvalence), de mobilité à tous les niveaux. Être universellement « mobile »,
fiable et polyvalent, c'est cela la « culture » à l'ère de
l'human engineering. Ainsi les molécules se constituent
à partir des valences multiples de tels atomes, elles
peuvent se défaire pour se réorganiser autrement ou
constituer de grosses molécules complexes... Cette capacité d'adaptation coïncide avec une mobilité sociale
différente de l'ascension du parvenu ou du self-made-
man « traditionnels ». On n'y brise pas les liens selon la
trajectoire individuelle, on n'y fraye pas sa voie, en
rupture de classe, on n'y brûle pas les étapes : il s'agit
d'être *mobile avec tout le monde*, et de franchir les degrés
codés d'une hiérarchie dont les signes se distribuent
de façon rigoureuse.

Il n'est d'ailleurs pas question de ne pas être mobile :
la mobilité est un brevet de moralité. C'est donc toujours aussi une contrainte de « *mobilisation* ». Et cette
compatibilité de tous les instants est toujours aussi une
comptabilité — c'est-à-dire que l'individu défini comme
la somme de ses relations, de ses « valences », est aussi
toujours comptabilisable comme tel : il devient unité
de calcul, et entre de lui-même dans un plan-calcul sociométrique (ou politique).

Probation et approbation (« *Werbung und Bewährung* »).

Dans ce réseau de relations anxieuses où il n'y a plus
de valeur absolue, mais seulement de la compatibilité
fonctionnelle, il ne s'agit plus de « s'imposer », de « faire
ses preuves » (probation, Bewährung), mais de trouver
le contact et l'approbation des autres, de solliciter leur
jugement et leur affinité positive. Cette mystique de
l'approbation se substitue partout progressivement à
celle de la probation. L'objectif d'accomplissement transcendant de l'individu traditionnel cède la place à des
procès de sollicitation réciproque (au sens où nous l'avons
définie plus haut : Werbung). Chacun « sollicite » et
manipule, chacun est sollicité et manipulé.

Tel est le fondement de la nouvelle *morale*, où les valeurs individualistes ou idéologiques le cèdent à une espèce de *relativité généralisée*, de réceptivité et d'adhésion,
de communication anxieuse — il faut que les autres
vous « parlent » (au double sens, intransitif : qu'ils s'adres-
sent à vous — transitif : qu'ils vous expriment et disent
ce que vous êtes), vous aiment, vous entourent.
Nous avons vu l'orchestration de ceci dans la publicité
qui ne cherche pas tellement à vous informer (ni même
au fond à vous mystifier), mais à vous « parler ». « Il
est sans importance, dit Riesman, de savoir si Johnny

s'amuse mieux avec un camion qu'avec le tas de sable ;
par contre, il est essentiel de savoir s'il joue — à quelque jeu que ce soit — en bonne entente avec Bill. »
On arrive au point où le groupe s'intéresse moins à ce
qu'il produit qu'aux relations humaines en son sein. Son
travail essentiel peut être en quelque sorte de *produire
de la relation* et de la consommer au fur et à mesure. A
la limite, ce processus suffit à définir un groupe en dehors
de tout objectif extérieur. Le concept d' « ambiance »
résume assez bien la chose : l' « ambiance », c'est la somme
diffuse de relations, produites et consommées par le
groupe rassemblé — présence du groupe à lui-même.
Si elle n'existe pas, on peut la programmer et la produire
industriellement. C'est le cas le plus général.

Dans son acception la plus large, qui déborde de loin
l'usage commun, ce concept d'ambiance est caractéristique de la société de consommation, qui peut se définir
ainsi :

1. Les valeurs d' « objectif » et de transcendance
(valeurs finales et idéologiques) laissent place aux valeurs
d'ambiance (relationnelles, immanentes, sans objectif)
s'épuisant dans le moment de la relation (« consommées »).

2. La société de consommation est en même temps
une société de production de biens ET *de production
accélérée de relations*. C'est même ce dernier aspect qui
la caractérise. Cette production de relations, encore artisanale au niveau intersubjectif ou des groupes primaires,
tend pourtant à s'aligner progressivement sur le mode
de production des biens matériels, c'est-à-dire sur le
mode industriel généralisé. Elle devient alors, selon la
même logique, le fait, sinon le monopole, d'entreprises
spécialisées (privées ou nationales), dont c'est la raison
sociale et commerciale. Les conséquences de cette évolution sont encore difficiles à entrevoir : il est difficile

d'admettre qu'on produise de la relation (humaine, sociale, politique) comme on produit des objets, et que, à partir du moment où elle est produite de la même façon, elle soit au même titre un objet de consommation. C'est pourtant la vérité, mais nous ne sommes qu'au début d'un long processus [1].

Culte de la sincérité — tolérance fonctionnelle.

Pour pouvoir être produite et consommée, la relation — comme les biens matériels, comme la force de travail, et selon la même logique — doit être « libérée », « émancipée ». C'est-à-dire qu'elle doit se dégager de toutes les conventions et rituels sociaux traditionnels. C'est la fin de la politesse et de l'étiquette, lesquelles sont incompatibles avec la relation fonctionnelle généralisée. Si l'étiquette tombe, la relation n'en devient pas pour autant spontanée. Elle tombe sous le coup de la production industrielle et de la mode. Mais parce qu'elle est le contraire de la spontanéité, elle va en reprendre impérieusement tous les signes. Ce que Riesman a marqué dans sa description du « culte de la sincérité ». Mystique parallèle à celle de la « chaleur » et de la « sollicitude » dont nous avons parlé plus haut, ainsi que

1. A titre d'exemple : « En vérité, nous dit un spécialiste de la promotion des ventes, si le programme de Giscard d'Estaing avait été présenté à l'opinion après avoir été mis en forme par un quelconque Publicis, selon les méthodes qui réussirent si bien dans l'affaire Saint-Gobain, les Français lui auraient peut-être donné l'adhésion qu'ils lui ont refusée. » Et d'ajouter : « Quand on pense au mal que l'on se donne pour gagner la faveur du public, en mettant en œuvre tous les moyens audio-visuels modernes, lorsqu'on lance une nouvelle marque de savonnette, on s'étonne des méthodes désuètes employées par le gouvernement lorsqu'il veut " vendre " à la masse des Français son programme économique et financier, qui engage des milliards de francs. »

de tous les signes, les rites *obligés* de la communication *absente*.

« Cette hantise de la sincérité ne fait que rappeler tristement combien ils font peu confiance à eux-mêmes et aux autres dans la vie quotidienne. »

C'est en effet le fantôme de la sincérité perdue qui hante toute cette amicalité du contact, ce perpétuel « en direct avec... », ce jeu et ce forcing du dialogue à tout prix. La relation authentique est perdue, vive la sincérité! Il y a peut-être aussi (d'un point de vue plus « sociologique »), derrière cette obsession de la « loyauté des prix », du fair play sportif, sentimental et politique, de la « simplicité des " grands " », des confessions « à cru » d'idoles du cinéma ou d'ailleurs, ou de flashs au télé-objectif sur la vie quotidienne des familles princières — il y a peut-être dans cette demande effrénée de sincérité (comme de celle du matériau dans la construction moderne) l'immense défiance, l'immense réaction des classes acculturées vis-à-vis de la culture et des rites traditionnels, quels qu'ils soient, qui ont toujours servi à marquer la distance sociale. Une obsession immense, qui traverse toute la culture de masse — expression de classe des déclassés de la culture : la hantise de se faire avoir, d'être dupés et manipulés par les signes comme ils l'ont été historiquement pendant des siècles — ou encore la peur ou le refus de la culture savante et céré-moniale, refoulé derrière le mythe d'une culture du « naturel » et de la communication instantanée.

De toute façon, dans cette culture industrielle de la sincérité, ce sont encore les *signes* de la sincérité qui sont consommés. Et cette sincérité-là ne s'oppose plus au cynisme ou à l'hypocrisie comme dans le registre de l'être et de l'apparence. Dans le champ de la relation fonctionnelle, cynisme et sincérité *alternent* sans se contredire, dans la même manipulation de signes. Bien sûr, le schème moral (sincérité = bien/artificialité = mal) joue toujours, mais il ne connote plus des qualités réelles, il ne connote plus que la différence entre les *signes* de la sincérité et les *signes* de l'artificialité.

Le problème de la « tolérance » (libéralisme, laxisme, « permissive society », etc.) se pose de la même façon. Le fait qu'aujourd'hui les ennemis jadis mortels se parlent, que les idéologies les plus farouchement opposées « dialoguent », qu'une sorte de coexistence pacifique s'installe à tous les niveaux, que les mœurs s'assouplissent, tout ceci ne signifie pas du tout un progrès « humaniste » dans les relations humaines, une plus grande compréhension des problèmes, et autres fadaises. Cela signifie simplement que les idéologies, les opinions, les vertus et les vices n'étant plus à la limite qu'un matériel d'échange et de consommation, tous les contradictoires s'équivalent dans le jeu des signes. La tolérance dans ce contexte n'est plus ni un trait psychologique ni une vertu : *c'est une modalité du système lui-même*. Elle est comme l'élasticité, la compatibilité totale des termes de mode : jupes longues et minijupes se « tolèrent » très bien (elles ne signifient d'ailleurs rien de plus que leur rapport respectif).

La tolérance connote moralement la relativité généralisée des fonctions/signes, des objets/signes, des êtres/signes, des relations/signes, des idées/signes. En fait, on est au-delà de l'opposition fanatisme/tolérance, comme on est au-delà de l'opposition truquage/sincérité. La tolérance « morale » n'est pas plus grande qu'auparavant. Simplement, on a changé de système, et on est passé à la compatibilité fonctionnelle.

L'ANOMIE EN SOCIÉTÉ D'ABONDANCE

La violence.

La société de consommation est, dans un même mouvement, une société de sollicitude et une société de répression, une société pacifiée et une société de violence. Nous avons vu que la quotidienneté « pacifiée » s'alimentait continuellement de violence consommée, de violence « allusive » : faits divers, meurtres, révolutions, menace atomique ou bactériologique : toute la substance apocalyptique des mass media. Nous avons vu que l'affinité de la violence avec l'obsession de sécurité et de bien-être n'est pas accidentelle : la violence « spectaculaire » et la pacification de la vie quotidienne sont homogènes entre elles parce qu'aussi abstraites l'une que l'autre, et vivant toutes deux de mythes et de signes. On pourrait dire aussi que la violence de nos jours est inoculée dans la vie quotidienne à doses homéopathiques — un vaccin contre la fatalité — pour conjurer le spectre de la fragilité *réelle* de cette vie pacifiée. Car ce n'est plus le spectre de la rareté qui hante la civilisation d'abondance, c'est le spectre de la FRAGILITÉ. Et ce spectre, beaucoup plus menaçant parce qu'il concerne l'équilibre même des structures individuelles et collectives, ce spectre qu'il faut conjurer à tout prix, l'est en fait par ce détour de la violence consommée, conditionnée, homogénéisée. Cette violence-là n'est pas dangereuse : pas plus le sang que le sexe à la une ne compromettent l'ordre social et moral (en dépit du chantage des censeurs qui veulent s'en persuader, et nous en persuader). Ils témoignent simplement que cet équilibre est précaire, que cet ordre est fait de contradictions.

Le problème véritable de la violence se pose ailleurs. C'est celui de la violence *réelle*, incontrôlable, que sécrètent la profusion et la sécurité, une fois atteint un certain seuil. Non plus la violence intégrée, consommée avec le reste, mais la violence incontrôlable que le bien-être sécrète dans son accomplissement même. Cette violence se caractérise (très exactement comme la consommation telle que nous l'avons définie, et non dans son acception superficielle) par le fait qu'elle est *sans fin* et *sans objet* [1]. C'est parce que nous vivons de l'idée traditionnelle de la pratique du bien-être comme activité *rationnelle* que la violence éruptive, insaisissable, des bandes de jeunes de Stockholm, des désordres de Montréal, des meurtriers de Los Angeles nous apparaît comme une manifestation inouïe, incompréhensible, contradictoire, semble-t-il, avec le progrès social et l'abondance. C'est parce que nous vivons de l'illusion *morale* de la finalité consciente de toutes choses, de la rationalité fondamentale des choix individuels et collectifs (tout le système de valeurs est fondé là-dessus : il y a dans le consommateur un instinct absolu qui le porte par essence vers ses fins préférentielles — mythe *moral* de la consommation qui hérite totalement du mythe idéaliste de l'homme naturellement porté vers le Beau et le Bien) que cette violence nous apparaît innommable, absurde, diabolique. Or, elle veut peut-être tout simplement dire que quelque chose déborde de loin les objectifs conscients de satisfaction et de bien-être par où cette société se justifie (à ses propres yeux), par où plutôt elle se réinscrit dans les normes de rationalité consciente. Dans ce sens, cette violence inexpliquée doit nous faire revoir toutes nos idées sur l'abondance :

1. A l' « objectless craving » (l'accaparement sans objet) correspond l' « objectless raving » (la fureur sans objet).

l'abondance et la violence vont de pair, elles doivent être analysées ensemble.

Le problème plus général dans lequel s'inscrit celui de cette violence « sans objet », encore sporadique dans certains pays, mais virtuellement endémique dans tous les pays développés ou sur-développés, est celui des *contradictions fondamentales de l'abondance* (et non plus seulement de ses disparités sociologiques). C'est celui des multiples formes d'ANOMIE (pour reprendre le terme de Durkheim) ou d'ANOMALIE, selon qu'on les réfère à la rationalité des institutions ou à l'évidence vécue de la normalité, qui vont de la *destructivité* (violence, délinquance) à la *dépressivité* contagieuse (fatigue, suicides, névroses) en passant par les conduites collectives d'évasion (drogue, hippies, non-violence). Tous ces aspects caractéristiques de l' « affluent society » ou de la « permissive society » posent, chacun à sa façon, le problème d'un déséquilibre fondamental.

« Il n'est pas facile de s'adapter à l'abondance », disent Galbraith et les « Stratèges du désir ». « Nos idées sont enracinées dans la pauvreté, l'inégalité et le péril économique du passé » (ou bien dans des siècles de morale puritaine où l'homme a perdu l'habitude du bonheur). Cette difficulté d'être dans l'abondance démontrerait à elle seule, s'il le fallait, que la prétendue « naturalité » du désir de bien-être n'est pas si naturelle que ça — sinon les individus n'auraient pas tant de mal à s'y faire, ils sauteraient à pieds joints dans la profusion. Ceci devrait nous faire pressentir qu'il y a dans la consommation autre chose de tout différent, peut-être même l'inverse — quelque chose à quoi il faut éduquer, dresser et domestiquer les hommes — en fait un nouveau système de contraintes morales et psychologiques qui n'a rien à voir avec le règne de la liberté. Le lexique des néo-philosophes du désir est significatif à cet égard. Il n'est question que d'*apprendre* aux hommes à être heureux, de leur apprendre à se *consacrer* au bonheur, d'*aménager* chez eux les *réflexes* du bonheur. L'abondance n'est donc pas un paradis, le saut par-delà la morale dans l'immoralité rêvée de la profusion, c'est une nouvelle situation objective régie par une nouvelle morale. Objectivement parlant, ce n'est donc pas un progrès, c'est tout simplement *quelque chose d'autre*.

L'abondance a donc ceci d'ambigu qu'elle est toujours à la fois vécue comme mythe euphorique (de résolution des tensions des conflits, de bonheur au-delà de l'histoire et de la morale) et *endurée* comme processus d'adaptation plus ou moins forcée à un nouveau type de conduites, de contraintes collectives et de normes. La « Révolution de l'Abondance » n'inaugure pas la société idéale, elle introduit simplement à un autre type de société.

Nos moralistes voudraient bien réduire ce problème de société à un problème de « mentalité ». Pour eux, l'essentiel est déjà là, l'abondance réelle est là, il suffit de passer de la mentalité de pénurie à la mentalité d'abondance. Et de déplorer que ce soit si difficile, et de s'effarer de voir surgir des *résistances à la profusion*. Il n'est pourtant que d'admettre un instant l'hypothèse selon laquelle l'abondance elle-même n'est qu'un (ou du moins est *aussi*) système de contraintes d'un type nouveau pour comprendre aussitôt qu'à cette nouvelle contrainte sociale (plus ou moins inconsciente) ne peut que répondre un type nouveau de revendication libératrice. En l'occurrence le refus de la « société de consommation », sous sa forme violente et érostratique (destruction « aveugle » de biens matériels et culturels) ou non violente et démissive (refus d'investissement productif et consommatif). Si l'abondance était liberté, alors cette violence serait en effet impensable. Si l'abondance (la croissance) est contrainte, alors cette violence se comprend d'elle-même, elle s'impose *logiquement*. Si elle est sauvage, sans objet, informelle, c'est que les contraintes qu'elle conteste sont elles aussi informulées, inconscientes, illisibles : ce sont celles mêmes de la « liberté », de l'accession contrôlée au bonheur, de l'éthique totalitaire de l'abondance.

Cette interprétation sociologique laisse place — je crois qu'elle s'articule même profondément — à une interprétation psychanalytique de ces phénomènes apparemment aberrants des sociétés « riches ». Les moralistes dont nous avons parlé, qui se veulent aussi psychologues, parlent tous de *culpabilité*. Ils entendent toujours par là une culpabilité résiduelle, venue des âges puritains et qui ne peut, selon leur logique, qu'être en voie de résorption. « Nous ne sommes pas mûrs pour le bonheur. » « Les préjugés qui nous font tant de mal. » Or, il est clair que cette culpabilité (acceptons le terme) s'approfondit au contraire au fil de l'abondance. Un gigantesque processus d'accumulation primitive d'angoisse, de culpabilité, de refus, court parallèlement au processus d'expansion et de satisfaction, et c'est ce contentieux qui alimente la subversion violente, impulsive, les acting out meurtriers contre l'ordre même du bonheur. Ce n'est donc pas le passé, la tradition ou quelque autre stigmate du péché originel qui font les hommes fragiles devant le bonheur se désunir dans l'abondance même et se dresser à l'occasion contre elle. Même si cette hypothèque pèse encore, ce n'est plus là l'essentiel. La culpabilité, le « malaise », les incompatibilités profondes sont au cœur du système *actuel* lui-même, et produits par lui au fil de son évolution *logique*.

Forcée de s'adapter au PRINCIPE DE BESOIN, au PRINCIPE D'UTILITÉ (principe de réalité économique), c'est-à-dire à la corrélation toujours pleine et *positive* d'un produit quelconque (objet, bien, service) et d'une satisfaction, par indexation de l'une sur l'autre, contrainte à cette finalité concertée, unilatérale et toujours positive, *toute la négativité du désir*, autre versant de l'AMBIVALENCE [économistes et psychologues vivent d'équivalence et de rationalité : ils postulent que tout s'accomplit dans l'orientation positive du sujet vers l'objet dans le besoin. Si celui-ci est satisfait, tout est dit. Ils oublient qu'il n'y a pas de « besoin satisfait », c'est-à-dire quelque chose d'achevé, où il n'y ait que de la positivité, ceci n'existe pas, il n'y a que du désir, et le désir est ambivalent], donc toute cette postulation inverse *est laissée pour compte, censurée par la satisfaction même* (qui n'est pas la jouissance : la jouissance est, elle, ambivalente) et, ne trouvant plus à s'investir, cristallise en un gigantesque potentiel d'angoisse.

Ainsi s'éclaire ce problème fondamental de la violence en société d'abondance (et, indirectement, tous les symptômes anomaliques, dépressifs ou démissifs). Cette violence, radicalement différente de celle qu'engendre la pauvreté, la pénurie, l'exploitation — c'est l'émergence en acte de la négativité du désir, omise, occultée, censurée par la positivité totale du besoin. C'est le mode adverse de l'ambivalence qui resurgit au sein même de l'équivalence béate de l'homme et de son environnement dans la satisfaction. C'est, contre l'impératif de productivité/consommativité, l'émergence de la *destructivité* (pulsion de mort) pour laquelle il ne saurait y avoir de structures d'accueil bureaucratiques, puisque alors elles rentreraient dans un processus de satisfaction planifiée, donc dans un système d'institutions positives [1]. Nous

1. Ainsi l'idée très logique (américaine) d'un motel pour suicidaires, où, pour un bon prix, un « service-suicide », assuré comme n'importe quelle prestation sociale (non remboursée par la Sécurité sociale!) vous assure les meilleures conditions de mortalité, et se charge de vous suicider sans effort, avec le sourire.

verrons pourtant que, tout comme il existe des modèles
de consommation, la société suggère ou met en place
des « modèles de violence », par où elle cherche à drainer,
à contrôler et à mass-médiatiser ces forces irruptives.

En effet, pour empêcher que ce potentiel d'angoisse
accumulée du fait de la *rupture de la logique ambivalente
du désir*, et donc de la *perte de la fonction symbolique*,
ne résulte en cette violence anomique et incontrôlable,
la société joue à deux niveaux :

1. D'une part, elle tente de résorber cette angoisse
par la prolifération des instances de sollicitude : rôles,
fonctions, services collectifs innombrables — partout on
injecte du lénifiant, du souriant, du déculpabilisant, du
lubrifiant psychologique (tout comme du détergent dans
les produits de lessive). Des enzymes dévorant l'angoisse.
On vend aussi du tranquillisant, du relaxatif, de l'hallu-
cinogène, de la thérapie de tout poil. Tâche sans issue,
dans laquelle *la société d'abondance, productrice de satisfaction sans fin, épuise ses ressources à produire aussi
l'antidote à l'angoisse née de cette satisfaction*. Un budget
de plus en plus lourd passe à consoler les miraculés de
l'abondance de leur satisfaction anxieuse. On peut l'assimiler au déficit économique (d'ailleurs non comptabilisable) dû aux nuisances de la croissance (pollution,
obsolescence accélérée, promiscuité, rareté des biens naturels), mais il les dépasse sans aucun doute de très
loin.

2. La société peut essayer — et elle le fait systématiquement — de récupérer cette angoisse comme relance
de la consommation, ou de récupérer cette culpabilité
et cette violence à leur tour comme marchandise, comme
biens consommables, ou comme signe culturel distinctif.
Il y a alors un luxe intellectuel de la culpabilité, caractéristique de certains groupes, une « valeur d'échange/
culpabilité ». On bien encore le « malaise de la civilisa-

tion » est donné à consommer avec le reste, il est reso-
cialisé comme denrée culturelle et objet de délectation
collective, ce qui ne fait que renvoyer plus profondément à l'angoisse, puisque cette métaconsommation
culturelle équivaut à une censure nouvelle et reconduit
le processus. Quoi qu'il en soit, violence et culpabilité
sont ici médiatisées par des *modèles* culturels, et re-
tournent à la violence consommée, dont nous parlions
au début.

Ces deux mécanismes de régulation jouent puissam-
ment, sans pourtant réussir à désamorcer le processus
critique de retournement, de conversion subversive de
l'abondance dans la violence. Inutile d'ailleurs d'épi-
loguer et de geindre, comme le font *tous* les critiques,
sur cette « fatalité » de la violence, sur l' « engrenage »,
sur la prophylaxie morale et sociale possible, ou au
contraire sur le laxisme paternaliste. (« Il faut bien que
les jeunes se défoulent ».) Certains regretteront le temps
« où la violence avait un sens », la bonne vieille violence
guerrière, patriotique, passionnelle, rationnelle au fond
— la violence sanctionnée par un objectif ou par une
cause, la violence idéologique ou encore celle, individuelle, du révolté, qui relevait encore de l'esthétisme
individuel et pouvait être considérée comme un des
Beaux-Arts. Tous chercheront à ramener cette violence
nouvelle à des modèles antérieurs et à la traiter par
des médications connues. Mais il faut voir que cette
violence, qui n'est plus proprement historique, qui n'est
plus sacrée, rituelle ou idéologique et qui n'est pas pour
autant acte pur et singularité individuelle, il faut voir
que cette violence est structurellement liée à l'abondance. C'est pourquoi elle est irréversible, toujours im-
minente, et si fascinante pour tous, quoi qu'ils en aient :
c'est qu'elle s'enracine dans le processus même de croissance et de satisfaction multipliée, où chacun est désor-

mais impliqué. De temps en temps, au sein de notre univers clos de violence et de quiétude consommée, cette violence nouvelle vient réassumer *aux yeux de tous* une partie de la fonction symbolique perdue, très brièvement avant de se résorber elle-même en objet de consommation.

Serge Lentz (*La poursuite impitoyable*) : Les dernières scènes du film sont d'une telle sauvagerie que, pour la première fois de ma vie, je suis sorti d'une projection les mains tremblantes. Dans les salles de New York où le film est actuellement projeté, ces mêmes scènes provoquent des réactions insensées. Lorsque Marlon Brando se jette sur un homme pour le battre, des spectateurs affolés, hystériques, se lèvent en hurlant : « Kill him! Kill him! Massacre-le! »

Juillet 1966 : Richard Speck pénètre dans un dortoir d'infirmières de Chicago Sud. Il bâillonne et entrave huit jeunes filles d'une vingtaine d'années. Puis il les exécute une à une à coups de couteau ou par strangulation.

Août 1966 : Ch. J. Whitman, étudiant architecte de l'université d'Austin, Texas, s'installe avec une douzaine de fusils au sommet d'une tour de cent mètres qui domine le campus de l'université et se met à tirer : 13 morts, 31 blessés.

Amsterdam, juin 1966 : Pour la première fois depuis la guerre, pendant plusieurs jours, on s'est battu avec une violence inouïe au cœur même de la ville. L'immeuble du Telegraaf pris d'assaut. Camions brûlés. Vitrines enfoncées, panneaux arrachés. Des milliers de manifestants déchaînés. Millions de florins de dégâts. Un mort, des dizaines de blessés. La révolte des « provos ».

Montréal, octobre 1969 : De graves désordres ont éclaté mardi à la suite d'une grève des policiers et des pompiers. 200 chauffeurs de taxis mettent à sac les locaux d'une compagnie de transport. Fusillade : 2 morts. Après cette attaque, un millier de jeunes se sont dirigés vers le centre de la ville, brisant les vitrines, pillant les magasins. 10 attaques de banque, 19 agressions à main armée, 3 explosions terroristes, multitude de cambriolages. Devant l'ampleur de ces événements, le gouvernement a mis l'armée en état d'alerte et réquisitionné la police par une loi d'urgence...

Le meurtre de la villa Polanski : 5 personnes plus ou moins célèbres assassinées dans une villa des collines de Los Angeles, dont la femme de Polanski, metteur en scène de films sado-fantastiques. Meurtre d'idoles, exemplaire parce que matérialisant par une sorte d'ironie fanatique, dans les détails mêmes du meurtre et dans sa mise en scène, certains traits des films qui avaient fait le succès et la gloire des victimes. Intéressant, parce qu'illustrant le paradoxe de cette violence : à la fois sauvage (irrationnelle, sans objectif évident) et ritualiste (indexée sur des modèles spectaculaires imposés par les mass media — ici les films mêmes de Polanski). Meurtre, comme celui de la tour d'Austin, non passionnel, non crapuleux, non intéressé, hors des critères juridiques et de responsabilité traditionnels. Meurtres irréfléchis et pourtant « *réfléchis* » à *l'avance* (ici de façon hallucinante, jusqu'au mimétisme) *par les modèles mass-médiatiques*, et se réfléchissant par la même voie dans des acting out ou des meurtres semblables (cf. aussi les suicides par le feu). Cela seul les définit : leur connotation spectaculaire de fait divers, tels qu'ils sont conçus d'em-

blée comme scénarios de film ou de reportage, et leur
tentative désespérée, en reculant les limites de la violence, d'être « irrécupérables », de transgresser et de
briser cet ordre mass-médiatisé dont ils sont complices
jusque dans leur véhémence asociale.

Subculture de la non-violence.

Solidaires (quoique formellement opposés) de ces
phénomènes de violence d'un type nouveau sont les
phénomènes modernes de non-violence. Du LSD au
flower-power, du psychédélisme aux hippies, du zen à
la pop music, tous ont en commun le refus de la socialisation par le standing et le principe de rendement, le
refus de toute cette liturgie contemporaine de l'abondance, de la réussite sociale et du gadget. Que le refus
se veuille violent ou non violent, il est toujours le refus
de l'activisme de la société de croissance, du forcing
au bien-être comme nouvel ordre répressif. En ce sens,
violence et non-violence jouent bien, comme tous les
phénomènes anomiques, le rôle de révélateurs. De cette
société qui se veut, et se voit, hyperactive et pacifiée,
les beat et les rockers, d'une part, les hippies de l'autre
révèlent que ses caractéristiques profondes sont, à l'inverse, la *passivité* et la *violence*. Les uns ressaisissent la
violence latente de cette société pour la retourner contre
elle en la poussant au paroxysme. Les autres poussent
la passivité secrète, orchestrée (derrière la façade de
suractivité) de cette société jusqu'à une pratique de
démission et d'asocialité totale, la faisant ainsi se nier
elle-même selon sa propre logique.

Laissons de côté toute la thématique christique, boud-
dhique, lamaïque, d'Amour, de Réveil, de Paradis sur
terre, les litanies hindoues et la tolérance totale — la
question serait plutôt celle-ci : les hippies et leur com-

munauté constituent-ils une véritable alternative aux processus de croissance et de consommation? N'en sont-ils pas l'image inverse et complémentaire? Sont-ils une « anti-société » propre à faire basculer à terme l'ordre social tout entier ou n'en sont-ils qu'un fleuron décadent — ou même simplement un des multiples avatars des sectes épiphaniques qui de tout temps se sont jetées hors du monde pour forcer le paradis sur terre? Là encore, il ne faudrait pas prendre pour subversion d'un ordre ce qui n'en serait qu'une métamorphose.

« Nous voulons avoir le temps de vivre et d'aimer. Les fleurs, les barbes, les cheveux longs, la drogue, c'est secondaire... Être " hip ", c'est être un ami de l'homme avant tout. Quelqu'un qui essaie de regarder le monde avec des yeux neufs, déhiérarchisés : un non-violent respectueux et amoureux de la vie. Quelqu'un qui a des valeurs vraies, et des critères vrais, liberté avant autorité, création avant production, coopération et non compétition... Simplement quelqu'un de gentil et d'ouvert, qui évite de faire du mal aux autres, voilà : c'est l'essentiel. » « En règle générale, faire ce qu'on pense être bien quand et où que ce soit, sans s'occuper d'être approuvé ou désapprouvé, à la seule condition expresse que cela ne fasse de mal ni de tort à personne... »

Les hippies ont immédiatement défrayé la chronique du monde occidental. Friande de sociétés primitives, la société de consommation les a immédiatement récupérés dans son folklore, comme une flore étrange et inoffensive. Ne sont-ils finalement, d'un point de vue sociologique, qu'un produit de luxe des sociétés riches? Ne sont-ils pas eux aussi, avec leur spiritualité orientalisante, leur psychédélisme bariolé, des marginaux qui ne font qu'exacerber certains traits de leur société?

Ils sont ou restent conditionnés par les mécanismes fondamentaux de cette société. Leur asocialité est com-

munautaire, tribale. On peut évoquer à leur égard le
« tribalisme » de McLuhan, cette résurrection à l'échelle
planétaire, sous le signe des mass media, du mode oral,
tactile, musical, de communication qui fut celui des
cultures archaïques, avant l'ère visuelle et typogra-
phique du Livre. Ils prônent l'abolition de la concurrence, du système de défense et des fonctions du moi :
ils ne font là que traduire en termes plus ou moins mys-
tiques ce que Riesman décrivait déjà comme « other-
directedness », évolution objective d'une structure personnelle du caractère (organisée autour du moi et du
surmoi) vers une « ambiance » groupale, où tout vient
des autres et diffuse vers les autres. Le mode de transparence affective candide qui est celui des hippies n'est
pas sans évoquer l'impératif de sincérité, d'ouverture,
de « chaleur » qui est celui du peergroup. Quant à la régression et à l'infantilité, qui font le charme séraphique
et triomphant des communautés hippies, inutile de dire
qu'elles ne font que répercuter en les exaltant l'irresponsabilité et l'infantilisme où la société moderne
enferme chacun de ses individus. Bref, l' « Humain », traqué par la société productiviste et l'obsession du standing, fête chez les hippies sa *résurrection sentimentale*,
où persistent, derrière l'apparente anomie totale, tous
les traits structurels dominants de la société modale.

Riesman parle, à propos de la jeunesse américaine,
d'un style « Kwakiutl » et d'un style « Pueblo », se réfé-
rant aux modèles culturels définis par Margaret Mead.
Les Kwakiutl sont violents, agonistiques, compétitifs,
riches, et pratiquent la consommation effrénée dans le
potlatch. Les Pueblos sont doux, bienveillants, gentils,
vivant et se contentant de peu. Ainsi notre société actuelle peut-elle se définir par l'opposition formelle d'une
culture dominante, celle de la consommation effrénée,
rituelle et conforme, culture violente et concurrentielle

(le potlatch des Kwakiutl), et d'une subculture laxiste, euphorique et démissive, des hippies/Pueblos. Mais tout porte à croire que, de même que la violence aussitôt se résorbe dans des « modèles de violence », ainsi la contradiction ici se résout en coexistence fonctionnelle. L'extrême de l'adhésion et l'extrême du refus se rejoignent, comme dans l'anneau de Mœbius, par une simple torsion. Et les deux modèles au fond se développent en aires concentriques autour du même axe de l'ordre social. John Stuart Mill a exprimé ceci cruellement : « De nos jours, le seul fait de donner l'exemple du non-conformisme, le simple refus de plier le genou devant les usages est en soi-même un *service*. »

La fatigue.

Il y a désormais un problème mondial de la fatigue comme il y a un problème mondial de la faim. Paradoxalement, ils sont exclusifs l'un de l'autre : la fatigue endémique, incontrôlable, est, avec la violence incontrôlable dont nous avons parlé, l'apanage des sociétés riches, et résulte entre autres du dépassement de la faim et de la pénurie endémique, qui reste le problème majeur des sociétés pré-industrielles. La fatigue, comme syndrome collectif des sociétés post-industrielles, rentre ainsi dans le champ des anomalies profondes, des « dysfonctions » du bien-être. « Nouveau mal du siècle », elle est à analyser en conjonction avec les autres phénomènes anomiques, dont la recrudescence marque notre époque, alors que tout devrait contribuer à les résoudre.

Comme la violence nouvelle est « sans objet », cette fatigue aussi est « sans cause ». Elle n'a rien à voir avec la fatigue musculaire et énergétique. Elle ne vient pas de la dépense physique. On parle bien sûr spontanément de « dépense nerveuse », de « dépressivité » et de conver-

sion psychosomatique. Ce type d'explication fait maintenant partie de la culture de masse : elle est dans tous
les journaux (et dans tous les congrès). Chacun peut
s'y retrancher comme derrière une nouvelle évidence,
avec le plaisir morose d'être traqué par ses nerfs. Certes,
cette fatigue signifie au moins une chose (même fonction de révélateur que la violence et la non-violence) :
c'est que cette société qui se donne et se voit toujours
en progrès continu vers l'abolition de l'effort, la résolution des tensions, vers plus de facilité et d'automatisme, est en fait une société de stress, de tension, de
doping, où le bilan global de satisfaction accuse un déficit de plus en plus grand, où l'équilibre individuel et
collectif est de plus en plus compromis à mesure même
que se multiplient les conditions techniques de sa réalisation.

Les héros de la consommation sont fatigués. Diverses
interprétations peuvent être avancées au plan psycho-
sociologique. Au lieu d'égaliser les chances et d'apaiser
la compétition sociale (économique, statutaire), le procès
de consommation rend plus violente, plus aiguë la
concurrence sous toutes ses formes. Avec la consommation, nous sommes enfin seulement dans une société
de concurrence généralisée, *totalitaire*, qui joue à tous
les niveaux, économique, savoir, désir, corps, signes et
pulsions, toutes choses désormais *produites* comme valeur d'échange dans un processus incessant de différenciation et de surdifférenciation.

On peut admettre aussi, avec Chombart de Lauwe,
qu'au lieu d'appareiller, comme elle prétend le faire,
« les aspirations, les besoins et les satisfactions », cette
société crée des distorsions toujours plus grandes, chez
les individus comme dans les catégories sociales aux
prises avec l'impératif de concurrence et de mobilité
sociale ascendante, en même temps qu'avec l'impératif

désormais fortement intériorisé, de maximaliser ses jouissances. Sous tant de contraintes adverses, l'individu se désunit. La distorsion sociale des inégalités s'ajoute à la distorsion interne entre besoins et aspirations pour faire de cette société une société de plus en plus irréconciliée, désintégrée, en état de « malaise ». La fatigue (ou « asthénie ») sera alors interprétée comme réponse, sous forme de refus passif, de l'homme moderne à ces conditions d'existence. Mais il faut bien voir que ce « refus passif » est en fait *une violence latente*, et qu'à ce titre, elle n'est qu'une des réponses possibles, dont les autres formes sont celles de *la violence ouverte*. Là encore, il faut restituer le principe d'ambivalence. Fatigue, dépressivité, névrose sont toujours convertibles en violence ouverte et réciproquement. La fatigue du citoyen de la société post-industrielle n'est pas loin de la grève larvée, du freinage, du « slowing down » des ouvriers en usine, ou de l' « ennui » scolaire. Toutes sont des formes de résistance passive, « incarnée » au sens où l'on parle d'un « ongle incarné », qui se développe dans la chair, vers l'intérieur.

En fait, il faut inverser tous les termes de la vision spontanée : la fatigue n'est pas de la passivité opposée à la suractivité sociale extérieure — c'est au contraire *la seule forme d'activité* opposable dans certaines conditions à la contrainte de passivité générale qui est celle des rapports sociaux actuels. L'élève fatigué, c'est celui qui subit passivement le discours du professeur. L'ouvrier, le bureaucrate fatigué, c'est celui à qui on a ôté toute responsabilité dans son travail. L' « indifférence » politique, cette catatonie du citoyen moderne, c'est celle de l'individu à qui toute décision échappe, ne conservant que la dérision du suffrage universel. Et il est vrai que ceci passe aussi par la monotonie physique et psychique du travail à la chaîne et au bureau, par la catalepsie musculaire, vasculaire, physiologique des stations debout ou assises imposées, des gestes stéréotypés, de toute l'inertie et du sous-emploi chronique du corps dans notre société. Mais là n'est pas l'essentiel, et c'est pourquoi on ne guérira pas la fatigue « pathologique » par le sport et l'exercice musculaire, comme le disent les spécialistes naïfs (pas plus que par des tranquillisants ou des stimulants). Car la fatigue est une contestation larvée, qui se retourne contre soi et s' « incarne » dans son propre corps parce que, dans certaines conditions, c'est la seule chose à laquelle l'individu dépossédé puisse s'en prendre. De la même façon que les Noirs qui se révoltent dans les villes d'Amérique commencent par brûler leurs propres quartiers. *La vraie passivité est dans la conformité joyeuse au système*, chez le cadre « dynamique », l'œil vif et l'épaule large, parfaitement adapté à son activité continuelle. La fatigue, elle, est une activité, une révolte latente, endémique, inconsciente d'elle-même. Ainsi s'éclaire sa fonction : le « slowing down » sous toutes ses formes est (comme la névrose) la seule issue pour éviter le total et véritable « break down ». Et c'est parce qu'elle est une activité (latente) qu'elle peut soudainement se reconvertir en révolte ouverte, comme le mois de mai l'a partout montré. La contagion spontanée, totale, la « traînée de poudre » du mouvement de mai ne se comprend que dans cette hypothèse : ce qu'on prenait pour une atonie, une désaffection, une passivité généralisée était en fait un potentiel de forces *actives* dans leur résignation même, dans leur fatigue, dans leur reflux, et donc immédiatement disponibles. Il n'y a pas eu de miracle. Et le reflux depuis mai n'est pas non plus une « inversion » inexplicable du processus, c'est la *conversion* d'une forme de révolte ouverte à une modalité de contestation latente (le terme « contestation », d'ailleurs, ne devrait strictement valoir que pour cette dernière forme : elle désigne les multiples formes de refus coupées momentanément d'une pratique de changement radical).

Ceci dit, il reste que pour saisir le sens de la fatigue, il faut, au-delà des interprétations psycho-sociologiques, la replacer dans la structure générale des états dépressifs. Insomnies, migraines, céphalées, obésité pathologique ou anorexie, atonie ou hyperactivité compulsive : formellement différents ou opposés, ces symptômes peuvent en réalité *s'échanger*, se substituer les uns aux autres — la « conversion » somatique s'accompagnant toujours, se définissant même par la « convertibilité » virtuelle de tous les symptômes. Or — et c'est là le point capital — cette logique de la dépressivité (à savoir que, n'étant plus liés à des lésions organiques ou à des dysfonctions réelles, les symptômes « se baladent ») fait écho à la logique même de la consommation (à savoir que, n'étant plus liés à la fonction objective des objets, besoins et satisfactions se succèdent, renvoient les uns aux autres, se substituent les uns aux autres en fonction d'une insatisfaction fondamentale). C'est le même caractère insaisissable, illimité, c'est la même convertibilité systématique qui règle le flux des besoins et la « fluidité » des symptômes dépressifs. Nous reviendrons ici sur le principe d'ambivalence, déjà abordé à propos de la violence, pour résumer l'implication totale, structurelle, du système de la consommation et de celui de l'abréaction/somatisation (dont la fatigue n'est qu'un des aspects). Tous les processus de nos sociétés vont dans le sens d'une déconstruction, d'une dissociation de l'ambivalence du désir. Totalisée dans la jouissance et la fonction symbolique, celle-ci se défait, mais selon une même logique dans les deux sens : toute la positivité du désir passe dans la chaîne des

besoins et des satisfactions, où elle se résout selon une
finalité dirigée — toute la négativité du désir, elle, passe
dans la somatisation incontrôlable ou dans l'acting
out de la violence. Ainsi s'éclaire l'unité profonde de
tout le processus : nulle autre hypothèse ne peut rendre
compte de la multiplicité de phénomènes disparates
(abondance, violence, euphorie, dépression) qui caractérisent tous ensemble la « société de consommation »
et qu'on sent tous nécessairement liés, mais dont la
logique reste inexplicable dans la perspective d'une
anthropologie classique.

Il faudrait pousser plus loin — mais ce n'est pas le
lieu ici — l'analyse :

1. De la consommation comme processus global de
« conversion », c'est-à-dire de transfert « symbolique »
d'un manque à toute une chaîne de signifiants/objets,
investis successivement comme objets partiels.

2. Généraliser la théorie de l'objet partiel aux processus de somatisation — là aussi transfert symbolique
et investissement — sur la base d'une théorie du corps
et de son statut d'objet dans le système de la modernité. Nous avons vu que cette théorie du corps est essentielle à la théorie de la consommation — le corps
étant un résumé de tous ces processus ambivalents :
à la fois investi narcissiquement comme objet de sollicitude érotisée, et investi « somatiquement » comme
objet de souci et d'agressivité.

« C'est tout à fait classique, commente un psycho-
somaticien : vous vous réfugiez dans votre céphalée.
Ce pourrait être n'importe quoi d'autre : par exemple
une côlite, des insomnies, des prurits ou eczémas
divers, des troubles sexuels, une obésité, des troubles
respiratoires, digestifs, cardiovasculaires... ou tout
simplement : et le plus souvent, une irrépressible *fatigue*. »

La dépression affleure, significativement, là où cessent les contraintes de travail, et où commence (devrait commencer) le temps de la satisfaction (migraines des P.-D. G. du vendredi soir au lundi matin, suicides ou mort rapide des « retraités », etc.). Il est notoire aussi que le « temps des loisirs » voit se développer, derrière la demande aujourd'hui institutionnelle, rituelle, de temps libre, une demande croissante de travail, d'activité, un besoin compulsif de « faire », d' « agir », tel que nos pieux moralistes ont tout de suite vu là une preuve que le travail était une « vocation naturelle » de l'homme. Il est plutôt à croire que dans cette demande non économique de travail, c'est toute l'agressivité insatisfaite dans la satisfaction et le loisir qui s'exprime. Mais elle ne saurait se résoudre par là, puisque, venue du fond de l'ambivalence du désir, elle se reformule par là en demande, en « besoin » de travail, et réintègre donc le cycle des besoins, dont on sait qu'il est sans issue pour le désir.

Comme la violence peut redevenir à usage domestique, pour exalter la sécurité, ainsi la fatigue comme la névrose peuvent redevenir un trait culturel de distinction. C'est alors tout le rituel de la fatigue et de la satisfaction qui joue, de préférence chez les cultivés et les privilégiés (mais la diffusion de cet « alibi » culturel se fait très vite). A ce stade, la fatigue n'est plus anomique du tout, et rien de ce que nous venons d'en dire ne vaut pour cette fatigue « obligée » : elle est fatigue « consommée » et rentre dans le rituel social d'échange ou de standing.

De l'aliénation contemporaine
ou la fin du pacte avec le diable

L'Étudiant de Prague.

L'Étudiant de Prague est un vieux film muet des
années 30, film expressionniste de l'école allemande.
Il raconte l'histoire d'un étudiant pauvre, mais am-
bitieux, impatient de mener une vie plus large. Alors
qu'il participe à une beuverie dans une guinguette des
environs de Prague, se déroule aux alentours une chasse
à courre, où la haute société de la ville se distrait comme
elle peut. Quelqu'un règne sur cette société et en tire
les ficelles. On le voit manœuvrer à son gré le gibier
et régler souverainement les évolutions des chasseurs.
Cet homme leur ressemble : haut-de-forme, gants, canne
à pommeau, assez âgé déjà, un peu de ventre, le petit
bouc du début du siècle : c'est le Diable. Il s'arrange
pour égarer une des femmes de la chasse — rencontre
avec l'étudiant — coup de foudre — mais cette femme
lui échappe, car elle est riche. Rentré chez lui, l'étudiant remâche son ambition et son insatisfaction, qui
ont pris un tour sexuel.

Le Diable apparaît alors dans la chambre minable
où il n'y a que des livres et un miroir de hauteur
d'homme. Il offre à l'étudiant un monceau d'or en
échange de son image dans le miroir. Marché conclu.

Le Diable détache l'image spéculaire du miroir comme
une gravure ou une feuille de papier carbone, l'enroule,
l'empoche et se retire, obséquieux et sardonique comme
il se doit. Ici commence l'argument réel du film. L'étudiant, grâce à son argent, vole de succès en succès —
évitant comme un chat de traverser devant les glaces,
dont, malheureusement, s'entoure volontiers la société
mondaine où il court. Au début pourtant, il n'a pas
trop mauvaise conscience, il ne lui pèse guère de ne
plus se voir. Mais voilà qu'un jour il s'aperçoit en chair
et en os. Fréquentant le même monde que lui, s'intéressant visiblement à lui, son double le suit et ne lui
laisse plus de repos. Ce double, on le devine, est sa
propre image vendue au Diable, ressuscitée et remise
en circulation par celui-ci. En bonne image qu'elle est,
elle reste attachée à son modèle ; mais en mauvaise
image qu'elle est devenue, ce n'est plus seulement au
hasard des miroirs, c'est dans la vie même, partout,
qu'elle l'accompagne. A chaque instant, elle risque
de le compromettre, si on les voit ensemble. Quelques
petits incidents se sont déjà produits. Et s'il fuit la
société pour l'éviter, alors c'est elle qui prend sa place
et mène ses actions à leur terme, en les défigurant jusqu'au crime. Un jour qu'il s'est attiré un duel, mais
s'est résolu à faire des excuses sur le terrain, il arrive
à l'aube au rendez-vous : trop tard — son double est
passé avant lui, et l'adversaire est déjà mort. L'étudiant se cache alors. Son image le traque, comme pour
se venger d'avoir été vendue. Il la voit partout. Elle
lui apparaît derrière les tombes, à l'orée du cimetière.
Plus de vie sociale, plus d'existence possible pour lui.
Dans ce désespoir, il repousse même un amour sincère
qui s'offrait à lui, et conçoit pour en finir le projet de
tuer sa propre image.

Celle-ci le poursuit un soir dans sa chambre. Au cours

d'une scène violente entre eux deux, elle se trouve re-
passer devant le miroir dont elle est sortie. Au ressou-
venir de cette première scène, la nostalgie de son image
mêlée à la fureur de ce qu'il endure à cause d'elle
portent l'étudiant à l'extrême. Il tire sur elle. Bien sûr,
le miroir se brise, et le double, redevenu le phantasme
qu'il était, se volatilise. Mais en même temps, l'étudiant s'écroule, c'est *lui* qui meurt. Car en tuant son
image, c'est lui-même qu'il tue, puisque insensiblement
c'est elle qui est devenue vivante et réelle à sa place.
Cependant, dans son agonie, il se saisit d'un des frag-
ments du miroir épars sur le sol, et il s'aperçoit *qu'il
peut de nouveau se voir*. Son corps lui échappe, mais
au prix de ce corps il retrouve son effigie *normale*, juste
avant de mourir.

L'image spéculaire représente ici symboliquement
le sens de nos actes. Ceux-ci composent autour de nous
un monde *à notre image*. La transparence de notre rapport au monde s'exprime assez bien par le rapport inal-
téré de l'individu à son reflet dans une glace : la fidélité
de ce reflet témoigne en quelque sorte d'une réciprocité
réelle entre le monde et nous. Symboliquement donc,
si cette image vient à nous manquer, c'est le signe que
le monde se fait opaque, que nos actes nous échappent
— nous sommes alors sans perspective sur nous-mêmes.
Sans cette caution, il n'y a plus d'identité possible :
je deviens à moi-même un autre, je suis *aliéné*.

Telle est la donnée première du film. Mais le film
ne se contente pas d'une affabulation générale, il donne
tout de suite le sens concret de la situation : cette image
n'est pas perdue ou abolie par hasard — elle est *vendue*.
Elle tombe dans la sphère de la marchandise, pourrait-
on dire, et tel est bien le sens de l'aliénation *sociale
concrète*. En même temps, que le Diable puisse empocher

cette image comme un *objet* est aussi l'illustration fantastique du processus réel de fétichisme de la marchandise : dès l'instant qu'ils sont produits, notre travail
et nos actes tombent hors de nous, nous échappent,
s'objectivent, tombent littéralement dans la main du
Diable. Ainsi, dans *Peter Schlemihl, l'homme qui a perdu
son ombre*, de Chamisso, l'ombre aussi est disjointe
de la personne par maléfice, et devient une chose pure,
un vêtement qu'on peut oublier chez soi si on n'y prend
garde, qui peut rester collée au sol s'il gèle trop fort.
Schlemihl, qui a perdu la sienne, songe à s'en faire des-
siner une autre par un peintre, et qui le suivrait. Les
légendes égyptiennes disent qu'il ne faut pas marcher
trop près de l'eau, car les caïmans sont friands des
ombres qui passent. Les deux affabulations sont égales :
image ou ombre, c'est toujours la transparence de
notre rapport à nous-mêmes et au monde qui est
brisée, et la vie perd son sens. Mais Schlemihl et l'Étudiant de Prague ont ceci de plus fort dans leur fable que
tant d'autres pactes avec le Diable qu'ils mettent l'Or,
et l'Or seul, au centre de l'aliénation — c'est-à-dire la
logique de la marchandise et de la valeur d'échange.

Mais les deux fables se mènent ensuite de façon toute
différente : peu rigoureusement dans Schlemihl, où
Chamisso ne pousse pas à fond les conséquences de la
métamorphose de l'ombre en objet. Il meuble son
récit d'épisodes fantastiques ou drôles, comme la poursuite sur la lande ensoleillée d'une ombre errante sans
maître, qui est peut-être la sienne, où lorsque le Diable
la lui rend à l'essai pour quelques heures. Mais Schlemihl
n'a pas directement à souffrir de son ombre aliénée,
il ne souffre que de la réprobation sociale qui s'attache
à l'absence d'ombre. Son ombre, une fois échappée,
ne se retourne pas contre lui pour devenir l'instrument
de la perte de l'être. Schlemihl est condamné à la soli-

tude, mais *il reste le même*. La conscience ni la vie ne lui sont enlevées, seule la vie en société. D'où le compromis final, où il refuse stoïquement le second marché que lui propose le Diable, de lui rendre son ombre en échange de son âme. Ainsi *il perd son ombre, mais il sauve son âme*.

L'Étudiant de Prague suit une logique beaucoup plus serrée. Aussitôt vendue son image, c'est-à-dire vendue une part de lui-même, l'étudiant est traqué par elle dans la vie réelle *jusqu'à la mort*. Et ceci traduit la vérité, non édulcorée, du processus de l'aliénation : rien de ce qui est aliéné de nous ne tombe pour autant dans un circuit indifférent, dans un « monde extérieur » envers lequel nous resterions libres — souffrant seulement dans notre « avoir » de chaque dépossession, mais disposant toujours de nous-mêmes dans notre sphère « privée » et intacts dans notre être au fond. Non : ceci est la fiction rassurante du « for intérieur », où l'âme est quitte du monde. L'aliénation va beaucoup plus loin. La part de nous qui nous échappe, nous ne lui échappons pas. L'objet (l'âme, l'ombre, le produit de notre travail devenus objet) *se venge*. Tout ce dont nous sommes dépossédés reste lié à nous, mais négativement, c'est-à-dire qu'il nous *hante*. Cette part de nous, vendue et oubliée, c'est encore nous, ou plutôt c'en est la caricature, le fantôme, le *spectre*, qui nous suit, nous prolonge, et se venge.

On retrouve l'ambiance inquiétante de cette inversion du sujet et de l'objet, cette sorcellerie de l'altérité du même dans les expressions les plus courantes : « Il le suivait comme son ombre. » Ainsi de notre culte envers les morts, culte de propitiation envers une part de nous définitivement aliénée et dont, pour cela, on ne peut attendre que du mal. Or, il est une part de nous-mêmes dont, *vivants*, nous sommes collectivement hantés :

c'est la force de travail social qui, une fois vendue, revient, par tout le cycle social de la marchandise, nous déposséder du sens du travail même, c'est la force de travail devenue — par une opération sociale bien sûr, et non diabolique — l'obstacle matérialisé au fruit du travail. C'est tout ceci qui est symbolisé dans l'Étudiant de Prague par la soudaine émergence vivante et hostile de l'image, et par le long suicide — c'est le mot — qu'elle impose à celui qui l'a vendue.

Ce qui est capital ici, et qui nous est montré dramatiquement, c'est que l'homme aliéné n'est pas seulement l'homme diminué, appauvri, mais intact dans son essence — c'est un homme retourné, changé en mal et en ennemi de lui-même, dressé contre lui-même. C'est sur un autre plan le processus que Freud décrit dans le refoulement : le refoulé resurgissant à travers l'instance refoulante même. C'est le corps du Christ en croix qui se change en femme pour obséder le moine qui a juré d'être chaste. Dans l'aliénation, ce sont les forces vives objectivées de l'être qui se changent à tout instant *en lui aux dépens de lui* et le mènent ainsi jusqu'à la mort.

Schlemihl finit par rendre un sens relatif à sa vie et par mourir de sa belle mort, comme un grand industriel américain solitaire, dans un institut de bienfaisance qu'il a lui-même fondé du temps qu'il était riche. Il a sauvé son âme en refusant le second marché. Cette division de l'action découle nécessairement de l'ambiguïté de la pensée, et la fable en perd toute sa rigueur.

Dans *L'Étudiant de Prague,* il n'y a pas de second marché. Des suites *logiques* du premier, l'étudiant meurt inexorablement. Ceci veut dire que pour Chamisso, il est possible de vendre son ombre, c'est-à-dire d'être aliéné en chacune de ses conduites, et *de sauver quand même son âme*. L'aliénation ne mène qu'à un conflit dans l'*apparence* sociale, et Schlemihl peut fort bien alors le dépasser *abstraitement* dans la solitude. Tandis que l'Étudiant de Prague développe la logique *objective* de l'aliénation dans toute sa rigueur, et montre qu'il n'y a *pas d'issue sinon la mort*. Toute solution idéale de dépassement de l'aliénation est brisée net. L'aliénation ne peut être dépassée : elle est *la structure même du marché avec le Diable*. Elle est la structure même de la société marchande.

La fin de la transcendance.

L'Étudiant de Prague est une illustration remarquable des processus de l'aliénation, c'est-à-dire du schème généralisé de la vie individuelle et sociale régie par la logique de la marchandise. Le Pacte avec le Diable est par ailleurs, depuis le haut Moyen Age, le mythe central d'une société engagée dans le processus historique et technique de domination de la Nature, ce processus étant toujours simultanément un processus de domestication de la sexualité. L' « apprenti sorcier » occidental a constamment thématisé dans les forces du Mal, indexé sur le Diable, l'immense culpabilité liée à l'entreprise puritaine et prométhéenne de Progrès, de sublimation et de travail, de rationalité et d'efficience. C'est pourquoi ce thème médiéval de resurgissement du refoulé, de hantise par le refoulé et de la vente de son âme (le « pacte » reflétant l'irruption des processus de marché dans la première société bourgeoise) s'est vu ressusciter par les romantiques dès les premiers temps de l' « Ère Industrielle ». Depuis, le thème court toujours (parallèlement au « miracle de la Technique ») derrière le mythe de la *fatalité de la technique*. Il imprègne aujourd'hui encore toute notre science-fiction, et toute la mythologie quotidienne, depuis le péril de la catastrophe atomique (le suicide technique de la civilisation) jusqu'au thème mille fois orchestré du décalage fatal entre le Progrès technique et la morale sociale des hommes.

On peut donc avancer que l'ère de la consommation étant l'aboutissement historique de tout le processus de productivité accélérée sous le signe du capital, elle est aussi l'ère de l'aliénation radicale. La logique de la marchandise s'est généralisée, régissant aujourd'hui non seulement les procès de travail et les produits matériels mais la culture entière, la sexualité, les relations humaines, jusqu'aux phantasmes et aux pulsions individuelles. Tout est repris par cette logique, non seulement au sens où toutes les fonctions, tous les besoins sont objectivés et manipulés en termes de profit, mais au sens plus profond où tout est *spectacularisé*, c'est-à-dire, évoqué, provoqué, orchestré en images, en signes, en modèles consommables.

Mais la question est alors : ce schème (ou ce concept) de l'aliénation, dans la mesure où il tourne autour de l'*altérité du même* (c'est-à-dire autour d'une essence de l'homme aliénée, détournée), peut-il encore « jouer » dans un contexte où l'individu n'est plus jamais confronté à sa propre image dédoublée ? Le mythe du Pacte et de l'Apprenti Sorcier est encore un *mythe démiurgique*, celui du Marché, de l'Or et de la Production, dont l'objectif transcendant se retourne contre les hommes eux-mêmes. La consommation, elle, n'est pas prométhéenne, elle est hédoniste et régressive. Son procès n'est plus un procès de travail et de dépassement, c'est *un procès d'absorption de signes, et d'absorption par les signes*. Elle se caractérise donc, comme le dit Marcuse, par la *fin de la transcendance*. Dans le procès généralisé de consommation, il n'y a plus d'âme, d'ombre, de double, d'image au sens spéculaire. Il n'y a plus de contradiction de l'être, ni de problématique de l'être et de l'apparence. Il n'y a plus qu'émission et réception de signes, et l'être individuel s'abolit dans cette combinatoire et ce calcul de signes... L'homme de la consommation n'est jamais en face de ses propres besoins, pas plus que du propre produit de son travail, il n'est jamais non plus affronté à sa propre image : *il est immanent aux signes qu'il ordonne.* Plus de transcendance, plus de finalité, plus d'objectif : ce qui caractérise cette société, c'est l'absence de « réflexion », de perspective sur elle-même. Il n'y a donc plus non plus d'*instance maléfique* comme celle du Diable, avec qui s'engager par un pacte faustien pour acquérir la richesse et la gloire, puisque ceci vous est donné par une *ambiance bénéfique* et maternelle, la société d'abondance elle-même. Ou alors il faut supposer que c'est la société entière, « Société Anonyme », S. A. R. L., qui a passé contrat avec le Diable, lui a vendu toute transcendance, toute finalité au prix de l'abondance, et est hantée désormais par l'absence de fins.

Dans le mode spécifique de la consommation, il n'y a plus de transcendance, *même pas celle fétichiste de la marchandise*, il n'y a plus qu'immanence à l'ordre des signes. De même qu'il n'y a pas écartèlement ontologique, mais rapport logique entre le signifiant et le signifié, il n'y a plus écartèlement ontologique entre l'être et son double (son ombre, son âme, son idéal) divin ou diabolique, il y a calcul logique de signes, et absorption dans le système de signes. Il n'y a plus de miroir ou de glace dans l'ordre moderne, où l'homme soit affronté à son image pour le meilleur ou pour le pire, il n'y a plus que *de la vitrine* — lieu géométrique de la consommation, où l'individu ne se réfléchit plus lui-même, mais s'absorbe dans la contemplation des objets/signes multipliés, s'absorbe dans l'ordre des signifiants du statut social, etc. Il ne s'y réfléchit plus, il s'y absorbe et s'y

abolit. *Le sujet de la consommation, c'est l'ordre des signes.*
Qu'on définisse celui-ci, structuralement, comme l'instance d'un code, ou, empiriquement, comme l'ambiance
généralisée des objets, de toute façon, l'implication du
sujet n'est plus celle d'une essence « aliénée » au sens
philosophique et marxiste du terme, c'est-à-dire dépos-
sédée, ressaisie par une instance aliénante, devenue
étrangère à elle-même. Car il n'y a plus à proprement
parler de « Même », de « Sujet-Même », ni donc d'altérité
du Même, ni donc d'aliénation au sens propre. C'est un
peu comme dans le cas de l'enfant qui embrasse son
image dans la glace avant d'aller se coucher : il ne se
confond pas entièrement avec elle, puisqu'il l'a déjà
« reconnue ». Mais ce n'est pas non plus un double étran-
ger où il se réfléchit — il « *joue* » avec elle, *entre le même
et l'autre.* Ainsi du consommateur : il « joue » sa personnalisation d'un terme à l'autre, d'un signe à l'autre.
Entre les signes, pas de contradiction, non plus qu'entre
l'enfant et son image, pas d'opposition exclusive : collusion et implication ordonnée. Le consommateur se
définit par un « jeu » de modèles et par son choix, c'est-à-
dire par son implication combinatoire dans ce jeu.
C'est en ce sens que la consommation est ludique, et que
*le ludique de la consommation s'est substitué progressive-
ment au tragique de l'identité.*

D'un spectre à l'autre.

Or nous n'avons pas, à l'égal du mythe du Pacte ou
de l'Apprenti Sorcier, qui thématisait la contradiction
fatale entre l'être et son Double, de mythe actuel qui
thématise la coexistence pacifique, sous le signe de la
déclinaison paradigmatique, des termes successifs qui
définissent le modèle « personnel ». La dualité tragique
(que restituent encore les situationnistes dans le concept

de « spectacle », de « société spectaculaire » et d'aliénation radicale) a eu ses grands mythes, tous liés à une
essence de l'homme et à la fatalité de la perdre, à l'Être
et à son SPECTRE — mais la démultiplication ludique
de la personne en un SPECTRE de signes et d'objets,
de nuances et de différences, qui constitue le fondement
du procès de consommation et redéfinit totalement
l'individu non comme substance aliénée, mais comme
différence mouvante, ce nouveau procès qui n'est pas
analysable en termes de personne (admirable amphibo-
logie du terme! Il n'y a plus « personne »!) et d'altérité
de la personne, n'a pas trouvé de mythe équivalent, qui
retracerait la Métaphysique de la Consommation, de
mythe métaphysique équivalent à celui du Double et
de l'Aliénation pour l'ordre de production. *Ceci n'est
pas accidentel.* Les mythes, comme la faculté de parler,
de réfléchir et de transcrire, sont solidaires de la transcendance — et disparaissent avec elle.

Consommation de la consommation.

Si la société de consommation ne produit plus de
mythe, c'est qu'*elle est à elle-même son propre mythe*. Au
Diable qui apportait l'Or et la Richesse (au prix de
l'âme) s'est substituée l'Abondance pure et simple. Et
au pacte avec le Diable le contrat d'Abondance. De
même d'ailleurs que l'aspect le plus diabolique du Diable
n'a jamais été d'exister, mais de faire croire qu'il existe
— de même l'Abondance *n'existe pas*, mais il lui suffit
de donner à croire qu'elle existe pour être un mythe
efficace.

La Consommation est un mythe. C'est-à-dire que
c'est une *parole de la société contemporaine sur elle-même*,
c'est la façon dont notre société se parle. Et en quelque
sorte la seule réalité objective de la consommation, c'est

l'idée de la consommation, c'est cette configuration réflexive et discursive, indéfiniment reprise par le discours quotidien et le discours intellectuel, et qui a pris force de *sens commun*.

Notre société se pense et se parle comme société de consommation. Au moins autant qu'elle consomme, elle *se* consomme en tant que société de consommation, en *idée*. La publicité est le péan triomphal de cette idée.

Ceci n'est pas une dimension supplémentaire, c'est une dimension fondamentale, car c'est celle du mythe. Si on ne faisait que consommer (accaparer, dévorer, digérer), la consommation ne serait pas un mythe, c'est-à-dire un discours plein, autoprophétique, que la société tient sur elle-même, un système d'interprétation global, un miroir où elle jouit superlativement d'elle-même, une utopie où elle se réfléchit par anticipation. Dans ce sens, l'abondance et la consommation — encore une fois non celle des biens matériels, des produits et des services, mais l'image consommée de la consommation constitue bien notre nouvelle mythologie tribale — la morale de la modernité.

Sans cette anticipation et cette potentialisation réflexive des jouissances dans la « conscience collective », la consommation ne serait que ce qu'elle est et n'aurait pas cette puissance d'intégration sociale. Elle ne serait qu'un mode de subsistance plus riche, plus plantureuse, plus différenciée que jadis, mais elle n'aurait pas plus de *nom* qu'elle n'en avait jusqu'à nos jours, où rien ne désignait comme valeur collective, comme mythe de référence ce qui n'était qu'un mode de survie (manger, boire, se loger, se vêtir), ou dépense somptuaire (parures, châteaux, bijoux) des classes privilégiées. Ni manger des racines ni donner des fêtes n'avait nom : consommer. Notre époque est la première où aussi bien les dépenses alimentaires courantes que les dépenses « de prestige » s'appellent toutes ensemble « CONSOMMER », et ceci pour tout le monde, selon un consensus total. L'émergence historique du *mythe* de la consommation au XXᵉ siècle est radicalement différente de celle du concept technique dans la réflexion ou la science économique, dont l'usage remonte bien plus avant. Cette systématisation terminologique à l'usage courant change l'histoire même : elle est le signe d'une réalité sociale nouvelle. A proprement parler, il n'y a de consommation que depuis que le terme est « entré dans les mœurs ». Mystifiant et impraticable dans l'analyse, « anti-concept », il signifie pourtant que s'est opérée toute une restructuration idéologique des valeurs. Que cette société se vive comme société de consommation doit être le point de départ d'une analyse objective.

Quand nous disons que cette société d' « abondance » est à elle-même son propre mythe, nous entendons qu'elle reprend à son compte, à un niveau global, cet admirable slogan publicitaire qui pourrait lui servir d'exergue : « LE CORPS DONT VOUS RÊVEZ, C'EST LE VÔTRE. » Une sorte d'immense narcissisme collectif porte la société à se confondre et à s'absoudre dans l'image qu'elle se donne d'elle-même, à se convaincre d'elle-même comme la publicité finit par convaincre les gens de leurs corps et de ses prestiges — bref, comme nous disions plus haut, à « s'auto-prophétiser [1] ». Boorstin a bien montré cette immense processus de tautologie auto-démonstrative à propos des U. S. A. où toute

---

1. Comme tous les mythes, celui-ci aussi cherche à se fonder dans un événement originel. C'est ici la soi-disant « Révolution de l'Abondance », Révolution historique du Bien-Être », dernière révolution de l'homme occidental après la Renaissance, la Réforme, la Révolution Industrielle et les Révolutions Politiques. Par là, la consommation se donne comme l'ouverture d'une Ère nouvelle, la dernière, celle de l'Utopie réalisée et de la fin de l'Histoire.

une société se parle sur le mode de la prophétie, mais où cette prophétie, au lieu d'avoir pour substance des idéaux futurs, ou des héros de la transcendance, a pour unique substance le reflet d'elle-même et de son immanence. La publicité est tout entière vouée à cette fonction : le consommateur peut y lire à chaque instant, comme dans le miroir d'Eulenspiegel, ce qu'il est et ce qu'il désire — et l'accomplir du même coup. Plus de distance ni de déchirement ontologique. La suture est immédiate. De même pour les sondages d'opinion, les études de marché, et tous les actes où on fait parler et délirer la grande Pythie de l'Opinion Publique : ils prédisent l'événement social et politique et, tel un portrait-robot, se substituent à l'événement réel, qui finit par les refléter. Ainsi, « l'opinion publique, jadis l'expression du public, revêt de plus en plus la forme d'une image à laquelle le public conforme son expression. Cette opinion se remplit de ce qu'elle contient déjà. Le peuple se regarde dans le miroir ». Ainsi des célébrités, des vedettes et des « héros de la consommation » : « Jadis, les héros représentaient un modèle : la célébrité est une tautologie... Le seul titre de gloire des célébrités est leur célébrité même, le fait d'être connues... Or, cette célébrité n'est rien de plus qu'une version de nous-mêmes magnifiée par la publicité. En l'imitant, en essayant de nous vêtir comme elle, de parler son langage, de paraître à sa ressemblance, nous ne faisons que nous imiter nous-mêmes... Copiant une tautologie, nous devenons nous-mêmes tautologies : candidats à être ce que nous sommes... nous cherchons des modèles, et nous contemplons notre propre reflet. » La télévision : « Nous essayons de conformer la vie de notre foyer à la peinture des familles heureuses que nous présente la télévision ; or, ces familles ne sont rien d'autre qu'une amusante synthèse de toutes les nôtres. »

Comme tout grand mythe qui se respecte, celui de la « Consommation » a son discours et son anti-discours, c'est-à-dire que le discours exalté sur l'abondance se double partout d'un contre-discours « critique », morose et moralisant, sur les méfaits de la société de consommation et l'issue tragique qu'elle ne peut manquer d'avoir pour la civilisation tout entière. Ce contre-discours est lisible partout : pas seulement dans le discours intellectualiste, toujours prêt à se distancer par le mépris des « valeurs primaires » et des « satisfactions matérielles », mais aujourd'hui dans la « culture de masse » elle-même : la publicité se parodie de plus en plus, intégrant la contre-publicité dans sa technique publicitaire. *France-Soir*, *Match*, la radio, la T. V., les discours ministériels ont pour récitatif obligé le lamento sur cette « société de consommation » où les valeurs, les idéaux et les idéologies se perdent au profit des seules jouissances de la quotidienneté. On n'oubliera pas de sitôt la fameuse envolée de M. Chaban-Delmas disant : « Il s'agit de maîtriser la société de consommation en lui apportant un supplément d'âme! »

Ce réquisitoire incessant fait partie du jeu : c'est le mirage critique, l'antifable qui couronne la fable — la phrase et l'antiphrase de la consommation. *Seuls les deux versants ensemble constituent le mythe*. Il faut donc rendre toute sa responsabilité véritable au discours « critique », à la contestation moralisante, dans l'élaboration du mythe. C'est lui qui nous enferme définitivement dans la téléologie mythique et prophétique de la « Civilisation de l'Objet ». C'est lui qui, bien plus fasciné encore par l'Objet que le bon sens commun ou le consommateur de base, le transfigure en critique anti-objet mythique et fascinée. Les contestataires de mai n'ont pas échappé à ce piège, qui est de surréifier les objets et la consommation en leur donnant une valeur diabolique, de les

dénoncer comme tels et de les ériger en instance décisive. Et le véritable travail mythique est là : d'où vient
que toutes les dénonciations, tous les discours sur l' « aliénation », toute la dérision du pop et de l'anti-art sont
si facilement « récupérées », c'est qu'elles sont elles-
mêmes partie du mythe, qu'elles parachèvent en jouant
le contre-chant dans la liturgie formelle de l'Objet dont
nous parlions au début — et ceci de façon sans doute
plus perverse que l'adhésion spontanée aux valeurs de
consommation.

En conclusion, nous dirons que ce contre-discours,
n'instituant aucune distance *réelle*, est aussi immanent
à la société de consommation que n'importe lequel de
ses autres aspects. Ce discours négatif est la résidence
secondaire de l'intellectuel. Comme la société du Moyen
Age s'équilibrait sur Dieu ET sur le Diable, ainsi la nôtre
s'équilibre sur la consommation ET sur sa dénonciation.
Encore autour du Diable pouvaient s'organiser des hérésies et des sectes de magie noire. Notre magie à nous est
blanche, plus d'hérésie possible dans l'abondance. C'est
la blancheur prophylactique d'une société saturée, d'une
société sans vertige et sans histoire, sans autre mythe
qu'elle-même.

Mais nous voici de nouveau dans le discours morose
et prophétique, pris au piège de l'Objet et de sa pléni-
tude apparente. Or, nous savons que l'Objet n'est rien,
et que derrière lui se noue le vide des relations humaines,
le dessin en creux de l'immense mobilisation de forces
productives et sociales qui viennent s'y réifier. Nous
attendrons les irruptions brutales et les désagrégations
soudaines qui, de façon aussi imprévisible, mais certaine,
qu'en mai 1968, viendront briser cette messe blanche.

BIBLIOGRAPHIE

BAUDRILLARD J., *Le Système des Objets* (Gallimard). *La morale des objets : fonction/signe et logique de classe* « Communications, nº 13 ». *La genèse idéologique des besoins* (Cahiers Internationaux de Sociologie V, 47, 1969).

BOORSTIN, *L'Image* (Julliard).

CHOMBART DE LAUWE, *Pour une sociologie des aspirations* (Gonthier).

DARRAS, *Le Partage des Bénéfices* (Éditions de Minuit).

DEBORD G., *La société du spectacle* (Buchet-Chastel).

DICHTER, *La stratégie du Désir* (Fayard).

ENZENSBERGER, *Culture ou mise en condition* (Lettres Nouvelles).

GALBRAITH, *L'ère de l'opulence* (Calmann-Lévy). *Le Nouvel État Industriel* (Gallimard).

JOUVENEL B. DE, *Arcadie Essai sur le Mieux-Vivre* (Futuribles).

KATONA, *La Société de Consommation de Masse*, 1969. (Éditions Hommes et Techniques.)

KENDE P., *Le productivisme en question* (Diogène, nº 65).

LAGNEAU G., *Le Faire-Valoir*, 1969 (E. M. E.).

LEFEBVRE H., *Critique de la vie quotidienne* (Éditions de Minuit). *La vie quotidienne dans le monde moderne* (Gallimard).

MARCUSE, *Éros et Civilisation. L'homme unidimensionnel* (Éditions de Minuit).

MARCUS-STEIFF J., *Les études de motivation* (Herrmann).

MARSHALL MAC LUHAN, *Pour comprendre les media* (Éditions du Seuil). *Medium is Message*.

MARX, *Introduction à la Critique de l'Économie Politique* (Éditions Sociales).

MORIN E., *L'Esprit du Temps* (Grasset).

PACKARD, *L'ère du gaspillage, Les obsédés du standing, La persuasion clandestine, Le sexe sauvage*, etc. (Calmann-Lévy).

RIESMAN, *La foule solitaire* (Arthaud). *L'abondance, à quoi bon ?* (Laffont.)

RUYER R., *Éloge de la Société de Consommation* (Calmann-Lévy).

SAHLINS M., *La première société d'abondance*, octobre 1968 (Temps Modernes).

VANEGHEM R., *Manuel de Savoir-vivre pour les jeunes générations* (Gallimard).

VEBLEN, *Theory of the Leisure Class*.

Revues :

ARGUMENTS, *Les Difficultés du Bien-Être*, 1962.

COMMUNICATIONS n° 10, *Vacances et Tourisme*, 1967 ; n° 13, *Les Objets*, 1969 ; n° 14, *La Politique culturelle*, 1969, et l'ensemble de la revue pour les mass media.

DIOGÈNE, n° 68, *Communication et Culture de masse*, 1969.

Études et Conjonctures.

Série des Annales du CREDOC (Centre de recherche et de Documentation sur la Consommation) CONSOMMATION.

LA NEF, n° 37, *Sur la Société de Consommation*.

Structure et Perspectives de la consommation européenne (André PIATIER — Étude sur l'enquête « 221 750 000 consommateurs » organisée par Sélection du Reader's Digest).

DU MÊME AUTEUR

extrait du catalogue

Aux Éditions Gallimard

DE LA SÉDUCTION, Folio Essais n° 81.

LE SYSTÈME DES OBJETS, Tel n° 33.

POUR UNE CRITIQUE DE L'ÉCONOMIE POLITIQUE DU SIGNE, Tel n° 12.

L'ÉCHANGE SYMBOLIQUE ET LA MORT, Bibliothèque des sciences humaines.

Aux Éditions Galilée

L'ESPRIT DU TERRORISME, L'Espace critique, 2001.

POWER INFERNO, Requiem pour les Twin Towers, Hypothèses sur le terrorisme, La violence du mondial, L'Espace critique, 2002.

LE PACTE DE LUCIDITÉ ou L'intelligence du mal, L'Espace critique, 2004.

COOL MEMORIES VOLUME V : 2000-2004, Incises, 2005.

LES EXILÉS DU DIALOGUE, 2005.

OUBLIER FOUCAULT, L'Espace critique, 2004.

Aux Éditions Sens & Tonka

LA PENSÉE RADICALE, 11/vingt, 2001.

LE LUDIQUE ET LE POLICIER : et autres textes inédits parus dans Utopie entre 1967 et 1981, 10/vingt, 2001.

TÉLÉMORPHOSE, L'élevage de poussière, 11/vingt, 2001.

AU ROYAUME DES AVEUGLES..., De l'exorcisme en politique ou La conjuration des imbéciles, 10/vingt, 2002.

PATAPHYSIQUE, 11/vingt, 2002.

À PROPOS D'UTOPIE : Entretien avec Jean-Louis Violeau, L'architecture dans la critique radicale, 11/vingt, 2005.

OUBLIER ARTAUD : Entretien avec Sylvère Lotringer, 11/vingt, 2005.

À L'OMBRE DU MILLÉNAIRE ou Le suspens de l'an 2000, 2005.

LE COMPLOT DE L'ART, 2005.

LE CHAT DE FAÏENCE AU LIEU D'ÊTRE DE CHAIR, 2013.

VÉRITÉ OU RADICALITÉ DE L'ARCHITECTURE ?, 2013.

Aux Éditions Descartes & Cie

AMÉRIQUE, 2000.

AU JOUR LE JOUR (en collaboration avec Louise Merzeau), 2004.

Aux Éditions du Félin

LA VIOLENCE DU MONDE (en collaboration avec Edgar Morin), 2003.

Aux Éditions Albin Michel

D'UN FRAGMENT L'AUTRE : Entretiens avec François L'Yvonnet, 2001; LGF, 2003.

Aux Éditions Pauvert

LES MOTS DE PASSE, 2000; LGF, 2004.

Aux Éditions de l'Herne

POURQUOI TOUT N'A-T-IL PAS DÉJÀ DISPARU ?, Les Cahiers de l'Herne, 2007.

CARNAVAL ET CANNIBALE, 2013.

À la Librairie générale française

LES STRATÉGIES FATALES, Livre de Poche, 2006.

1968 Le Système des Objets
société de consommation '79

pp 174 - objs quot

*194 pseudo - evenement
et néo - realité.*

*196 au-delà de vrai
et du faux.*

*238 impose de perd
son temps*

311 concl.

$$\overline{97}$$
$$\underline{(109 - 112)}$$

125: votre apartement

Impression Maury Imprimeur
45330 Malesherbes
le 16 novembre 2015.
Dépôt légal : novembre 2015.
1er dépôt légal dans la collection : mars 1986.
Numéro d'imprimeur : 205241.

ISBN 978-2-07-032349-4. / Imprimé en France.

298941